【臺灣現當代作家
研究資料彙編】56

# 郭水潭

國立台灣文學館
出版

# 部長序

　　時光的腳步飛快，還記得去年「臺灣現當代作家研究資料彙編第三階段」成果發表會當天，眾多作家、文友，以及參與計畫的學者專家齊聚一堂，將小小的紀州庵擠得水洩不通，窗外是陰雨綿綿的冬日，但溫潤燦麗的文學燭光，卻點燃了滿室熱情與溫馨。當天出席的貴賓，除了表達對資料彙編成書的欣喜之情，多半不忘殷殷提醒，切莫中斷這場艱鉅卻充滿能量的文學馬拉松，一定要再接再厲深入梳理更多資深作家的創作與研究成果，將其文學身影烙下鮮明的印記。

　　就在眾人引頸期盼與祝福聲中，國立臺灣文學館以前此豐碩成果為基礎，於 2014 年持續推動「臺灣現當代作家研究資料彙編計畫」第四階段，出版刻正呈現於讀者眼前的蘇雪林、張深切、劉吶鷗、謝冰瑩、吳新榮、郭水潭、陳紀瀅、巫永福、王昶雄、無名氏、吳魯芹、鹿橋、羅蘭、鍾梅音共 14 位前輩作家的研究資料專書。看到這份名單，想必召喚出許多人腦海中悠遠而美好的閱讀記憶：蘇雪林的《綠天》、《棘心》，謝冰瑩的《從軍日記》、《女兵自傳》，為我們勾勒了 20 世紀初現代女性的新形象；臺灣最早的「電影人」黑色青年張深切、上海名士派劉吶鷗的風采；人人都能琅琅上口的王昶雄《阮若打開心內的門窗》；無名氏純情而又淒美的《塔裡的女人》；鹿橋對抗戰時期西南聯大青年學子生活和理想的詠歎《未央歌》、鍾梅音最早的女性旅遊書寫《海天遊蹤》……。每一部作品，都是一幅時代風景，是臺灣人共同走過的生命絮語，也是涓滴不息的臺灣文學細流。只是，隨著光陰流轉，許多資深前輩作家逐漸滑進歷史的夾縫，淡出了文學的舞臺。

而「臺灣現當代作家研究資料彙編」叢書的出版，無疑正是重現這些文學巨星光芒的一面明鏡，透過相關資料的蒐集、梳理、彙整，映現作家的生命軌跡、文學路徑；評論者巧眼慧心的析論，則為讀者展開廣闊的閱讀視野，讓文本解讀的面向更加豐富多元。這不僅是對近百年來臺灣新文學的驗收或檢視，同時也是擴展並深化臺灣文學研究的嶄新契機。在此特別感謝承辦單位台灣文學發展基金會所組成的工作團隊，以及參與其事的專家、學者，當然更要謝謝長期以來始終孜孜不倦、埋首於文學創作的前輩作家們，因為有您們，才讓我們收穫了今日這一片臺灣文學的繁花似錦。

文化部部長　龍應台

# 館長序

　　作家站在文學與時代的樞紐，在時代風潮、社會脈動中，用文字鋪展出獨具個人風格的作品。透過心與筆，引領讀者進入真與美的世界，與充滿無限可能的人生百態。而作家到底是什麼樣的一群人？他們寫什麼？如何寫？又為何寫？始終是文學天地裡相當引人入勝的問題之一。此所以包括學院裡的文學研究者和文壇書市中的讀者書迷，莫不對「作家」充滿好奇與興趣，想要一窺其人生之路的曲折、梳理其心靈感知的走向、甚至是挖掘、比較其與不同世代乃至同輩寫作者的風格異同。這些面向，不僅關乎作家自身的創作經歷和文學表現，更與文學史的演進有密不可分的關係。

　　作為一所國家級的文學博物館，國立臺灣文學館除了致力於臺灣文學的教育、推廣，舉辦各項展覽，另一項責無旁貸的使命即是文學史料的蒐集、整理、研究，並將這些資源和成果與社會大眾分享，以促進臺灣文學的活絡與發展。懷抱著這樣的初衷，本館成立 11 年以來，已陸續出版數套規模可觀的文學史料圖書，其中，以作家為主體，全面觀照其文學樣貌與歷史地位的「臺灣現當代作家研究資料彙編」系列叢書，可說是完整而貼切地回答了上述問題，向讀者提出對作家及其作品的理解與詮釋。

　　「臺灣現當代作家研究資料彙編計畫」啟動於 2010 年，先後分三階段纂輯、彙編、出版賴和等 50 位臺灣重要現當代作家研究專書，每冊皆涵蓋作家影像、生平小傳、作品目錄及提要、文學年表以及具代表性的評論文章和研究目錄。由於內容翔實嚴謹，一致獲得文學界人士高度肯定，並期許持續推展，以使臺灣作家研究累積

更為深化而厚實的基礎。職是之故,臺文館於 2014 年展開第四階段計畫,承續以往,以經年的時間完成蘇雪林、張深切、劉吶鷗、謝冰瑩、吳新榮、郭水潭、陳紀瀅、巫永福、王昶雄、無名氏、吳魯芹、鹿橋、羅蘭、鍾梅音共 14 位資深前輩作家研究資料彙編。本計畫工程浩大而瑣碎,幸賴承辦單位秉持一貫敬謹任事的精神,組成經驗豐富的編輯團隊,以嫻熟縝密的工作流程,順利將成果呈現於讀者眼前;在此也同時感謝長期支持參與本計畫的專家學者,齊為這棵結實纍纍的文學大樹澆灌滋養。

國立臺灣文學館館長　翁誌聰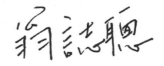

# 編序

◎封德屏

## 緣起

1995 年 10 月 25 日，在臺灣師範大學教育大樓的 201 室，一場以「面對臺灣文學」為題的座談會，在座諸位學者分別就臺灣文學的定義、發展、研究，以及文學史的寫法等，提出宏文高論，而時任國家圖書館編纂張錦郎的「臺灣文學需要什麼樣的工具書」，輕鬆幽默的言詞，鞭辟入裡的思維，更贏得在座者的共鳴。

張先生以一個圖書館工作人員自謙，認真專業地為臺灣這幾十年來究竟出版了多少有關臺灣文學的工具書，做地毯式的調查和多方面的訪問。同時條理分明地針對研究者、學生，列出了十項工具書的類型，哪些是現在亟需的，哪些是現在就可以做的，哪些是未來一步一步累積可以達成的，分別做了專業的建議及討論。

當時的文建會二處科長游淑靜，參與了整個座談會，會後她劍及履及的開始了文學工具書的委託工作，從 1996 年的《臺灣文學年鑑》起始，一年一本的編下去，一直到現在，保存延續了臺灣文學發展的基本樣貌。接著是《中華民國作家作品目錄》的新編，《臺灣文壇大事紀要》的續編，補助國家圖書館「當代文學史料影像全文系統」的建置，這些工具書、資料庫的接續完成，至少在當時對臺灣文學的研究，做到一些輔助的功能。

2003 年 10 月，籌備多年的「臺灣文學館」正式開幕運轉。同年五月《文訊》改隸「財團法人台灣文學發展基金會」，為了發揮更大的動能，開

始更積極、更有效率地將過去累積至今持續在做的文學史料整理出來，讓豐厚的文藝資源與更多人共享。

於是再次的請教張錦郎先生，張先生認為文學書目、作家作品目錄、文學年鑑、文學辭典皆已完成或正在進行，現在重點應該放在有關「臺灣現當代作家評論資料目錄」的編輯工作上。

很幸運的，這個計畫的發想得到當時臺灣文學館林瑞明館長的支持，於是緊鑼密鼓的展開一切準備工作：籌組編輯團隊、召開顧問會議、擬定工作手冊、撰寫計畫書等等。

張錦郎先生花了許多時間編訂工作手冊，每一位作家的評論資料目錄分為：

（一）生平資料：可分作者自述，旁人論述及訪談，文學獎的紀錄。

（二）作品評論資料：可分作品綜論，單行本作品評論，其他作品（包括單篇作品）評論，與其他作家比較等。

此外，對重要評論加以摘要解說，譬如專書、專輯、學術會議論文集或學位論文等，凡臺灣以外地區之報刊及出版社，於書名或報刊後加註，如中國大陸、香港、新加坡等。此外，資料蒐集範圍除臺灣外，也兼及中國大陸、香港、新加坡、日本、韓國及歐美等地資料，除利用國內蒐集管道外，同時委託當地學者或研究者，擔任資料蒐集工作。

清楚記得，時任顧問的學者專家們，都十分高興這個專案的啟動，但確定收錄哪些作家名單時，也有不同的思考及看法。經過充分的討論後，終於取得基本的共識：除以一般的「文學成就」為觀察及考量作家的標準外，並以研究的迫切性與資料獲得之難易度為綜合考量。譬如說，在第一階段時，作家的選擇除文學成就外，先考量迫切性及研究性，迫切性是指已故又是日治時期臺籍作家為優先，研究性是指作品已出土或已譯成中文為優先。若是作品不少而評論少，或作品評論皆少，可暫時不考慮。此外，還要稍微顧及文類的均衡等等。基本的共識達成後，顧問群共同挑選出 310 位作家，從鄭坤五、賴和、陳虛谷以降，一直到吳錦發、陳黎、蘇

偉貞，共分三個階段進行。

　　「臺灣現當代作家評論資料目錄」專案計畫，自 2004 年 4 月開始，至
2009 年 10 月結束，分三個階段歷時五年六個月，共發現、搜尋、記錄了
十餘萬筆作家評論資料。共經歷了三位專職研究助理，近三十位兼任研究
助理。這些研究助理從開始熟悉體例，到學習如何尋找資料，是一條漫長
卻實用的學習過程。

## 接續

　　「臺灣現當代作家評論資料目錄」的專案完成，當代重要作家的研
究，更可以在這個基礎上，開出亮麗的花朵。於是就有了「臺灣現當代作
家研究資料彙編暨資料庫建置計畫」的誕生。為了便於查詢與應用，資料
庫的完成勢在必行，而除了資料庫的建置外，這個計畫再從 310 位作家中
精選 50 位，每人彙編一本研究資料，內容有作家圖片集，包括生平重要影
像、文學活動照片、手稿及文物，小傳、作品目錄及提要、文學年表。另
外每本書分別聘請一位最適當的學者或研究者負責編選，除了負責撰寫八
千至一萬字的作家研究綜述外，再從龐雜的評論資料中挑選具有代表性的
評論文章，平均 12～14 萬字，最後再附該作家的評論資料目錄，以期完整
呈現該作家的生平、創作、研究概況，其歷史地位與影響。

　　第一部分除資料庫的建置外，50 位作家 50 本資料彙編（平均頁數 400
～500 頁），分三個階段完成，自 2010 年 3 月開始至 2013 年 12 月，共費
時 3 年 9 個月。因為內容充實，體例完整，各界反應俱佳，第二部分的 50
位作家，接著在 2014 年元月展開，第一階段計畫出版 14 本，預計在 2015
年元月完成。超量的出版工程，放諸許多臺灣民間的出版公司，都是不可
能的任務。

　　首先，工作小組必須掌握每位編選者進度這件事，就是極大的挑戰。
於是編輯小組在等待編選者閱讀選文的同時，開始蒐集整理作家生平照
片、手稿，重編作家年表，重寫作家小傳，尋找作家出版品的正確版本、

版次，重新撰寫提要。這是一個極其複雜的工程。還好有宇霈帶領認真負責的工作同仁，以及編輯老手秀卿幫忙，才讓整個專案延續了一貫的品質及進度。

## 成果

雖然過程是如此艱辛，如此一言難盡，可是終究看到豐美的成果。每位編選者雖然忙碌，但面對自己負責的作家資料彙編，卻是一貫地認真堅持。他們每人必須面對上千或數百筆作家評論資料，挑選重要或關鍵性的評論文章，全面閱讀，然後依照編選原則，挑選評論文章。助理們此時不僅提供老師們所需要的支援，統計字數，最重要的是得找到各篇選文作者，取得同意轉載的授權。在起初進度流程初估時，我們錯估了此項工作的難度，因為許多評論文章，發表至今已有數十年的光景，部分作者行蹤難查，還得輾轉透過出版社、學校、服務單位，尋得蛛絲馬跡，再鍥而不捨地追蹤。有了前面的血淚教訓，日後關於授權方面，我們更是如臨深淵、如履薄冰，希望不要重蹈覆轍，在面對授權作業時更是戰戰兢兢，不敢懈怠。

除了挑選評論文章煞費苦心外，每個作家生平重要照片，我們也是採高標準的方式去蒐集，過世作家家屬、友人、研究者或是當初出版著作的出版社，都是我們徵詢的對象。認真誠懇而禮貌的態度，讓我們獲得許多從未出土的資料及照片，也贏得了許多珍貴的友誼。許多作家都協助提供照片手稿等相關資料，已不在世的作家，其家屬及友人在編輯過程中，也給予我們許多協助及鼓勵，藉由這個機會，與他們一起回憶、欣賞他們親人或父祖、前輩，可敬可愛的文學人生。此外，還有許多作家及研究者，熱心地幫忙我們尋找難以聯繫的授權者，辨識因年代久遠而難以記錄年代、地點、事件的作家照片，釐清文學年表資料及作家作品的版本問題，我們從他們身上學習到更多史料研究可貴的精神及經驗。

但如何在規定的時間內，完成每個階段資料彙編的編輯出版工作，對

工作小組來說，確實是一大考驗。每一冊的主編老師，都是目前國內現當代臺灣文學教學及研究的重要人物，因此都十分忙碌。每一本的責任編輯，必須在這一年多的時間內，與他們所負責資料彙編的主角——傳主及主編老師，共生共榮。從作家作品的收集及整理開始，必須要掌握該作家所有出版的作品，以及盡量收集不同出版社的版本；整理作家年表，除了作家、研究者已撰述好的年表外，也必須再從訪談、自傳、評論目錄，從作品出版等線索，再作比對及增刪。再來就是緊盯每位把「研究綜述」放在所有進度最後一關的主編們，每隔一段時間提醒他們，或順便把新增的評論目錄寄給他們（每隔一段時間就有新的相關論文或學位論文出現），讓他們隨時與他們所主編的這本書，產生聯想，希望有助於「研究綜述」撰寫的進度。

在每個艱辛漫長的歲月中，因等待、因其他人力無法抗拒的因素，衍伸出來的問題，層出不窮，更有許多是始料未及的。譬如，每本書的選文，主編老師本來已經選好了，也經過授權了，為了抓緊時間，負責編輯的助理們甚至連順序、頁碼都排好了，就等主編老師的大作了，這時主編突然發現有新的文章、新的資料產生：再增加兩三篇選文吧！為了達到更好更完備的目標，工作小組當然全力以赴，聯絡，授權，打字，校對，重編順序等等工作，再度展開。

此次第二部分第一階段共需完成的 14 位作家研究資料彙編，年齡層較上兩個階段已年輕許多，因此到最後的疑難雜症，還有連主編或研究者都不太清楚的部分，譬如年表中的某一件事、某一個年代、某一篇文章、某一個得獎記錄，作家本人絕對是一個最好的諮詢對象，對解決某些問題來說，這是一個好的線索，但既然看了，關心了，參與了，就可能有不同的看法，選文、年表、照片，甚至是我們整本書的體例，於是又是一場翻天覆地的大更動，對整本書的品質來說，應該是好的，但對經過多次琢磨、修改已進入完稿階段的編輯團隊來說，這不啻是一大挑戰。

1990 年開始，各地縣市文化中心（文化局），對在地作家作品集的整

理出版，以及臺灣文學館成立後對日治時期作家以迄當代重要作家全集的編纂，對臺灣文學之作家研究，也有了很好的促進作用。如《楊逵全集》、《林亨泰全集》、《鍾肇政全集》、《張文環全集》、《呂赫若日記》、《張秀亞全集》、《葉石濤全集》、《龍瑛宗全集》、《葉笛全集》、《鍾理和全集》、《錦連全集》、《楊雲萍全集》、《鍾鐵民全集》等，如雨後春筍般持續展開。

經過近二十年的努力，臺灣文學的研究與出版，也到了可以驗收或檢討成果的階段。這個說法，當然不是要停下腳步，而是可以從「臺灣現當代作家評論資料目錄」所呈現的 310 位作家、10 萬筆資料中去檢視。檢視的標的，除了從作家作品的質量、時代意義及代表性去衡量外、也可以從作家的世代、性別、文類中，去挖掘還有待開墾及努力之處。因此在這樣的堅實基礎上，這套「臺灣現當代作家研究資料彙編」，每位編選者除了概述作家的研究面向外，均有些觀察與建議。希望就已然的研究成果中，去發現不足與缺憾，研究者可以在這些不足與缺憾之處下功夫，而盡量避免在相同議題上重複。當然這都需要經過一段時間去發現、去彌補、去重建，因此，有關臺灣文學的調查與研究，就格外顯得重要了。

## 期待

感謝臺灣文學館持續支持推動這兩個專案的進行。「臺灣現當代作家評論資料目錄」的完成，呈現的是臺灣文學研究的總體成果；「臺灣現當代作家研究資料彙編」套書的出版，則是呈現成果中最精華最優質的一面，同時對未來臺灣文學的研究面向與路徑，作最好的建議。我們可以很清楚的體會，這是一條綿長優美的臺灣文學接力賽，我們十分榮幸能參與其中，更珍惜在傳承接力的過程，與我們相遇的每一個人，每一件讓我們真心感動的事。我們更期待這個接力賽，能有更多人加入。誠如張恆豪所說「從高音獨唱到多元交響」，這是每一個人所期待的。

# 編輯體例

一、本書編選之目的，為呈現郭水潭生平、著作及研究成果，以作為臺灣文學相關研究、教學之參考資料。

二、全書共五輯，各輯內容及體例說明如下：

輯一：圖片集。選刊作家各個時期的生活或參與文學活動的照片、著作書影、手稿（包括創作、日記、書信）、文物。

輯二：生平及作品，包括三部分：

1. 小傳：主要內容包括作家本名、重要筆名，生卒年月日，籍貫，及創作風格、文學成就等。

2. 作品目錄及提要：依照作品文類（論述、詩、散文、小說、劇本、報導文學、傳記、日記、書信、兒童文學、合集）及出版順序，並撰寫提要。不收錄作家翻譯或編選之作品。

3. 文學年表：考訂作家生平所進行的文學創作、文學活動相關之記要，依年月順序繫之。

輯三：研究綜述。綜論作家作品研究的概況，並展現研究成果與價值的論文。

輯四：重要文章選刊。選收國內外具代表性的相關研究論文及報導。

輯五：研究評論資料目錄。收錄至 2014 年 11 月底止，有關研究、論述臺灣現當代作家生平和作品評論文獻。語文以中文為主，兼及日文和英文資料。所收文獻資料，以臺灣出版為主，酌收中國大陸、香港、日本和歐美國家的出版品。內容包含三部分：

1. 「作家生平、作品評論專書與學位論文」下分為專書與學位論文。

2. 「作家生平資料篇目」下分為「自述」、「他述」、「訪談」、「年表」、「其他」。

3. 「作品評論篇目」下分為「綜論」、「分論」、「作品評論目錄、索引」、「其他」。

# 目次

# 輯一◎圖片集

影像◎手稿◎文物

1927年8月11日，郭水潭（最後排右五）出席「曾文北門
兩郡街庄吏員講習會」。（國立臺灣文學館提供）

1928年1月，郭水潭（第三排左一）與北門郡庶務課同仁合影。
（國立臺灣文學館提供）

1929年4月7日，郭水潭攝於七股庄
大潭寮。（國立臺灣文學館提供）

1933年12月10日，郭水潭（坐者左一）出席「有限責任將軍庄信用購
買販賣利用組合」（即今之「農會」）新築落成典禮。（國立臺灣
文學館提供）

1933年12月24日，與舊「佳里青風會」成員合影於吳新榮家宅小雅園。前排：吳新榮（右一）、郭水潭（右三）、陳清汗（右四）；後排立者：吳萱草（右一）、鄭國津（右三）、徐清吉（右四）。（吳南圖提供）

1935年3月9日，出席「臺灣文藝聯盟嘉義支部主催座談會」，攝於林文樹宅。前排：楊逵（右一）、郭水潭（右二）、王登山（右三），張星建（左二）；後排：林文樹（左四）。（國立臺灣文學館提供）

1935年6月1日，攝於臺南佳里公會堂舉辦之「臺灣文藝聯盟佳里支部」成立大會。前排：毛昭癸（右三）、王烏硈（右五）、林茂生（右六）、石錫純（右七），葉陶及其子楊資崩（左二）；中排：吳新榮（右一）、王登山（右二）、吳萱草（右五）、王詩琅（右六）、郭水潭（右七），黃清澤（左一）；後排：林芳年（右一）、徐清吉（右二），葉向榮（左一）。（國立臺灣文學館提供）

1937年12月22日，與文友合影於吳新榮家宅小雅園。前排右起：楊逵及長子楊資崩、入田春彥、吳萱草；後排右起：郭水潭、吳新榮。（吳南圖提供）

1938年10月29日，郭水潭（立者右三）參與慶祝日軍攻陷漢口遊行。（國立臺灣文學館提供）

1939年4月22日，郭水潭赴「報國自治振興會佳里興部落集會所」發表演說「吾が部落に実際に就こ」。（國立臺灣文學館提供）

1939年11月23日，為紀念當選佳里街協議會
員，與友人合影於臺南田中寫真館。前排：王
烏硈；後排右起：郭水潭、吳新榮、徐清吉。
（吳南圖提供）

1930年代，郭水潭獨照。
（吳南圖提供）

1941年9月7日，《臺灣文學》同仁來訪，與文友合影於吳新榮家宅小雅園。
前排左起：黃得時、王井泉、陳逸松、張文環、巫永福；後排左起：徐清
吉、莊培初、王登山、陳穿、郭水潭、王碧蕉、吳新榮、林芳年、黃清澤。
（巫永福文化基金會、埔里鎮立圖書館提供）

1946年2月12日，與北門區隊員參加「三民主義青年團中央直屬
臺灣區團臺南分團北門區隊入團訓練」，合影於北門女子職業學
校。前排：楊加興（左二）、黃炭（左三）、黃清舞（左四）、
郭水潭（左五），吳敏誠（右一）、王金河（右五）、吳新榮
（右六）。（吳南圖提供）

1950年代初期，郭水潭（前排右三）與臺北市政府祕書室同仁合影。
（國立臺灣文學館提供）

1953年4月21日，攝於「臺灣省市縣文獻委員會座談會」。前排：郭水潭（左一）、黃啟端（左四）、楊雲萍（左五）、王白淵（左六）、吳新榮（左七）；中排：黃得時（右二）、吳濁流（右三）、吳瀛濤（右五）；後排：龍瑛宗（右二）、王詩琅（右三）。
（劉知甫提供）

1954～1956年，擔任臺北市文獻委員會編輯時的郭水潭。
（國立臺灣文學館提供）

1957年4月，祝賀吳三連當選第三屆省議員，攝於臺南佳里競選總部前。前排坐者：郭水潭（左一）、陳天賜（左三）、吳三連（左四）、李菱（左五）、王金長（左六）；後排立者：吳新榮（左二，後）、周縛（左五）、吳敏誠（左六）、吳尊賢（左十），林榮樑（右一）。（國立臺灣文學館提供）

1950年代，郭水潭（右）與王昶雄（中）等友人合影於淡水。（王昶雄家屬提供）

1960年，與文友歡迎訪臺的戰前《民俗臺灣》發行人金關丈夫，攝於臺北臺泥大樓。前排右起：吳濁流、楊千鶴、金關夫人、金關丈夫、李騰嶽、廖漢臣、黃啟端；後排右起：龍瑛宗、吳槐（後）、黃得時、陳紹馨、佚名、郭水潭、王詩琅、戴炎輝、周金波、佚名、林衡道。（劉知甫提供）

1964年，「臺北歌壇」會友合影。後排左起：郭水潭、巫永福、吳建堂、吳瀛濤。（真理大學臺灣文學資料館提供）

1967年4月16日，攝於「臺灣文藝三周年紀念暨第二屆臺灣文學獎頒獎典禮」。
前排左三起：楊雲鵬、佚名、吳濁流、陳逸松、楊肇嘉、佚名、寒爵、林海
音、鄒宇光、蘇紹文；二排左起：鍾鐵民、佚名、郭春霖、鄭世璠、郭水潭、
鍾肇政、佚名、黃娟、陳秀喜、吳瀛濤、佚名、黃春明；三排左起：賴焰星、
林衡道、張彥勳、林鍾隆、廖清秀、七等生、范錦淮；四排：鄭清文（左
一）、黃文相（左四）、趙天儀（右一）。（新竹縣文化局提供）

1969年7月20日，攝於「吳濁流文學獎基金會成立典禮」。前排左起：司馬中原、佚名、郭水潭、巫永福、鍾肇政、吳濁流、王詩琅、鄭世璠；二排左起：鍾鐵民、李喬、林鍾隆、林衡道、林海音、陳秀喜、黃娟、魏畹枝、陳喜美、鍾瑞圓；三排左起：廖清秀、文心、張彥勳、黃文相、江上、張良澤、鄭清文、佚名、趙天儀；四排左起：賴詼星、吳萬鑫。（新竹縣文化局提供）

1960年代後期，「臺北歌壇」會友合影。前排左三起：郭水潭（立者）、吳濁流（坐者）、陳秀喜（坐者）；後排左二起：林衡道、巫永福。（巫永福文化基金會、埔里鎮立圖書館提供）

1972年11月25日，與笠詩社同仁宴請邱永漢，攝於臺北三條通千鶴餐廳。前排右起：郭水潭、邱永漢、巫永福；後排右起：黃騰輝、黃荷生（後）、陳秀喜、李魁賢（後）、趙天儀、佚名、吳建堂。（翻攝自《陳秀喜全集評論卷》，新竹市立文化中心）

1974年7月21日，出席笠詩社十周年年會，攝於桃園今日大飯店交誼廳前。前排右起：吳濁流、郭水潭、巫永福、黃騰輝、陳秀喜、鍾肇政、林亨泰、周伯陽、林鍾隆；後排右起：李永吉、梁景峰、拾虹、黃荷生、林煥彰、郭成義、林宗源、趙天儀、衡榕、陳愛娥、羅明河、林清泉、羅浪、鄭烱明、李魁賢、陳千武。（國立臺灣文學館提供）

1979年8月，應邀出席《自立晚報》主辦之「第一屆鹽分地帶文學營」，攝於臺南南鯤鯓廟。左起：巫永福、郭水潭、林芳年、鍾逸人。（文訊文藝資料中心）

1980年7月2日，攝於《聯合報》副刊於紅毛城主辦之「光復前臺灣文學中的民族意識與抗日精神」座談會。右起：瘂弦、王昶雄、郭水潭、龍瑛宗（前）、廖漢臣（中）、黃得時（後）。（創世紀詩雜誌社提供）

1984年2月11日，應邀出席文訊雜誌社主辦之新春茶會。前排右起：郭水潭、楊雲萍、周應龍、龍瑛宗；後排右起：劉捷、林芳年、楊熾昌、李宗慈、王昶雄。（文訊文藝資料中心）

1984年2月，《聯合報》副刊主編瘂弦邀請資深作家聚餐，合影於臺北長風萬里樓。前排左起：龍瑛宗、楊雲萍、蘇雪林、楊熾昌；後排左起：王昶雄、劉捷、郭水潭、林海音、林佩芬、張法鶴、蘇淑年、瘂弦。（劉知甫提供）

1984年9月20日，應邀出席由《聯合文學》主辦之「美人心事——文人與藝旦」座談會。前排右起：周添旺、郭水潭、楊逵、黃得時、巫永福；後排右起：張寶琴、劉捷、吳松谷、林芳年、黃得時夫人、龍瑛宗、王昶雄、瘂弦、黃武忠、丘彥明。（黃力智提供）

1987年8月，應邀出席《自立晚報》主辦之「第九屆鹽分地帶文學營」，攝於臺南南鯤鯓廟。右起：黃平長、郭水潭、巫永福、陳秀喜、王昶雄、龍瑛宗。（翻攝自《王昶雄全集——第十一冊·影像卷》，臺北縣文化局）

1994年1月25日，郭水潭於麻豆普門仁愛之家，接受呂興昌（左）專訪。（翻攝自《文學臺灣》第10期）

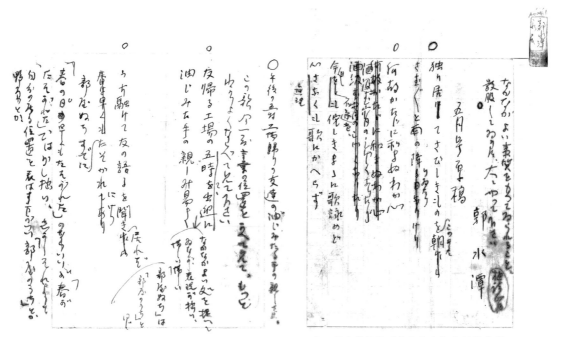

1931～1932年，郭水潭投稿《あらたま》的短歌手稿。
（國立臺灣文學館提供）

1938～1939年，郭水潭日記及
內頁手稿。（國立臺灣文學館
提供）

1939年，郭水潭詩作〈向棺木慟哭——給建南的墓〉手稿，
悼念早夭的二子郭建南。（國立臺灣文學館提供）

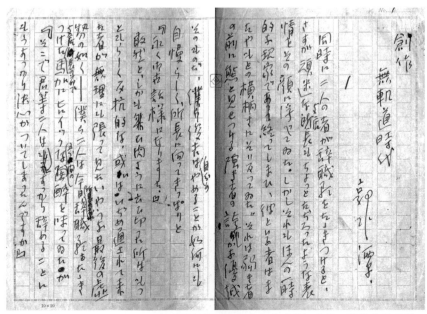

1940年，郭水潭〈通譯十五年〉手稿，抒發服務於北門郡
役所15年來的感懷。（國立臺灣文學館提供）

郭水潭短篇小說〈無軌道時代〉手稿，寫作年代不詳。
（國立臺灣文學館提供）

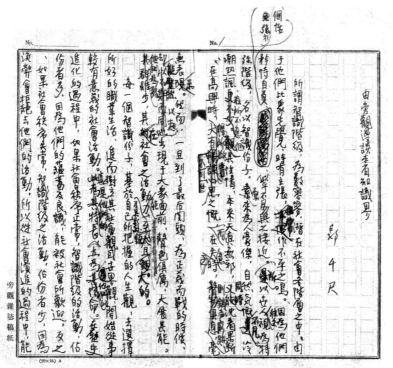

1951年，郭水潭〈由旁觀漫談本省知識界〉手稿，後發表於《旁觀雜誌》。
（國立臺灣文學館提供）

1982年1月17日，郭水潭詩作〈悼文學伙伴徐清吉〉手稿，悼念摯友徐清吉。
（向陽提供）

# 輯二◎生平及作品

小傳◎作品◎年表

# 小傳

## 郭水潭（1908～1995）

郭水潭，男，字千尺。籍貫臺灣臺南。1908 年（明治 41 年）2 月 7 日生，1995 年 3 月 9 日辭世，享壽 88 歲。

佳里公學校高等科畢業，後任職於北門郡役守庶務課，並擔任郡守翻譯。1933 年與吳新榮、徐清吉共組「佳里青風會」，以強化地方青年的聯繫，並攜手投入地方事務與文學活動。1935 年與吳新榮一同奔走下成立「臺灣文藝聯盟佳里支部」，其理念為：「從我們的地方性的觀點，鼓足幹勁在這個拓開中的鹽分地帶，即使微小也無妨，種植文學的花，並且深信其成果一定是輝煌的。」1937 年被《大阪朝日新聞》副刊「南島文藝」聘為特別撰稿員，並擔任佳里興報國自治振興會會長，1939 年當選佳里街協議會員。1943 年任《臺灣文學》編輯長。戰後曾任臺北市文獻會委員、臺北市政府事務股長、臺灣區蔬菜公會總幹事，並擔任《臺南縣志稿》編撰人。1983 年獲鹽分地帶文學營頒發「臺灣新文學特別推崇獎」，1993 年獲臺南縣立文化中心頒發「南瀛文學獎特別貢獻獎」。

郭水潭的創作文類以日本短歌、新詩為主，兼有小說。就讀公學校高等科時即開始日本短歌寫作，曾獲得北門郡守酒井正之賞識。1930 年加入「あらたま」（新珠短歌社）後開始大量創作短歌，內容大多描寫自然風物與日常生活，作品曾選入日本歌人聯盟刊行之《皇紀二五九四年歌集》。戰後短歌創作曾一度中止，1960 年代發起「臺北短歌會」後重拾短歌創作熱

情，作品多發表於《からたち》、《をたまき》、《臺北歌壇》等刊物。

　　1929 年加入多田利郎主導之「南溟樂園社」，郭水潭開始從事新詩創作，是鹽分地帶重要詩人之一；創作高峰集中於 1930 年代，藝術成就頗高，在當時有「島的詩人」美稱。其新詩內容可分為抒情詩與社會批判二大類，抒情詩大都描述愛情、親情及季節的感懷；社會詩則反映貧富不均的社會現象，並以左翼的觀點進行批判。前者有〈不認識的愛人〉、〈廣闊的海〉、〈蓮霧之花〉等代表作，當中哀悼早夭二男的〈向棺木慟哭〉，被龍瑛宗譽為「一九三九年最使人感動的傑作」。後者有〈巧妙的縮圖〉、〈彷徨於飢餓線上的人群〉等作。陳芳明認為，郭水潭詩作擅長以平淡筆調素描，反映深刻的平民情感，並以藝術性取代情緒抒發。

　　郭水潭的小說作品不多，以〈某男人的手記〉為代表，以私小說的形式，凸顯殖民體制下知識分子的差別待遇與婚姻戀愛自由等問題，並在1935 年曾獲得《大阪每日新聞》的「本島人新人懸賞」佳作。

　　戰後因政治因素與社會環境的轉變，郭水潭將心力轉向文史書寫，包括日治時期臺灣文化史、臺北文化與南瀛地方志的考察，並與賴建銘、莊松林合著《臺南縣志稿・文化志》，在政權的遞嬗中，留下歷史文獻的紀錄。

# 作品目錄及提要

## 【合集】

### 郭水潭集／羊子喬編

臺南：臺南縣立文化中心
1994 年 12 月，25 開，604 頁
南瀛文化叢書 33

本書為郭水潭作品集，是其唯一出版作品。全書分「詩」、「小說」、「隨筆」、「論述」、「年表」五卷，收錄詩〈不認識的愛人〉、〈獻給心中的愛人〉、〈年底〉、〈誰知道〉、〈乞丐〉、〈秋天的郊外〉、〈小曲：戀愛的屍體〉、〈秋心〉、〈衝破陋習〉、〈妓女〉、〈送別秋天〉、〈地獄音信〉、〈巧妙的縮圖〉、〈劇場裏〉、〈生活的信條〉、〈海濱情緒〉、〈徬徨於飢餓線上的人群〉、〈在牧場（年輕人探求人生的綠地）〉、〈故鄉的書簡——致獄中的 S 君〉、〈幻覺〉、〈靜寂〉、〈農村文化〉、〈酒家風景〉、〈牧歌一日〉、〈村裡瑣事一：新興醫業〉、〈村裡瑣事二：季節的腳〉、〈村裡瑣事三：腐蝕的學園〉、〈村裡瑣事四：愚人節〉、〈窮愁的日子〉、〈斑鳩與廟祝〉、〈蓮霧之花〉、〈廣闊的海——給出嫁的妹妹〉、〈向棺木慟哭——給建南的墓〉、〈故鄉之歌〉、〈世紀之歌〉、〈弔念感言——雪芬女士靈前捧讀〉、〈無聊的星期天〉、〈病妻記〉、〈文學伙伴〉、〈浪人不回頭——追悼廖漢臣〉、〈悼念文運健將郭秋生〉共 41 首；小說〈福爾摩沙——序文〉、〈某個男人的手記〉、〈無軌道時代〉共三篇；隨筆〈對文壇之我見〉、〈寫在牆上〉、〈聯合評論——致王氏琴〉、〈臺灣文藝大會印象記〉、〈譏笑二等兵〉、〈臺灣文藝聯盟佳里支部宣言〉、〈自鹽分地帶——遙致陳挑琴〉、〈文學雜感〉、〈我是村中有力者〉、〈身邊雜記〉、〈通譯十五年〉、〈日記〉、〈穿文官服的那一天〉、〈憶郁達夫訪臺〉、〈談本省智識界之動向〉、〈追憶我的母親〉、〈暮年情花〉、〈缺乏讀者的第一本書——《臺南縣志稿文化志》〉、〈從「鹽

分地帶」追憶吳新榮〉共 19 篇；論述〈北門區地理歷史性概觀〉、〈南鯤鯓廟誌〉、〈侯庚抗日事蹟〉、〈臺灣民主國的內變〉、〈臺灣日人文學概觀〉、〈臺灣舞蹈運動略述〉、〈臺灣同化運動史話〉、〈日僑與漢詩〉、〈臺北圖書館小誌〉、〈日據初期北市社會剪影〉、〈荷人據臺時期的中國移民〉、〈由兩幅古圖談鹿耳門考證〉共 12 篇；年表〈郭水潭生平著作年表初稿〉。正文前有吳豐山〈文學何價？——序《郭水潭集》〉、陳唐山〈傳遞文學薪火〉、葉佳雄〈文化活水在民間〉、郭昇平〈籬下的菊花——對父親《郭水潭集》出版的感想〉。正文後有羊子喬〈橫看成嶺側成峰——試為郭水潭造像〉。

# 文學年表

| | | |
|---|---|---|
| 1908 年<br>（明治 41 年） | 2 月 | 7 日，生於鹽水港廳佳里興堡佳里興庄四百七十八番地（今臺南佳里區），戶籍登記為 5 月 13 日。父郭九，母陳猛。為家中長子。 |
| 1916 年<br>（大正 5 年） | 4 月 | 1 日，就讀佳里興公學校（今臺南佳興國小），與蘇新為同班同學。 |
| 1922 年<br>（大正 11 年） | 3 月 | 26 日，畢業於佳里興公學校，為首屆畢業生。 |
| | 4 月 | 1 日，就讀佳里公學校（今臺南佳里國小）高等科。在學期間，開始從事日本短歌寫作，並贈詩北門郡守酒井正之，獲其答詩。 |
| 1924 年<br>（大正 13 年） | 3 月 | 26 日，畢業於佳里公學校高等科。 |
| | 8 月 | 入「書香院」私塾學習漢文，至 1927 年 10 月。 |
| 1925 年<br>（大正 14 年） | 4 月 | 30 日，以短歌受知於北門郡郡守酒井正之，得任職北門郡役守庶務課，並兼任郡守翻譯。 |
| 1928 年<br>（昭和 3 年） | 本年 | 與陳稟結婚。 |
| 1929 年<br>（昭和 4 年） | 本年 | 加入多田利郎主導之「南溟樂園社」，臺灣詩人加入者有陳奇雲、徐清吉、王登山、楊讚丁等。<br>日文詩作〈乞丐〉、〈秋天的郊外〉、〈小曲：戀愛的屍體〉發表於《南溟樂園》第 3 號。(《南溟樂園》第 5 號起更名為《南溟藝園》)。 |
| 1930 年<br>（昭和 5 年） | 1 月 | 日文詩作〈妓女〉、〈秋心〉，日文散文〈不斷奮鬥〉、〈「黎明の呼吸」を讀んで〉發表於《南溟樂園》第 4 號。 |

8 月　27 日，長女郭麗子出生。

本年　成為日本早稻田大學的校外函授生，由講義錄專攻文學科，至 1932 年。

南溟樂園社鋼板油印 1929 年《自選詩第一集郭水潭篇》，收錄日文詩作〈不認識的愛人〉、〈獻給心中的愛人〉、〈年底〉、〈誰知道〉、〈乞丐〉、〈秋天的郊外〉、〈小曲：戀愛的屍體〉、〈秋心〉、〈妓女〉、〈送別秋天〉十首。

日文詩作〈衝破陋習〉發表於《南溟藝園》。

加入「新珠短歌社」（あらたま），開始大量創作短歌。

1931 年
（昭和 6 年）

1 月　日文詩作〈送別秋天〉發表於《南溟藝園》第 3 卷第 1 號。

2 月　日文詩作〈地獄音信〉發表於《南溟藝園》第 3 卷第 2 號。

4 月　日文詩作〈巧妙的縮圖〉發表於《南溟藝園》第 3 卷第 4 號。

5 月　日文詩作〈劇場裏〉發表於《南溟藝園》第 3 卷第 5 號。短歌「うちとけて友の語るを聞き居れば部屋ぬちすでにたそがれにけり」、「何故かただに和まぬわが心酒汲む宵のしげくなりたり」、「午後の五時工場歸りの友達の油じみたる手の親しさよ」發表於《あらたま》第 10 卷第 5 號「白光集」。

6 月　日文詩作〈生活的信條〉發表於《南溟藝園》第 3 卷第 6 號。

7 月　短歌「畑に出でてわが鍬握る此の頃は病癒えつつ心安しも」、「皺苦茶の父が稼ぐを見るごとにわが不甲斐なさをしみじみ思ふ」、「鳳凰木は今を盛りと血に燃えて風もあらぬに花びら散るも」、「幼な時親しみ馴れたあの娘だか

年傾になると疎くなりゆく」發表於《あらたま》第 10
卷第 7 號「夕顔集」。

8 月　日文詩作〈海濱情緒〉發表於《南溟藝園》第 3 卷第 8
號。

短歌「ルンペンの友の住むなる高雄まで翼をかせよ空の
白鷺」、「十字架のイエスの心にひかれつつ今日クリスチ
ャンの仲間入りする」、「わが主のイエスの愛にすがり居
れば罪の子はみな救はるるとふ」、「麻雀にひどく敗けた
る歸りみちに犬吠ゆるこそ腹立たしけれ」發表於《あら
たま》第 10 卷第 8 號「高山集」。

9 月　日文詩作〈傍徨於飢餓線上的人群〉發表於《南溟藝園》
第 3 卷第 9 號。

10 月　短歌「香を焚く僧一人なし境内は蜘蛛と家守の天地なり
けり」、「荒れ果つるここにまことの自然ありカンヴァス
六號におさめて歸る」（古寺にて）、「いにしへの死して
見えざるルンペンに餐を供ふる月は來にけり」（お盆）、
「果物のよきをえらびて餓鬼共にいと鄭重にお供へをす
る」、「ひねくれて物言ふ人となりにけりすべてにそむく
わがこの頃は」發表於《あらたま》第 10 卷第 10 號「蒼
海集」。

11 月　短歌「屋根づたひに幽けき秋は來るらしひやりと晴れし
日曜の朝」、「黃金なす稻の穗波もどこへやら切株のうへ
を渡る秋風」、「病みついて天井に這ふ蟻見ればわれ恥か
しきけなげな姿」、「ああさびし癒えざる惱みふかくして
また仲秋の月を觀るかも」、「檳榔樹の高き梢のあたりよ
り光ゆたかにのぼる月讀」發表於《あらたま》第 10 卷
第 11 號「星空集」。

12 月　短歌「初産の記念に何か贈らむと心あせれど遂に術な
し」（陳奇雲兄に）、「日曜を父と畑に出でにけりほのぼ
のと明くる朝を嬉しむ」、「はがらかに土に親しむ田舎人
のおけて乙女はローマンチスト」、「枯草のにほひ燻ぶれ
る田園の秋の日差しのやはらけき午後」、「失業の悲しみ
なきがせめてものしあはせなりと俸給見て居り」、「俸給
を手にして淋しこの頃は借金かさみてみじろぎならぬ
を」、「貧しさは酒に煙草に疎くなり秋の夜長を一人淋し
む」發表於《あらたま》第 10 卷第 12 號「澄心集」。

1932 年　1 月　短歌「捕はれて獄舍のうちに日をおくる君の濡衣乾くは
（昭和 7 年）　　　何時ぞ」、「消息をたちて八年わが友の獄舍にゐるを知り
てさびしも」（蘇新君に）、「おそざきの垣間の菊も開も
たり君が歸りを待ちかたまけて」（王烏碪に）發表於
《あらたま》第 11 卷第 1 號「山峽集」。

2 月　日文詩作〈在牧場（年輕人探求人生的綠地）〉發表於
《南溟藝園》第 4 卷第 2 號。
短歌「寝不足をわが喞つ間もあらばこそ朝日さし込みて
年新たなり」、「臺北に居る友達の便り見てはしなくも湧
くわが旅心」、「ボーナスのあてがはずれて如何にせん去
年の質物救ひ難しも」、「新調の洋服大事にわれは着て新
年の式に早う顔出しぬ」發表於《あらたま》第 11 卷第
2 號「萌黃集」。

6 月　短歌「切り詰めし旅費に不足が氣づかはれ旅行かむわれ
は心細しも」、「田におりて餌をあさり居る白さぎのこの
冬雨に寒しと思ふ」、「漸くに深く君をば知る頃に別れと
なるぞわれはさびしき」、「朗らかな君の去りなばこの村
は月の夕に語る友なし」發表於《あらたま》第 11 卷第

6 號「層雲集」。

7 月　29 日，長男郭獻東出生。

| 1933 年<br>（昭和 8 年） | 1 月 | 12 日，日文〈對文壇之我見〉發表於《臺灣新民報》文藝欄，批評 1932 年臺灣文壇現狀。 |

10 月　4 日，與吳新榮、徐清吉共同發起「佳里青風會」，意在啟蒙地方知識青年的社會意識。成員包括王登山、鄭國津、林精鏐（林芳年）、陳培初、陳挑琴、葉向榮、郭維鐘、曾對等。

12 月　23 日，由於日本政府監視，加以會員參與狀況不佳，並發生同仁打架訴訟事件，「佳里青風會」宣布解散。

| 1934 年<br>（昭和 9 年） | 4 月 | 21 日，日文〈寫在牆上〉發表於《臺灣新聞》文藝欄。 |

5 月　6 日，應邀出席於臺中西湖珈琲館舉辦之「臺灣文藝大會」，與會者有何集璧、黃得時、郭秋生、林文騰、廖漢臣、朱點人、王詩琅、楊雲萍、劉捷、吳希聖、吳新榮、賴和、賴明弘、林幼春、葉榮鐘、張深切、張星建等，會中決議成立「臺灣文藝聯盟」，並發行機關誌《臺灣文藝》，與蔡秋桐被選為南部執行委員。

致同窗蘇新日文詩作〈故鄉的書簡——致獄中的 S 君〉發表於《臺灣新民報》文藝欄。

日文〈臺灣文藝大會印象記〉發表於《臺灣新民報》文藝欄。

6 月　日文〈譏笑二等兵〉發表於《臺灣新民報》文藝欄。

10 月　9 日，次女郭富美出生。

本年　創作日文詩作〈幻覺〉。

短歌 14 首收錄於《皇紀二五九四年歌集》

| 1935 年<br>（昭和 10 年） | 2 月 | 日文長篇小說〈《福爾摩沙》序文〉發表於《臺灣文藝》第 2 卷第 2 號。 |

3 月　日文詩作〈農村文化〉、〈酒家風景〉、〈靜寂〉發表於《臺灣文藝》第 2 卷第 3 號。

4 月　創作日文組詩「村裡瑣事」：〈新興醫業〉、〈季節的腳〉、〈腐蝕的校園〉、〈愚人節〉。

5 月　6 日，與吳新榮討論「臺灣文藝聯盟佳里支部」成立計畫。

6 月　1 日，與吳新榮奔走有成，「臺灣文藝聯盟佳里支部」於佳里公會堂成立，會員包括葉向榮、徐清吉、王登山、鄭國津、黃清澤、曾對、黃平堅、郭維鐘、陳挑琴、林精鏐。「臺灣文藝聯盟」本部亦有張深切、葉陶參加。

8 月　日文〈臺灣文藝聯盟佳里支部宣言〉發表於《臺灣文藝》第 2 卷第 8、9 號合刊。

10 月　日文〈自鹽分地帶——遙致陳挑琴〉發表於《臺灣新民報》文藝欄。

12 月　任楊逵主編《臺灣新文學》之編輯工作。
與吳新榮合著〈對臺灣新文學社的希望〉發表於《臺灣新文學》創刊號。

本年　與吳新榮合著〈聯合評論〉發表於《臺灣新民報》。
日文詩作〈牧歌一日〉發表於《臺灣新聞》。
日文短篇小說〈某個男人的手記〉獲日本《大阪每日新聞》「本島人新人懸賞」佳作。

**1936 年**
（昭和 11 年）

2 月　日文詩作〈斑鳩與廟祝〉、〈窮愁的日子〉發表於《臺灣文藝》第 3 卷第 3 號。

3 月　日文〈文學雜感〉發表於《新文學月報》第 2 號。

4 月　4 日，因楊逵來訪佳里，遂與鹽分地帶同仁於佳里公會堂召開「《臺灣新文學》檢討座談會」，探討組織與編輯方針。與會者有吳新榮、徐清吉、王登山、林精鏐、黃平

堅、黃炭、李自尺等。

15 日，與鹽分地帶同仁吳新榮、徐清吉、王登山、林精鏐等出席由楊景雲、莊茂林於臺南主辦之第一次文藝座談會，討論組織臺南地方文藝團體，與會者另有張星建、賴明弘、趙櫪馬等。

日文〈我是村中有力者〉發表於《臺灣新文學》第 1 卷第 3 號。

7 月　日文詩作〈宋江隊と——その思出〉發表於《臺灣新文學》第 1 卷第 6 號。

12 月　26 日，「臺灣文藝聯盟佳里支部」宣布解散，舊支部成員仍號為「鹽分地帶同人」。

28 日，與吳新榮、徐清吉赴臺南鐵路飯店會見來臺訪問的中國作家郁達夫，談論文學問題，與會者尚有楊熾昌、趙啟明、莊松林、林占鰲等。

1937 年
（昭和 12 年）

1 月　15 日，應《大阪朝日新聞》臺北支局蒲田丈夫之邀，成為該報「南島文藝」欄之特別寄稿家；二妹郭碖與北門王登山結婚，創作日文詩作〈廣闊的海——給出嫁的妹妹〉一詩，後發表於《大阪朝日新聞》「南島文藝」欄。

3 月　15 日，次男郭建南出生。

30 日，任臺灣產業組合協會北門郡部會產業組合研究會書記，至 1940 年 8 月 1 日。

5 月　任佳里興報國自治振興會會長。

6 月　15 日，日文詩作〈蓮霧之花〉發表於《臺灣新文學》第 2 卷 5 號。

1938 年
（昭和 13 年）

1 月　27 日，以最高票當選蕭壠信用組合會總代會監事。

4 月　28 日，為視察日本優良產業組合，隨團赴日參觀訪問 20 日。

| 1939 年<br>（昭和 14 年） | 1 月 | 2 日，三子郭昇平出生。 |
|---|---|---|
| | | 5 日，二子郭建南因麻疹引發肺炎逝世，創作日文詩作〈向棺木慟哭──給建南的墓〉一詩，後發表於《臺灣新民報》。 |
| | 4 月 | 22 日，於「報國自治振興會佳里興部落集會所」發表演說「吾が部落に実際に就こ」。 |
| | | 日文〈佳里興報國自治振興會の實際〉收錄於北門郡役所發行之《部落振興研究會發表要項》。 |
| | 9 月 | 9 日，邀吳新榮加入西川滿主導之「臺灣詩人協會」。 |
| | | 日文詩作〈わがふるさとの歌〉發表於《臺灣時報》。 |
| | 11 月 | 23 日，當選佳里街協議會員。 |
| | 12 月 | 日文詩作〈世紀之歌〉發表於《華麗島》詩刊創刊號。 |
| | 本年 | 創作日文〈新しき村〉。 |
| 1940 年<br>（昭和 15 年） | 1 月 | 成為「臺灣文藝家協會」會員。 |
| | 9 月 | 日文〈陳奇雲君のプロフイル〉發表於《あらたま》第 19 卷第 9 號「陳奇雲追悼號」。 |
| | 11 月 | 24 日，四子郭泰參出生。 |
| | 12 月 | 日文〈昭和十五年度の臺灣文壇を顧みて（ア順）〉發表於《臺灣藝術》第 1 卷第 9 號。 |
| | 本年 | 創作日文〈通譯十五年〉。 |
| 1941 年<br>（昭和 16 年） | 4 月 | 任北門郡勸業課技手，為日本政府正式官職，須著官服上班。 |
| | 9 月 | 日文〈穿文官服的那一天〉發表於《臺灣文學》第 1 卷第 2 號。 |
| 1942 年<br>（昭和 17 年） | 1 月 | 日文〈臺灣藝術界への要望（到著順）〉發表於《臺灣藝術》第 3 卷第 1 號。 |
| | 3 月 | 日文〈精神的高揚へ〉發表於《臺灣藝術》第 3 卷第 3 號 |

「大東亞戰爭と文藝家使命」專欄。

| | | |
|---|---|---|
| | 7 月 | 悼念吳新榮妻子毛雪日文詩作〈弔念感言——雪芬女士靈前捧讀〉發表於《臺灣文學》第 2 卷第 5 號。 |
| | | 〈北門區地理歷史性概觀（上、下）〉連載於《民俗臺灣》第 2 卷第 7～8 號。 |
| | 9 月 | 調任曾文郡勸業課技手，至 1944 年。 |
| 1943 年<br>（昭和 18 年） | 1 月 | 任職文官卻不願配合皇民化政策更改姓名，遭日本政府認為思想有問題，入獄八個半月，至 10 月 2 日出獄。 |
| | 3 月 | 〈南鯤鯓廟誌〉發表於《民俗臺灣》第 3 卷第 3 號。 |
| | 10 月 | 25 日，四男郭泰參過繼給好友徐清吉，後改名為徐裕超。 |
| | 11 月 | 13 日，與吳新榮出席「臺灣文學奉公會」於臺北市公會堂主辦之「臺灣決戰文學會議」，與會者有西川滿、濱田隼雄、河野慶彥、龍瑛宗、張文環、楊逵、周金波、陳火泉、黃得時、張星建、呂赫若等。為配合戰爭局勢，會中決定合併文藝雜誌，臺灣文學奉公會後發行《臺灣文藝》，為文藝雜誌統合後的刊物。 |
| | 12 月 | 應張文環之邀，任《臺灣文學》編輯長。 |
| 1944 年<br>（昭和 19 年） | 本年 | 任臺南州竹材竹製品組合聯合會主事，移居臺南。 |
| 1945 年 | 10 月 | 13 日，任「三民主義青年團直屬臺灣區團臺南分團北門區隊」聯合辦事處組訓股長，吳新榮任主任，林精鏐任總務股長。 |
| | | 28 日，任「三民主義青年團佳里區」隊附。 |
| 1946 年 | 1 月 | 8 日，父郭九逝世。 |
| | 2 月 | 任臺南縣佳里鎮第一屆鎮民代表會主席。 |
| | 4 月 | 偕二夫人楊來于移居臺北，任一德股份有限公司業務經 |

理，至 1950 年。

1947 年　　本年　應臺北市長游彌堅之邀，任「臺灣省文化協進會」文學委
員之委員。

1950 年　　本年　任東方印刷股份有限公司總經理，至 1953 年。

應臺北市長吳三連之邀，任臺北市政府祕書室事務股長。

1951 年　　6 月　〈談本省智識界之動向〉發表於《旁觀雜誌》第 9、10 合
刊。

1952 年　　4 月　〈侯庚抗日事蹟〉發表於《臺南文化》第 2 卷第 2 期。

12 月　〈臺灣民主國的內變〉發表於《臺北文物》第 1 卷 1 期。

1953 年　　4 月　21 日，應邀出席「臺灣省市縣文獻委員會座談會」，與會
者有黃啟端、楊雲萍、王白淵、吳新榮、黃得時、吳濁
流、吳瀛濤、龍瑛宗、王詩琅等。

本年　任臺北市政府民政局自治指導員，至 1954 年。

1954 年　　5 月　28 日，出席臺北市文獻委員會主辦之「北部新文學・新
劇運動座談會」，與會者有吳新榮、廖漢臣、吳瀛濤、吳
濁流、王白淵、王詩琅、陳鏡波、陳君玉、溫連卿、龍瑛
宗、楊雲萍、黃得時等。座談紀錄後刊於《臺北文物》第
3 卷第 2 期。

12 月　〈憶郁達夫訪臺〉、〈臺灣日人文學概觀〉發表於《臺北文
物》第 3 卷第 3 期。

15 日，出席臺北市文獻委員會主辦之「美術運動座談
會」，與會者有郭雪湖、廖漢臣、楊三郎、楊肇嘉、王白
淵、王詩琅、黃得時等。座談紀錄後刊於《臺北文物》第
3 卷第 4 期。

本年　任臺北市文獻委員會專任編輯，至 1956 年。

1955 年　　5 月　20 日，出席臺北市文獻委員會主辦之「音樂舞蹈運動座
談會」，與會者有王白淵、蔡瑞月、陳君玉、張維賢、廖

漢臣、呂泉生、王詩琅、蔡培火、黃得時等。座談紀錄後刊於《臺北文物》第 4 卷第 2 期。

〈臺灣同化運動史話〉發表於《臺北文物》第 4 卷第 1 期。

8 月　〈臺灣舞蹈運動述略〉發表於《臺北文物》第 4 卷第 2 期。

10 月　27 日，出席臺北市文獻委員會主辦之「臺北市詩社座談會」，與會者有廖漢臣、楊雲萍、黃純青、黃得時等。座談紀錄後刊於《臺北文物》第 4 卷第 4 期。

1956 年　2 月　〈日僑與漢詩〉發表於《臺北文物》第 4 卷第 4 期。

4 月　〈日據初期北市社會剪影〉、〈臺北圖書館小誌〉發表於《臺北文物》第 5 卷第 1 期。

本年　任臺北市中央蔬菜批發市場專員，至 1964 年。

1957 年　9 月　與莊松林、賴建銘合著《臺南縣志稿・文化志》，由臺南臺南縣文獻委員會出版。

1959 年　12 月　〈荷人聚臺時期之中國移民〉發表於《臺灣文獻》第 10 卷第 4 期。

1962 年　9 月　〈由兩幅古圖談鹿耳門考證〉發表於《臺南文化》第 7 卷第 3 期。

1964 年　4 月　15 日，任臺灣區蔬菜輸出業同業公會總幹事，至 1980 年 6 月退休。

1967 年　4 月　16 日，應邀出席「臺灣文藝三周年紀念暨第二屆臺灣文學獎頒獎典禮」。與會者有吳濁流、陳逸松、楊肇嘉、林海音、鍾鐵民、鍾肇政、陳秀喜、吳瀛濤、黃春明、林鍾隆、廖清秀、七等生、鄭清文、趙天儀等。

6 月　14 日，〈談「鹽分地帶」追憶吳新榮〉發表於《自立晚報》第 6 版；28 日發表於《臺灣風物》第 17 卷第 3 期。

| 1968 年 | 6 月 | 在友人柯秀鳳、高橋郁子的鼓勵下，於臺灣區蔬菜輸出業同業公會發起「臺北短歌會」，並積極創作短歌，多投稿於《からたち》、《をたまき》、《臺北歌壇》等刊物。 |
| 1969 年 | 7 月 | 20 日，應邀出席「吳濁流文學獎基金會成立典禮」。與會者有司馬中原、巫永福、鍾肇政、吳濁流、王施琅、鄭世璠、鍾鐵民、李喬、林鍾隆、林衡道、林海音、陳秀喜、黃娟、廖清秀、文心、張彥勳、黃文相、江上、張良澤、鄭清文、趙天儀等。 |
| 1972 年 | 6 月 | 詩作〈無聊的星期天〉發表於《笠》詩刊第 49 期，為戰後第一首中文詩。 |
| 1973 年 | 本年 | 加入由王昶雄成立之「益壯會」，成員包括王詩琅、巫永福、劉捷、鄭世璠、龍瑛宗、楊逵等。 |
| 1974 年 | 7 月 | 21 日，應邀出席笠詩社於桃園今日大飯店舉辦之「笠詩社十周年年會」，與會者有林亨泰、陳秀喜、鍾肇政、吳濁流、巫永福、趙天儀、鄭烱明、李魁賢、陳千武等。 |
| | 7 月 | 15 日，母親陳猛逝世。後作短歌〈母親的面影〉6 首追悼。 |
| 1976 年 | 本年 | 創作〈追憶我的母親〉。 |
| 1978 年 | 7 月 | 29 日，長男郭獻東逝世。 |
| | 10 月 | 8 日，應邀出席《聯合報》副刊於聯合報社主辦之「傳下這把香火──光復前臺灣文學座談會」，與會者有王詩琅、王昶雄、巫永福、杜聰明、郭秋生、黃得時、陳火泉、葉石濤、楊雲萍、楊逵、廖漢臣、劉捷、龍瑛宗等。座談紀錄後刊於 22～24 日《聯合報》第 12 版。 |
| 1979 年 | 8 月 | 應邀出席《自立晚報》副刊於臺南北門南鯤鯓廟主辦之「第一屆鹽分地帶文學營」，與會者有巫永福、郭水潭、林芳年、鍾逸人等。 |

| 1980 年 | 7 月 | 2 日，應邀出席《聯合報》副刊於淡水紅毛城舉辦之「光復前臺灣文學中的民族意識與抗日精神座談會」，與會者有王詩琅、王昶雄、郭水潭、黃得時、黃武忠、廖漢臣、龍瑛宗等。座談紀錄〈永不熄滅的爐火——光復前臺灣文學中民族意識與抗日精神〉後刊於 7～8 日《聯合報》第 8 版。 |
| | 10 月 | 25 日，詩作〈病妻記——我妻信佛發心皈依三寶拜師取法名曰聖來〉、〈文學伙伴〉發表於《聯合報》第 8 版。 |
| | 12 月 | 17 日，詩作〈浪人不回頭——追悼廖漢臣〉發表於《自立晚報》第 10 版。 |
| 1981 年 | 3 月 | 19 日，詩作〈悼念文運健將郭秋生〉發表於《自立晚報》第 10 版。 |
| | 4 月 | 21 日，在文友王昶雄、羊子喬等送行下，攜二夫人楊來于自臺北歸返臺南佳里。 |
| 1982 年 | 1 月 | 17 日，創作詩作〈悼念文學伙伴徐清吉〉。 |
| | 10 月 | 3 日，二夫人楊來于逝世。 |
| 1983 年 | 8 月 | 21 日，應邀出席《自立晚報》副刊於臺南北門南鯤鯓廟舉辦之「第五屆鹽分地帶文學營」，與王詩琅同獲「臺灣新文學特別推崇獎」，並於「光復前臺灣文學座談會」與巫永福分別報告日據時期臺灣新文學運動概況。 |
| 1984 年 | 9 月 | 20 日，應邀出席由《聯合文學》於聯合報社主辦之「美人心事——文人與藝旦座談會」，與會者有王昶雄、巫永福、吳松谷、林芳年、周添旺、黃得時、楊逵、劉捷、龍瑛宗、瘂弦、黃武忠、張寶琴、丘彥明。座談紀錄後刊於《聯合文學》第 3 期。 |
| 1985 年 | 1 月 | 14 日，元配陳稟逝世。 |
| | 10 月 | 〈暮年情花〉發表於《聯合文學》第 12 期。 |

| 1987 年 | 6 月 | 〈缺乏讀者的第一本書——《臺南縣志稿文化志》〉發表於《文訊》雜誌第 30 期。 |
| 1988 年 | 1 月 | 14 日，應邀出席笠詩社於臺中文英館主辦之「亞洲詩人會議」，與會者有陳秀喜、巫永福、李敏勇等。 |
| | 7 月 | 4 日，因記憶力衰退，又患輕微中風，入臺南麻豆「普門仁愛之家」靜養。 |
| 1993 年 | 10 月 | 16 日，獲臺南縣立文化中心頒發第一屆「南瀛文學獎特別貢獻獎」。 |
| 1994 年 | 4 月 | 《文學臺灣》第 10 期製作「郭水潭作品特輯」，刊載多篇未發表的詩、小說、散文與日記。 |
| | 12 月 | 羊子喬編《郭水潭集》，由臺南臺南縣立文化中心出版。 |
| 1995 年 | 3 月 | 9 日，病逝，享壽 88 歲。20 日，於臺南麻豆小埤里舉行告別式。 |
| 2010 年 | 7 月 | 31 日～9 月 26 日，臺南將軍鄉鹽分地帶文化館所屬「香雨書院」，舉辦「郭水潭詩展」。 |
| | 10 月 | 陳瑜霞著《郭水潭生平及其創作研究》，由臺南臺南縣政府出版 |

## 參考資料：

‧呂興昌，〈郭水潭生平著作年表初稿〉，《郭水潭集》，臺南：臺南縣立文化中心，1994 年 12 月。

‧張良澤主編，《吳新榮日記全集》1～8 冊，臺南：國立臺灣文學館，2007 年 11 月、2008 年 6 月。

‧陳瑜霞，〈郭水潭日治時期生平著作年譜〉，《郭水潭生平及其創作研究》，臺南：臺南縣文化局，2010 年 10 月。

輯三◎
研究綜述

# 郭水潭研究資料彙編綜述

◎林淇瀁

## 一、郭水潭文學概述

　　作為日治時期鹽分地帶主要作家之一的詩人郭水潭（1908～1995），年輕時就以詩聞名，15 歲就讀佳里公學校高等科時，開始從事和歌寫作；18 歲時因為和歌創作受到時任北門郡郡守酒井正之的賞識，得以進入郡役所任職；22 歲加入日籍詩人多田利郎創辦的《南溟樂園》誌為同仁，1930 年南溟樂園社鋼板油印出版 1929 年《自選詩第一集郭水潭篇》，收詩十首，展現了他的詩才。

　　根據學者呂興昌所編〈郭水潭生平著作年表初稿〉，郭水潭的文學創作，除了短歌、俳句、詩之外，尚有小說、隨筆、日記與評論。戰後則以民俗、地方文獻之爬梳為主，但仍有短歌、俳句的創作。他的文學創作生涯因為跨越語言和改朝換代的關係，有一段很長時間的斷裂與停滯，這也使得他留下來的作品相對稀少。

　　他的主力創作是新詩作品，截至目前為止存世者，日治時期僅得 36 首，創作時間從 1929 到 1942 年，前後 13 年；戰後偶得，在羊子喬編《郭水潭集》僅有〈無聊的星期天〉、〈病妻記〉、〈文學伙伴〉、〈浪人不回頭〉、〈悼念文運健將郭秋生〉五首，加上編者編輯本書期間發現之詩作〈悼文學伙伴徐清吉〉（寫於 1982 年 1 月 17 日），也僅得六首中文詩作。但儘管如此，他在日治時期寫的日文新詩量少而質精，代表作如〈巧妙的縮圖〉、〈徬徨於飢餓線上的人群〉、〈斑鳩與廟祝〉、〈廣闊的海——給出嫁的妹

妹〉和〈向棺木慟哭——給建南的墓〉等詩作，都展現了一如呂興昌所指
的「冷靜的抒情」、「獨特的鄉土記事」和「左翼的詩思」的特質，使他贏
得同年代詩人的注目，顯發了他在鹽分地帶詩人群中卓然的風姿，也確立
了他在臺灣新詩史上不可忽視的位置。他從年輕時就擅長的短歌和俳句創
作，如能重獲評價，則他的詩史位置容有可能獲得更高地位。

　　郭水潭寫作日文新詩之際（1929～1942），也正是他一生工作最為穩
定、才氣最為煥發、人生最為風光的盛年階段。此期間，他已在北門郡役
所庶務課工作，兼任郡守的通譯（1925～1937）；1941 年，更升任北門郡
勸業課技手，進入日本文官體制之內，開始著官服上班；直到 1943 年 1
月，始因不肯改日本姓氏，被認為思想有問題而繫獄八個半月，離開文官
體制。這個階段的他，可謂躊躇滿志，意氣飛揚，這可從他發表的隨筆
〈我是村中有力者〉、〈通譯十五年〉與〈穿文官服的那一天〉等三篇窺見
一二。當時他的好友吳新榮在隨筆〈鎮上的夥伴〉文中，甚至譏諷他「不
再和詩神做朋友，甘為財神的奴隸，羅曼變為算盤，蕃薯籤代為蓬萊米」。

　　也在這讓文學夥伴看來相當優渥的環境下，他的文學創作和文壇活動
因此相當活躍。他先後加入了《南溟樂園》誌（1929）、新珠短歌會
（1930）、佳里青風會（1933）、臺灣文藝聯盟（1934），並與吳新榮成立了
「臺灣文藝聯盟佳里支部」（1935）、加入楊逵創辦的《臺灣新文學》
（1935）、加入西川滿主導的臺灣詩人協會（1939）以及其後改組的「臺灣
文藝家協會」（1940）等文學刊物與社團。

　　在這個階段，他發表作品的刊物，也從初期的《南溟樂園》、《新珠短
歌》到《臺灣新民報》、《臺灣新聞》、《臺灣文藝》、《臺灣新文學》、《新文
學月報》、《大阪朝日新聞》、《華麗島》、《臺灣文學》、《民俗臺灣》等報章
雜誌；他的和歌被日本歌人聯盟選入《皇紀二五九四年歌集》（1930）；小
說〈某個男人的手記〉更獲《大阪每日新聞》徵文小說佳作（1935）。

　　〈某個男人的手記〉以新感覺派的筆觸，描述一位與社會價值乖離的
青年知識分子的流浪、情慾與迷惘。小說中的主人翁「我」學成後回鄉，

卻找不到工作，只能依賴妻子到農場做工養家。不到一年後，就因對於沒有愛情的婚姻厭倦而離家流浪，當了兩個月市政府臨時員工又離開，最後進入歌仔戲團寫腳本和廣告傳單；在歌仔戲團中「我」認識了陳姓畫家，兩人由陌生到熟識，卻因陳姓畫師和女演員私奔，「我」被認為是共犯而遭警方拘留；證明無罪，從拘留所出來後，「我」繼續流浪，一星期後找到劇團，和劇團的女主角熱戀，又擔心戀情被同團的男人所知，做了一個遭到同團男性毆打、丟到河邊，被抬去醫院的惡夢。這篇小說以從惡夢中醒過來，「迫切等待天亮」作結，是一篇具有現代主義風格的佳作。

除此之外，郭水潭還有一篇題為〈福爾摩沙〉的長篇小說，可惜只見序文，刊登於 1935 年 2 月出版的《臺灣文藝》（第 2 卷第 2 號），內文據稱約十二萬字，卻遭家人焚毀，而未連載。另一篇題為〈無軌道時代〉原作係手稿但應為未完稿。就此來看，郭水潭的小說創作成果並不顯著。

但無論如何，郭水潭這個階段的文學創作活力的確相當蓬勃。遺憾的是，隨著 1943 年他因不肯改日本姓氏被關，加上其後動盪不止的戰爭與政治變亂，陷入創作停滯，文學生命也逐漸枯萎。

日本戰敗之後，臺人歡欣鼓舞，1945 年 10 月，三民主義青年團區隊成立，吳新榮擔任區隊長，郭水潭擔任區隊附，獻身於戰後臺灣重建的工作。然而此一美夢不久旋即破滅，1947 年發生的二二八事件，吳新榮出任臺南縣二二八事件處理委員會總務組副組長，事件發生後被拘留約二個月，才獲釋放；此際的郭水潭則失業在家，幸未受到牽連。直到 1950 年因為同鄉吳三連獲派任為臺北市長，被延聘擔任祕書室事務股長，才獲得了穩定的工作，直到 1980 年自臺灣區蔬菜輸出業同業公會總幹事任上退休。

從 1950 年到 1980 年的 30 年間，生活雖獲安定，但郭水潭的文學生命卻因政治局勢的變化和語言轉換的困難而被迫停頓，以至於凋萎。這 30 年間，前一階段（1950～1964），他先後在臺北市府擔任事務股長、民政局自治指導員、臺北市文獻委員會編纂、臺北市中央蔬菜批發市場專員；後一階段（1964～1980）則專任臺灣區蔬菜輸出業同業公會總幹事。前一階

段，他的創作幾已停筆，如今留下者多為歷史文獻研究、日治時期臺灣文化運動相關之座談發言紀錄；後一階段，始有前述中文新詩作品零星發表，以及他年輕時就已嫻熟的日文短歌創作。

1981 年 4 月，郭水潭離開臺北，歸返故鄉佳里；1995 年 3 月 9 日告別曾經孕育他文學生命的故鄉鹽分地帶。回到佳里的 14 年間，他的兩位夫人先後過世，他也於 1988 年進入麻豆普門仁愛之家靜養。在這餘生階段，他的文學成就重新獲得正視，先後接受報章雜誌的採訪，也先後獲得鹽分地帶文藝營「臺灣新文學特別貢獻獎」（1983）、臺南縣「南瀛文學特別貢獻獎」（1993）。這 14 年間，他的創作只有前述出土新詩〈悼文學夥伴徐清吉〉（未發表）及散文〈暮年情花〉（1985 年 10 月，發表於《聯合文學》）兩篇。

郭水潭的一生，與跟他同時代的摯友吳新榮、蘇新相較，堪稱平順；但如就他的文學生命來看，則又相對坎坷。他留下的作品，不計散佚，詩僅得 42 首、隨筆僅得 19 篇；他在戰後臺灣文壇已不活躍，作品也有限，他必然相當感慨，但已無力可回了——這當然並非他所願，迫於時局變遷與中文書寫轉換，他終究成了把文學遺留在日治時期的詩人。

## 二、郭水潭文學研究概述

關於郭水潭文學的研究資料，大約可以分為三大類：

第一類是研究郭水潭的專書專著，本類截至目前為止計有專書一部，博碩士論文四部。

專書是陳瑜霞所著《郭水潭生平及其創作研究》（臺南：臺南縣政府，2010 年 10 月）。此書係由著者博士論文（同題，成功大學中國文學系博士論文，2006 年 7 月）修訂後出版，共五章，先述郭氏生平，接著論其寫作歷程，再論其作品及其文學特色，並有附錄四篇。著者詳細爬梳與郭氏相關之文獻、史料，整理出相當詳盡的郭水潭文學歷程，指出其文學在不同時期、不同文類中表現的特色與精神，以及郭水潭文學評論及其歷史觀的

關聯，具有相當參考價值。此書附錄，可觀者有〈目前有關郭水潭資料現況〉，詳列其指導教授呂興昌所收集與訪談結晶，極其珍貴；另有郭水潭詩作日文原作與譯作 14 篇對照、選入《あらたま》歌誌中的短歌原詩與譯註，有參酌比對之價值。

在博碩士論文部分，同樣以郭水潭為研究對象的，是陳明福的碩論〈郭水潭及其作品研究〉（南華大學文學研究所碩士論文，2006 年 7 月）。這部碩論與前述陳瑜霞之博論同時完成。論文從郭水潭的小說、隨筆、論述及新詩中，評價其文學特色，同時審視他對鹽分地帶文學的貢獻，歸納他的新詩作品題材與特色，指出他擅長親情描寫，而最受重視的是左翼思想的社會關懷。

這兩部專論郭水潭的博碩士論文之外，以鹽分地帶文學研究為範疇，論及郭水潭文學者，有王秀珠〈日治時期鹽分地帶詩作析論——以吳新榮、郭水潭、王登山為主〉（高雄師範大學國文教學碩士班碩士論文，2005 年）、蔡惠甄〈鹽窟裡的靈魂——北門七子文學研究〉（佛光大學文學系碩士論文，2009 年）兩部。

整體來看，郭水潭文學研究專書專著仍嫌不足，這與他主要以日文書寫，研究上仍難免閱讀障礙；作品有限，生平資料也有限，要在既有研究之外另闢天地確有困難有關。不過，他的日文短歌、俳句作品數量豐富，且具有研究價值，只要能克服閱讀障礙，或能編成較完整選本，則有進一步研究之價值。

第二類是有關郭水潭的生平資料篇目。其下又可細分為「自述」、「他述」、「訪談」、「年表」四類。自述部分，已編入羊子喬編《郭水潭集》隨筆卷中者已有多篇，日治時期所寫有〈我是村中有力者〉、〈身邊雜記〉、〈通譯十五年〉、〈日記〉、〈穿文官服的那一天〉，戰後階段有〈追憶我的母親〉、〈暮年情花〉等；未收入者《郭水潭集》者有〈心的日記〉（陳瑜霞譯，見於《郭水潭生平及其創作研究》）十篇。這是郭水潭一生有限的自述文章。

　　他述部分，多為選集小傳簡介、作品品評或訊息報導，較值得參考的是文壇作家或鹽分地帶文學同儕對郭水潭文學與為人行事的追述。訪談、對談部分，以林佩芬〈潭深千尺詩情水——訪郭水潭先生〉（《文訊》雜誌第 10 期，1984 年 4 月）較為可觀。由以上三種生平資料來看，郭水潭生前在臺灣文壇幾乎可說是被遺忘的作家，他的處境和同一時期風車詩社的楊熾昌相當類似，都位於戰後臺灣文壇的邊緣位置。年表部分，應以呂興昌編訂的〈郭水潭生平著作年表初稿〉最為重要。另有許俊雅〈《臺灣文藝》重要作家作品篇目表（郭水潭部分）〉可參。

　　第三類是郭水潭作品的評論篇目，又可細分為「綜論」、「分論」兩類。評論性質又可再細分為介紹、評析和論述三種，涵括了一般性的生平介紹、作品評析到論評與學術期刊論文。基本上，相關於郭水潭的評論，早期多來自鹽分地帶作家的介紹與評述，近期以來隨著學界研究的展開，則出現了對郭水潭文學作品價值和文學史定位的深度論述。

## 三、關於郭水潭研究資料彙編

　　本彙編所收郭水潭研究資料編目總計 202 筆，比較與他同時期出現文壇的楊逵（1906～1985）研究資料編目高達 1333 筆，顯然無法同日而語。如扣除同一資料因收錄不同書刊而重複登錄的筆數，在數量上則更形稀薄。這固然與郭水潭一生起伏，創作量不大有關；但如以他的短歌和俳句創作質量而言，則尚有相當廣闊的論述空間，這也顯彰了當代臺灣文學研究對於日治時期的臺灣日文作家的卻步。

　　由於郭水潭研究資料的稀少論述空間。本彙編根據現有已蒐羅研究資料，從中選取相關文章、論述、研究共 21 篇。選取的原則，在文學生涯部分，有作家自述以及口述訪談，除了郭水潭自述文章之外，另選 8 篇，係與郭水潭有關之日治時期老友、鹽分地帶後進與文壇後輩追思之文，用以勾勒這位幾被社會遺忘的重要詩人的臉顏；訪談 2 篇，作品析論 2 篇；綜論部分 6 篇，除葉笛所撰係以詩人之眼論述郭水潭的詩藝世界，餘皆為學

院研究論文，各篇論者切入向度、視角各有不同，論點也具互相對話的參
考價值，既能凸顯郭水潭文學的文學史定位，也可供未來研究者參照。選
文分述如下：

1.郭水潭〈臺灣文藝聯盟佳里支部宣言〉（作家自述）。

2.郭水潭〈文學雜感（節錄）〉（作家自述）。

3.郭水潭〈暮年情花〉（作家自述）。

4.郭昇平〈雜憶父親二三事——寫在《郭水潭集》出版之前〉（他述）。

5.林芳年〈鹽分地帶作家論〉（他述）。

6.王昶雄〈千尺潭深愈離愈遠——悼念郭水潭兄〉（他述）。

7.黃武忠〈浪漫飄逸的郭水潭〉（他述）。

8.羊子喬〈橫看成嶺側成峰——試為郭水潭造像〉（他述）。

9.陳益裕〈鹽分地帶・新文學前驅的郭水潭先生〉（他述）。

10.彭瑞金〈郭水潭——南瀛文學第一家〉（他述）。

11.李敏勇〈在壓抑的歷史面對廣闊的海——追悼詩人郭水潭氏〉（他述）。

12.謝玲玉〈郭水潭（1908～1995）——島的詩人，臺灣文學先驅〉（他述）。

13.林佩芬〈潭深千尺詩情水——鹽分地帶詩人郭水潭先生〉（訪談）。

14.葉笛〈郭水潭的詩路歷程〉（綜論）。

15.呂興昌〈巧妙的社會縮圖——郭水潭戰前新詩析述〉（綜論）。

16.陳瑜霞〈日治時期郭水潭詩歌——「融和」觀的形成軌跡〉（綜論）。

17.陳瑜霞〈臺灣短歌文學初探——以郭水潭日治時期作品為中心〉（綜論）。

18.林佩蓉〈尋找春天腳印的詩魂——郭水潭的文學思想及其鹽分地帶文學風格再思考〉（綜論）。

19.陳芳明〈殖民地詩人的臺灣意象——以鹽分地帶文學集團為中心〉（綜論）。

20.鄭烱明〈郭水潭的親情詩〉（作品析論）。

21.莫渝〈臺灣新詩之美——郭水潭的〈廣闊的海〉（節錄）〉（作品析論）。

郭水潭自述部分選了三篇，〈臺灣文藝聯盟佳里支部宣言〉寫於 1935 年 6 月 1 日，做為臺灣文藝聯盟佳里支部的宣言，具有文學史的意義。這篇宣言宣示了臺灣新文學運動中南部文學社團的不再缺席，同時也為其後鹽分地帶文學社群的主體精神作了定位。宣言中強調「要思考我們的文學，如何才會獲得民眾的歡迎」，「也要鮮明地從我們的地方性的觀點，鼓足幹勁在這個拓開中的鹽分地帶，即使微小也無妨，種植文學的花，並且深信其成果一定是輝煌的」。正是在這個「地方性的觀點」下，鹽分地帶文學社群及其作家乃能開拓出綿延不斷的鹽分地帶文學，並且鮮明地豐富了 1930 年代臺灣文學相對於日本殖民地文學的獨特性。

此一觀點，其後更周密也更深刻地表露於選文第二篇〈文學雜感（節錄）〉（《新文學月報》第 2 號，1936 年 3 月）之中。針對當時主流文壇對殖民地臺灣文學的討論，郭水潭明確地指出「臺灣文學要從正確地掌握立足於臺灣歷史的文學及強調這一點的氣氛裡再作出發」。這段論述，直接提出了臺灣文學異於日本殖民地文學的歷史獨特性，一方面扣緊臺灣歷史的主體，另方面強調要從對臺灣歷史的正確認識下再出發，正如呂興昌所說，充分流露出「一股強烈的臺灣文學主體意識」，放在 1930 年代的臺灣文壇來看，這個論點無疑是前瞻且深具洞見的。郭水潭此後並未繼續延伸他的論述，這兩篇選文因而彌足珍貴。

第三篇選文〈暮年情花〉，是郭水潭晚年的自述散文。他先從年輕時代開始短歌的創作寫起，接著帶入他兩段難忘而沒有結果的愛情，顯現了他做為詩人的浪漫情懷，附於本書，提供讀者了解郭氏內在心靈世界之參考。

　　他述部分，選錄郭水潭三男郭昇平所撰〈雜憶父親二三事——寫在《郭水潭集》出版之前〉、鹽分地帶好友林芳年〈鹽分地帶作家論〉、文壇好友王昶雄於郭氏過世後所寫追思文〈千尺潭深愈離愈遠——悼念郭水潭兄〉、鹽分地帶後輩黃武忠所撰〈浪漫飄逸的郭水潭〉、羊子喬所寫〈橫看成嶺側成峰——試為郭水潭造像〉、陳益裕〈鹽分地帶‧新文學前驅的郭水潭先生〉，以及彭瑞金撰〈郭水潭——南瀛文學第一家〉、李敏勇撰〈在壓抑的歷史面對廣闊的海——追悼詩人郭水潭氏〉、謝玲玉〈郭水潭（1908～1995）——島的詩人，臺灣文學先驅〉等多篇，從不同世代、不同作家眼中所見、心中所感，多方呈現郭水潭做為一位兼有左翼寫實和浪漫情懷的詩人特質和圖像，或可稍微彌補郭氏自述生平資料之不足。

　　訪談部分，選入小說家林佩芬於 1984 年親訪郭水潭後發表於《文訊》雜誌第 10 期的〈潭深千尺詩情水——鹽分地帶詩人郭水潭先生〉。當時的郭水潭雖已屆 77 歲高齡，但身體健朗、精神瞿鑠，在林佩芬眼中是一位可親的長者。這篇訪問由郭水潭提供相當多剪報與資料，經由林佩芬訪問之後加以整理，是有關郭水潭生平最詳盡的訪談稿，也是其後研究郭水潭必備的基礎資料。

　　研究綜論部分共收六篇，都是擲地有聲之論。詩人葉笛所寫〈郭水潭的詩路歷程〉，通過對郭水潭詩作及其人生旅程的總體探照，深刻地描繪了郭水潭在鹽分地帶文學社群中的位置、對日治年代臺灣文壇的主張及其影響力。文中歸納郭水潭的文學理論，允為知音之言：

　　　　文學應該是生活於該土地的作家們發自內在精神的、有歷史辯證觀念的創作行為，能與自己的土地、人民、共享存在的。擁有能激起共同的理想，一起站起來創造明天的文學，才是大家需要的真正的文學。無疑的，郭水潭擁抱的文學就是：人人都感覺到需要的，人人都能交流的文學。

　　呂興昌教授長期從事極其深入、細膩的臺灣文學田野調查，爬梳史料，不遺餘力，尤其對於 1930 年代的詩人研究，更見專精。他先後為楊熾昌、郭水潭製作生平著作年表，提供給後學可靠而珍貴的研究材料，他的論述〈巧妙的社會縮圖──郭水潭戰前新詩析述〉字字都有根據、句句皆不浮誇。在這篇文論中，他精準地看到郭水潭新詩創作的特質，指出其中表現的特殊風貌；而更重要的是，他指出郭水潭評論中的臺灣文學主體意識，以及詩作中存在的左翼思想及其美學，都讓後來者得以正視郭水潭在臺灣新詩史上不可忽視的地位。

　　陳瑜霞教授的博論《郭水潭生平及其創作研究》係在呂興昌教授指導下完成，其後經修訂由臺南縣政府以同題專書出版。這本專論除探究郭水潭生平、寫作歷程和作品析論之外，對於其文學精神特色更見著力。本書收入她研讀博士學位之際所發表的兩篇期刊論文，一為〈日治時期郭水潭詩歌──「融和」觀的形成軌跡〉、一為〈臺灣短歌文學初探──以郭水潭日治時期作品為中心〉。前文除指出郭水潭詩作的階段性差異之外，並以「融和觀」詮釋郭水潭的詩作綜體特質；後文則從郭水潭很少受到學界注意的短歌作品切入，對日治時期臺灣的短歌文學進行了綿密的探討，開拓了臺灣文學研究的新地。

　　相對的，學者林佩蓉則從郭水潭的文學思想切入，據以考察鹽分地帶的文學風格，她的文論〈尋找春天腳印的詩魂──郭水潭的文學思想及其鹽分地帶文學風格再思考〉，梳理郭水潭的作品、評論及社會文化活動，指出鹽分地帶作家不只具有寫實抗議精神，不僅止於「鄉土文學」，還有著更多元的「臺灣性」存在。

　　陳芳明教授的〈殖民地詩人的臺灣意象──以鹽分地帶文學集團為中心〉以全景俯看的視角，透過鹽分地帶詩人群的作品，探究他們所呈現的臺灣意象，指出其中的特質在「保留鄉土本色」、「平民情感的釋放」的書寫模式和抵抗策略：

以臺灣傳統情感的原型,來批判資本主義的侵蝕。以鄉土受到傷害的實相,揭穿殖民者現代化改造的虛構。對於目睹周遭的生活,他們並不以激情的控訴口號進行吶喊,而往往是藉辯證的技巧反覆對照,或是利用景物的描寫淡化過多的情緒。無論是從詩藝的發展史來看,或是從殖民的抵抗史來看,鹽分地帶詩人留下來的豐富遺產都值得再三重估。

在這篇文論中,他比較了郭水潭和吳新榮詩藝的差異,指出郭水潭在鹽分地帶詩風中做為代表性詩人的位階,來自於其親情詩的拔高。

因此,本書書末收錄兩篇有關郭水潭親情詩作的析論,用以相互詮解。一是詩人鄭烱明所撰〈郭水潭的親情詩〉,另一篇則是詩人莫渝所撰〈臺灣新詩之美——郭水潭的〈廣闊的海〉(節錄)〉。鄭烱明分析〈向棺木慟哭〉、〈廣闊的海〉與〈蓮霧之花〉三首親情作品,莫渝則分析後兩首詩作。兩文附於篇後,足以彰顯郭水潭親情詩的美學成就。

## 四、結語

作為 1930 年代鹽分地帶傑出的詩人,郭水潭的文學生命,如僅以新詩作品來看,產量相對微薄,但質地則相當精純,他在日治時期寫下的詩作,特別是親情詩與具有左翼精神的寫實詩作,至今都仍具分量,其情境也深刻動人。在臺灣新詩史上,他不只屬於鹽分地帶,也是臺灣新詩壇的瑰寶之一。

遺憾的是,相較於他的詩作成就,有關他的研究論述仍顯匱乏,部分原因出於他的詩作多以日文書寫,中文翻譯之後不易留存原文韻味和意境;部分原因也和他於戰後長期停筆,而不為臺灣文壇所悉有關。

郭水潭詩名之沒世而名不稱,和與他同年代的詩人楊熾昌類似。1934年他曾發表一篇題為〈寫在牆上〉的短評,針對楊熾昌及其《風車》同仁所寫的超現實主義詩作,譏之為「薔薇詩人們」,批判他們:

一窩蜂推崇的那些詩的境界裡，壓根兒品嚐不出時代心聲和心靈的悸動，只能予人以一種詞藻的堆砌，幻想美學的裝潢而已。換言之，沒有落實的時代背景，就是遠離這個活生生的現實。究竟，詩就是應該這樣的嗎？

主張正視現實的郭水潭和主張超現實主義、為文學而文學的楊熾昌，當年均是炙手可熱、備受矚目的詩人，戰後都長時間從詩壇消聲匿跡，直到鄉土文學論戰前後方才復出，但也都未獲應有的重視與充足的研究。當年兩人的爭辯，今已形如雲煙，留存下來還是他們各自寫出的佳構。曾經分別站在現實主義與超現實主義陣營的兩人，對於這樣的文學遭遇，黃泉相遇，或許也會相視以苦笑吧。

輯四◎
重要評論文章選刊

# 臺灣文藝聯盟佳里支部宣言

◎郭水潭
◎蕭翔文譯[*]

　　臺灣文學啦，臺灣文壇啦，這樣的名稱，過去十數年間屢次反覆被提到。其實從很久以前已經有所謂文藝集團一類的存在，在那裡說臺灣文學，稱臺灣文壇，但不過是在極狹小的範圍內，在一部分的人們之間進行的「文藝的愛好」而已。

　　然而，臺灣文學或臺灣文壇，真地呈現其輪廓，是最近的事。

　　如美術音樂等當臺灣文化的先驅，已經越過好多個階段，早已確立鞏固的地位；與其相比，只有文學彷彿有被撇下的寂寞感。本來文學，在其發展的過程會帶來各種各樣的困難。與文學相比，諸如美術音樂，極容易融化於民眾裡，並且文學儘管做了相當的修養，也不僅不會像美術或音樂那樣容易被民眾接受，而且動輒就被視為異端，這是今日從事文學的我們都能經驗過的。連對極忠實地作文學修養的我們，人們也會投下一種蔑視。即「文學青年」這種名稱就清楚地有對我們輕蔑的意思。又我們本身也似乎在無意識之間，有原封不動地接受社會民眾輕蔑的傾向。總而言之，根據我們的觀察，這個問題，固然是由於社會民眾的無理解而發生的「錯誤的謬誤」，但同時也是由於我們以往懦弱的、自以為是的文學態度，終於造成越來越離開社會民眾的狀態。

　　因此，當前的問題是要思考我們的文學，如何才會獲得民眾的歡迎，並且不管喜歡與否，要認識我們的生活，常被置在這個社會組織的感情之

---

[*]蕭翔文（1927～1998），本名蕭金堆，彰化人。詩人、翻譯家。翻譯時為嘉義協同高級中學教師。

下。因而也要自己決定以後的文學修養的態度。

　　於是本支部的成立，不僅是聯盟機關的擴大強化，我們也要鮮明地從我們的地方性的觀點，鼓足幹勁在這個拓開中的鹽分地帶，即使微小也無妨，種植文學的花，並且深信其成果一定是輝煌的。

　　當支部成立之際，敢作此一宣言。

1935 年 6 月 1 日　水潭誌

原載《臺灣文藝》第 2 卷 8、9 合刊號，1935 年 8 月 4 日出版。

——選自羊子喬編《郭水潭集》<br>臺南：臺南縣立文化中心，1994 年 12 月

# 文學雜感（節錄）

◎郭水潭
◎蕭翔文譯

## 一

　　瞭望臺灣文壇依然地還沒有固定的幾個集團各關在各個的領域，而始終互相不相稱，宛如呈現群雄割據的狀態。透過這個偉大的藝術文學做媒介，也不能直接融合的疏遠性就是所謂殖民地的氣氛吧。使本來就狹窄的臺灣這個世界變得更狹小。所以更需要從學園裡、官僚裡，或從自以為是的離島的孤獨主義的人們之間，各樹立相異的世界觀乃至文學觀，各繼續文學的修築。這樣做，一面覺得很悲壯，又從某種意義來講，那樣的現象也說明文學的旺盛性，但總而言之，這種趨向，是由於其狹窄，所以不斷地在一條線上低迴而已，可說其進步性相當薄弱。

　　在臺灣這個被局限的工作領域，從事文學的我們，均在臺灣的社會的諸條件之下，傾注我們的文學的意圖，且一面面對創作上極困難的國語（日語）的問題苦鬥，一面接受其考驗。我們一再地對文學，或對藝術做了批評，但不管怎麼樣，從過去聯繫今日的，尤其那是當殖民地臺灣文學的主義主張，有其一貫性的脈搏，或意識形態的獨特性，但在我們之間曾經有沒有深刻地鮮明地呼籲過這一點呢？很遺憾，我們只好不得不回答為「否」。

　　靜靜地眺望現在的臺灣文壇吧，對於同一個臺灣文學的花園，我們過去不小心地播下各式各樣的種子。所以對於呈現百花爛漫的花園，我們並

不特別認為是不可思議，反而任其妍豔，迎接過好幾個和平的春天。但現在對於這個文學的花園，我們是否可以允許它永遠維持同樣的狀態，放任還有不足之處而不管呢？

於是，當然會引起逼其改革的我們的良心的焦躁。這種焦躁的顯著表現就是臺灣新文學運動的抬頭。

這個事情是非常重要的，這個事實是非常明瞭的，所以我們要做在臺灣文學的主題之下重新認識它的準備。遲早對這個事情需要做更具體的論議，所以現在在此，只想指出當前迫切的問題——臺灣新文學運動藏著相當多的劃時代的反動。

二

臺灣新文學運動的重要性是什麼呢？現在先來看中央諸作家對臺灣新文學的希望。這些人提出比臺灣任何人更熱情而極親切的意見。當然其中也有人只是表示形式上的一點兒意見敷衍的。然而這些人的幾乎全部表示，不過是對於未知的臺灣的各式各樣的不同意見而已。雖然如此，但從其中發現殖民地臺灣文學的確能成立。同時曾經也從中央、從臺灣都明確地聽到對於意識形態的臺灣文學的不滿的聲音。關於這個事情的得當或失當，在此暫時不談，但只從語言的出發，否定意識形態的臺灣文學，是愚蠢的事，把它當做問題，是過於低劣的。

我始終相信，臺灣文學要從正確地掌握立足於臺灣歷史的文學及強調這一點的氣氛裡再做出發，因此以後的工作，當然要採納中央諸作家期待於臺灣新文學的、富於啟發性的有用意見，但如果把這些作家的意見，照原樣的信奉，未免太草率。應該進行全面的，來自中央和來自臺灣的檢討和批評。因為導源於臺灣的歷史及隨著臺灣的歷史演變而誕生的殖民地臺灣文學，雖然也提供中央諸作家值得研究的適當題目，但生於臺灣的我們，處在歷史本身裡，並且和歷史一起走，所以來自臺灣的意見、批評應該更重要。

原載《新文學月報》第 2 號，1936 年 3 月出版

　　──選自羊子喬編《郭水潭集》
　　　　臺南：臺南縣立文化中心，1994 年 12 月

# 暮年情花

◎郭水潭

　　我愛好文學，年輕時對文學就發生興趣。我的文學素養，完全是攻讀日文所得來的。所以也用日文從事文藝創作。自然留有少許的日文文藝作品。因此，被文學評論家認為我是日據時期有成就的文藝作家。所謂成就應看在文藝作品涵養之深淺及其意識形態。所以我不敢自贊我是一位文人。只自信我是一位文學夥伴。

　　我的文藝創作，開始於日本傳統文學的「短歌」，又稱「和歌」。以5.7.5.7.7.5 句 31 字定律，來作成一首「短歌」。近似於我國的律絕體詩。所不同者，雖有定律卻無定韻。是以情感衝動，或觸景隨時而作。不為課題，或和韻吟詠。但它之人易而抒者難，這和漢詩是並無二致的。其溯源悠久，且易於普遍。凡稍有文學素養的，勿論上層和下層，都喜弄「短歌」。

　　我成長於日據時期，24 歲時就跟隨三人喜弄「短歌」。而參加日人主辦的短歌誌《あらたま》為同人。日據時期的臺灣地區有多種類的短歌誌，擁有同人數百名，日人占多數，臺灣人不上十名。如斯情形之下，會做「短歌」的臺灣人，當然被日人所看重。想到這一點，我為著求職業，才作一首「短歌」寄遞當時的日政地方政府「北門郡役所」長官「郡守」──等於光復後的區署長──。幸哉，承蒙「郡守」召見面談，然後囑咐人事官員辦理任用我為「郡役所」職員。職位是「雇」，職務是做「郡守」的通譯。我自「雇」幹起，三年後升職位「書記」，六年後任官「郡技手」，官位工商主任。唯在日政官場，日人官員耀威揚武的場面之下，有穿

文官服的臺灣人擠在其中,算很稀奇。認識我的地方父老兄弟,碰見穿著文官服行路的我,迎面握手道喜,令我感慨無量。

　　1941 年我在《臺灣文學》9 月號發表一篇散文,題目〈法被を着る日〉(穿文官服的那一天)。由於這篇文章,導引我造成一段值得回顧的愛情浪漫史。有一天,我收到簽名「林淑惠」來信。我和她並不相識,讀了她的信札,才知道她是《臺灣文學》雜誌的訂戶讀者。她在信札中提起我刊載《臺灣文學》的那篇散文內容有問題,應如何處理要和我會談。乃約定時日邀請我於臺南鐵路大飯店相會。我猜想不出她是何等的人物,或者是官方的情報人員?疑慮不安的心情,一時消除不去。於是決心應邀趕往臺南鐵路大飯店找她。我剛到飯店門口就看到手持一本雜誌的一位小姐趕來和我緊握手。我有點奇異地問她,妳是?她笑面答我,我是林淑惠。她招我進入餐廳定好餐桌坐下來。我不客氣說:妳和我未曾見過面?她答,嗯;我就職臺南州廳人事課,你未任官之前曾到州廳人事課拜訪過 H 課長嗎?那時我在會客廳倒茶敬過你啊;你能得到任官的來龍去脈我很清楚。我追問:那麼今天約談我的目的是?……她說:慢慢來,請先用餐。餐後我再問她,哪,妳給我的信中指我發表在《臺灣文學》的那篇散文內容有問題之重點在何處?她答:算了,不要逼我嘛;我為著達成和你面談,才假意寫那樣的信函──我所期望的心願已經實現了,很歡喜。既然如此,我也了解她的純情,覺得很滿意。我站起來找櫃臺繳納餐費,掌櫃說:和你同桌的那位小姐繳完了。淑惠趕來我身邊說:今天我是主人,下次再來這裡餐敘,才由你作主請客?我答好。於是告辭趕回家。

　　嗣後淑惠常以電話和我聯絡,我都一直勉強和她約會。有時陪伴看電影,有時相偕郊遊古都名勝古蹟。我倆維持將近一年的互相交際。因此,自然而然發展到有深切的愛情。有一天,淑惠透露心情,表明她願意嫁我;我很著驚,一時無言可答,沉默點煙,然後告訴她:我已有妻子,婚事無法接受,請原諒。她聽我說後,不僅沒有灰心表示哀怨,反而懇託我為她做媒人。這樣,使我非常高興。我答應願為她效勞。經過一段時間,

我找到一位大專畢業現有職業的優秀青年，介紹與淑惠認識，進而安排相親。幸哉，獲悉雙方同意成婚，於是擇日舉行結婚典禮。我以媒人身分參加儀式，且為新郎新娘致祝詞。禮畢參加喜筵，席中一位我的好朋友向我敬酒，並慶祝我是好人，為兩家完成一件喜事。但我的心情委實很亂，是喜是悲？分不出來，我感覺我對淑惠的愛情，終於今天結束了。

從此以後，我對我的職務提高工作精神，每天忙於辦理經濟統制，督導屬下的職員，對著地方民眾的物資配給，辦到切實而且公平。日政的高度殖民政策，主因是中日戰爭的進展而來，中日戰爭擴展到大東亞戰爭之時，對殖民地的臺灣人，更加瘋狂地推行皇民化運動。所謂「皇民化」就是叫臺胞忘宗背祖改姓易名，不說臺語常用國語（日語），而一切的生活方式仿傚日人，成為不折不扣的皇民。可是一般老百姓卻似乎無動於衷。但政府機關的公務人員，為著保持職位的安全，大多依命是從地辦理改日式姓名。不但公務人員，一些地方的御用紳士或投機分子之流，都競相聽命如法炮製而沾沾自得。然而一些有民族意識的知識分子，就輕視這種壓力政策，將會遭遇失職也不願改姓名。所以提倡皇民化運動不到一年中間的有一天，我接到地方法院檢察官的約談，審問後以思想有問題（主要是做官員不改姓名）被扭進監獄坐八個月牢。我出獄的那一天，有五十多位親友來迎接我回家。在家鄉生活不到二年的日子，日本戰敗，臺灣光復。

臺灣光復後，我的生活行程大轉彎，於民國 35 年背井離鄉前往臺北謀生。歷經一德貿易公司經理、東方印刷公司總經理、臺北市政府祕書室事務股長、臺北市文獻委員會專任編輯、臺灣區蔬菜輸出業同業公會總幹事等。由於生活環境的演變，經驗多采多姿的人情世故，也碰到多次戲劇性的平凡愛情。平凡的愛情場面較容易得到，但發生真實又深刻的愛情，好像生活奇蹟的出現。

1968 年 6 月，臺灣區蔬菜輸出業同業公會辦公廳（臺北市赤峰街），由我發起成立「臺北短歌會」。對短歌——日本傳統文學——有素養的都來參加做會員。共有二十多名的會員中，女會員占有七名。七名女會員中日

人女會員占有四名。日人女會員,他們都是日據時期嫁臺灣人為妻,日本戰敗,臺灣光復當時不歸原籍日本,而隨從丈夫一直住在臺灣,所以被全部會員非常敬重。

「短歌會」每月擇星期天召開一次會。每次「短歌會」會員都要提出幾首「短歌」作品,供為出席的會員做共同評論,遣詞用句不對或內涵不好,可以當場討論修改。「短歌會」主要目的為提高文學修養,但也兼有交際意義。所以有時擇在淡水、北投、陽明山等名勝地區開會,兼做郊遊。

有一次在郊外召開的「短歌會」散會後,日女會員上原雪子,邀我到「臺北圓環」餐敘。餐後餘興未盡,相偕到附近的一家旅社咖啡廳對坐,我倆談人生、文學、愛情,尤其是老人的愛情。我驚異地發現她人老珠黃,一談入夜三更,兩情繾綣,竟不知此時何時此地何地;不可抗拒地燃起暮情的花火。經過幾次接觸之後我才了解她的來歷身世。她說:「我的外子姓陸,新竹的望族,家境很富裕。我嫁他生育兩男一女,男孩已上大專,女兒念初中。我三年前發現外子另有外遇,傷心逼他離婚,離開新竹來臺北找職業,現在服務於一家駐臺的日本貿易商社。」

上原雪子和我交情繼續三年,日商社派她轉任香港分社,以致斷送我倆晤面敘歡的機會。暮年之戀一往情深,雲山遠隔藕斷絲連,我倆仍以書信互訴衷情。

三年前我離北回鄉,本想返璞歸真頤養晚年,殊不知連遭家事不幸,老伴撒手歸西,頓成天涯孤獨老人,身心俱灰矣。唯每在午夜夢時憶起伊人「雪子」的倩影彷彿猶在眼前。

——原載《聯合文學》第 12 期,1985 年 10 月出版

——選自羊子喬編《郭水潭集》
臺南:臺南縣立文化中心,1994 年 12 月

# 雜憶父親二三事
## 寫在《郭水潭集》出版之前

◎郭昇平*

## 一

某秋日午後。

庭院的棕櫚樹下，家父一個人靜靜坐在那兒，放在膝頭上的書已合攏下來，他像是沉溺於往事的回憶，極力思索著，想緊緊地抓著它，可是似乎始終未能如願；歲月由絢爛歸於平靜的現在，家父僅藉著閱讀來排遣鄉居寂寥的日子。

二叔（徐清吉）這時來訪，打破了周遭的沉寂。

「吉啊！」看見二叔的來訪，家父愉快地招呼：「我好像已忘了許多事了。」

「忘了就好，能夠忘一切更好。」二叔回答說。

二人陷入逝去的往事回憶裡，是紅顏少年的意興風發？是文藝有志的躊躇滿志？做為兒子的我，似乎有些懂，又似乎有些茫然。

秋日的陽光無情地照在他們寂寞的臉上。

## 二

戰後，曾經為臺灣社會運動奉獻青春歲月的蘇新，在那恐怖的白色時代之前遠走中國，流浪天涯，由於家父與他既為同鄉，兼屬同窗好友，以

---

*發表文章時從事貿易工作，現已退休，為郭水潭三子。

致情治人員不時藉故出沒寒舍，造成家父心理上的沉重陰影，許多資料，尤其是日記不得不焚燬，有關文學方面的創作也因此中斷。

現在，翻閱父親珍藏的部分焚餘資料，真是感慨萬千。

## 三

緬想父親十五、十六歲，就讀佳里公學校高等科時代，便已從事日本短歌的創作，而且還寫了一首送給北門郡守，想不到郡守酒井正之竟回贈一首，其中有句云「生在籬下的菊花，春天一來，就會開花」，也因此句的啟示，家父一畢業便立即被聘為北門郡的「雇」，成為歷代郡守的通譯。

## 四

父親的文學事業，自有文學史家、研究者去論斷他的價值與地位，我不必、也沒有資格置喙，我只是記得，不管戰前或戰後，父親總是與臺灣文藝界的前輩保持密切的來往。

戰前，我年紀太小，但從家父閒談知道，在家鄉佳里時常往來的文友有佳里吳新榮（我們稱他新榮伯），下廍徐清吉（我弟弟過繼給他為子），佳里興蘇新、莊培初、林芳年，北門王登山（我的二姑丈），新化楊逵，西港黃平堅。

到了戰後，我年紀略長，對於出入我們臺北家中的文壇名家，印象也就較為深刻，他們是吳濁流、王詩琅、劉捷、廖漢臣、張深切、巫永福、張文環、黃石祿、李君晰等人。此外，國寶級的畫家如郭雪湖、林玉山、楊啟東、陳澄波、顏水龍等，也都是家父舊識。其中，郭雪湖、林玉山、楊啟東三位前輩惠贈的畫作，仍然珍藏家中，說來也都是五十多年的稀品了。

去年（1993 年）10 月 16 日，家父赴臺南縣文化中心接受「南瀛文學貢獻獎」，巧遇老友顏水龍，記憶力大退的家父居然與他餐敘得至為愉快，令我感動不已。

　　我雖是文學的門外漢，但也感覺得出，從家父來往的文友身上，清楚地呈現著臺灣文學歷史的縮影。

# 五

　　家父對自己以及朋友所發表的作品，大多數都有剪報，數十年來不但一直珍藏著，而且還將自己的作品輯為四冊，名為《寒窗集》，雖然這四冊由於朋友相互借閱，目前僅餘第四集在手邊，但家父內心深處盼望有生之年能將這些作品出版，身為兒子的我，是可以感覺到的。

　　如今，臺南縣文化中心葉佳雄主任，願意出版家父的集子，使家父畢生的心血得有完美的結集，我們父子真是衷心銘感。而名作家羊子喬先生整理家父的作品，或請人翻譯，或搜集已發表的文章，清華大學文學研究所呂興昌教授繼續補充羊子喬未收的作品與資料，並撰成家父生平著作年表，其他參與翻譯的陳千武、月中泉、蕭翔文、莊彩利諸先生，也是費心費力，貢獻良多，在此我也代表父親向他們致上十二萬分的謝意。

1994 年 3 月於臺南大灣

──選自《文學臺灣》第 10 期，1994 年 4 月

# 鹽分地帶作家論（節錄）

◎林芳年*

　　日據時代，在鹽分地帶從事新文學運動的人們，目前個個都已進入老境，就中以林精鏐、莊培初最年輕，前者已達 66 歲，而後者亦已達 64 歲的老人，至於郭水潭則比他們不知道多出了好幾歲？如果醫藥沒有這樣發達，恐怕這一輩子的人們個個都必定早已入木壽終正寢，真是有點不堪回首話當年的感慨。

　　光復後，郭水潭很少有文學活動，原因是他對中文寫作有點生疏的緣故。不過他有著一股詩人銳敏的文學感覺，雖然懶於搖搖筆桿，但他還能呼吸了現代文學思潮的能力。他有極高度的文學天份，因而能在日據時代以詩人身分飲譽一時。當他在《臺灣新聞》發表〈三等病室〉後，一些嗜好新體詩的人們竟為他新穎的詞藻感動，他對每篇的詩作必加以千錘百鍊的推敲，導致每行裡有種甜美的韻律。我們欣賞文學作品不僅止於聲調音韻的美，是該結構的波瀾起伏之妙、描寫的細膩絢爛所致。這些，是一些文學先進對文學作品創作上常提到的老問題，亦是我們衷心同感的。郭水潭的作品優點，具有這些優越的條件。

　　郭水潭的作品在鹽分地帶詩人中別具清新的風格，其原因與他過去從事研究日本短歌不無關係。短歌僅限 31 字的字數來敘一個情景，因此，必需以很簡潔精鍊的語句來形象。許多成名的日本歌壇能手，除了能創作極富旋律感的短歌外，還會創作一手的好散文，其造就有點神乎其技之慨。

---

*林芳年（1914～1989），本名林精鏐，臺南人。詩人（日文）、鄉土文學作家。發表文章時為國際紡織股份有限公司常駐顧問。

　　日本的短歌與我國的舊詩同為傳統文字，如果達到爐火純青境界的歌人，可以見景出口成章，所謂曹子建的七步吟出一句詩，即等於達到如此的境界。郭水潭嗜好短歌多年，因此在創作短歌或散文時，雖尚難有如此可炙動人的佳構，唯畢竟他是歌人出身，所以他的詩藻頗有超脫的地方。當吳新榮夫人毛雪芬仙逝時，他所致贈的詩作造句如像一篇的短歌，筆者無法描出其真正意境為憾。

　　　　三月　白柚花飄落時
　　　　美麗星夜風蕭蕭
　　　　那位似孔雀的憂傷佳人
　　　　淒悶去世

　　　　靈柩蓋滿了季節花
　　　　漂亮　清白
　　　　默默地　默默地
　　　　安慰著這顆凋謝去的脆弱生命

　　　　法衣振振有聲　鑼鼓叮噹地響
　　　　靜寂　嚴肅
　　　　弔唁的人們
　　　　哀愁裡俏俏離去

　　　　呵　逝者一直被呼喚著
　　　　那是惦念慈母的子女們
　　　　我靜靜的幻想著
　　　　低低頭　飲盡滴滴眼淚

　　　　青春年華撒手西歸
　　　　雪芬女士啊，您是薄命人

您是美麗人妻

您是溫柔母親

您是可親伙伴

我們高興沉淪在那坩堝那裡

有朋自遠方來那一剎那

他們歡欣　他們快樂

雪芬女士呵

　　您真的體貼週到

追思過去　策勵將來

這裡有很多伙伴

我們開懷暢談家常

有歡樂有悲傷

呵　靜寂的今朝

只是見您，茫然若失

呵　你的好丈夫　把您好好的送出

是一個很遠很遠的地方

花開花落三月時

慈悲愛神陪著您

遙遠的　遙遠的

祝您安息

　　〈向棺木慟哭〉的詩篇是郭氏弔亡兒的一篇父子連心充滿了愛心的佳構，發表當時，劉榮宗即為文讚嘆這首詩為 1939 年的傑作。他的作品有一道脈脈的抒情，如果站於詩是一種朗誦的立場來說，無疑的，郭水潭的每篇詩作品，都值得我們朗吟回味的。

他把宋江陣當做傑出的舞蹈，似有點過於偏愛的看法。我認為宋江陣不可以躋於舞蹈之列，「弄車鼓」、「使犁車」、「採茶歌」才是真正的民間藝術，而當中的「弄車鼓」一齣，可以說等於古巴民族舞的 rumba（社交舞中亦有 rumba 的一曲）一種。我常聽鄉下的父老們說，當「弄車鼓」與「使犁歌」一旦出陣，附近村落的婦女們一定成群結隊前往觀賞，因太夠刺激，使一些前往觀賞這節目的婦女們，變成呆若木雞有點心不在焉茫然若失。唯當朝鮮半島的舞蹈家崔承喜來臺，在臺南鐵路飯店召開座談會時，郭氏竟極力向這一位有似一朵怒放的花朵美姬大肆推崇「宋江陣」是如何的偉大舞蹈，該時因她的行程緊迫，致無法隨郭氏下鄉觀賞這種有似打拳賣膏藥的怪舞蹈。講句實際話，「弄車鼓」、「使犁歌」等高水準民間藝術，才有介紹給這位半島美姬欣賞開開眼界的必要。

有細膩的描寫暢順的抒情及粗獷的表現為新體詩生命來說話時，的確郭氏的作品均俱備著這些條件。儘管以何種語文來權充寫作的工具，如果他願持之以恆繼續來從事寫作時，他必定能博著更進一步的豐果。惜因他為工作環境所約束，不得不暫作投筆的構想。唯他留下來的都是能扣人心弦，使人懷念的第一流作品。

——選自林佛兒、羊子喬、杜文靖合編《鹽分地帶文學選》
臺北：林白出版社，1979 年 8 月

# 千尺深潭愈離愈遠
## 悼念郭水潭兄

◎王昶雄[*]

　　訃聞告訴戚友們，郭水潭先生已逝矣。我接到故交凶耗之後，卻悲與慰參半。悲是而今而後再也無法互通聲氣；慰是他享年 88，日人慣稱「米壽」，而且不是寫下了破敗的生命句點，而是無罣無礙的「善終」！

　　水潭兄別號「千尺」，是鹽分地帶文學的先驅，也就是曾以詩紅遍南北的前輩詩人。鹽分地帶是臺灣文學主流中的重鎮，而下一代的新秀秉承它優良的傳統，加以發揚光大。這一帶是指臺南縣佳里、北門等六個鄉鎮，《聖經》上耶穌說：「你們是世上的鹽。」鹽原本就是力量的象徵，而文藝則是心靈生活的鹽分，漠漠鹽田是鹽分地帶的表徵景象，古來就人文薈萃，文風鼎盛。

　　記得 20 年前美國黑人作家海勒的《根》一問世，美國全土為之震撼，影響所及，連這塊寶島上，也爭先恐後地從事尋流溯源的工作。戰前的臺灣文學，也由有心眼的人士一絲不苟地尋「根」而蔚為風尚。水潭兄也就是當時被挖掘出土的人物之一。1978 年「聯副」邀請一些日據時代的作家，舉辦了「光復前的臺灣文學」座談會，第三年再邀約他們，在淡水紅毛城的歷史風樓裡談起了戰前臺灣文壇的風貌。同時一方面推行研究和整理工作，另一方面鼓勵他們用中文繼續寫作，而推出了一部《寶刀集》。郭水潭就是故老文人之一。

　　在鹽分地帶文學的發展過程中，吳新榮、郭水潭、徐清吉等三位，都

---

[*]王昶雄（1915～2000），本名王榮生，臺北人。詩人、小說家。

是錚錚佼佼的領導人。徐清吉是水潭兄的親戚，醫生作家兼鄉土文史家吳新榮，竟是他終生的文學夥伴。水潭兄對於小說、隨筆、論述等項目樣樣都做過，但不管怎說，詩歌才是他專精的伎倆。

水潭兄自小就喜好寫詩，他不但是新詩（日語詩）的健將，也是日本的和歌、俳句的能手。15 歲時曾以一首和歌，獲得當時北門郡守酒井的青睞，即被提拔為北門翻譯官。日據時所有的大小詩社，如南溟樂園社、臺灣新文學社、新珠短歌會、臺灣詩人協會等，他都參加過。年少時蓄意寫詩以來，詩趣不絕，詩篇始終不輟，由於天分加上勤奮，詩作大出風頭。戰後也參加了「臺北短歌會」，重拾日本短歌創作之筆，詩人羊子喬把這時的心境形容為「白頭宮女話玄宗」，就是以短歌抒情遣懷。

按照西方詩人的說法，詩就是「鍊得最好的字，安排在最好的次序裡。」太多的矯揉造作的現代詩當中，他的詩不事斧鑿雕琢，詩材又有普遍性，用簡單易懂的字彙寫，所以詩句樸實、自然，並非玩弄文字把戲。有時雖有寓意不深，分量不重之評，但在感性和抒情的核心，往往有一個可以把握的意念，是一位主題性頗強的詩人。

水潭兄稟性聰慧，學歷只及公學校高等科的他，是屬於白手興家的讀書人。我跟他相交已有半個世紀，他僅大我 12 屬年，但他半戲謔地常叫我「小淘氣！」其實，素有「少年大」的綽號，又嫉「老」如仇的我，自然很樂意領受這種稱呼。他除了在文學圈裡活躍以外，前後也當過北門郡役所翻譯官、佳里興協議會員、部落自治振興會長、信用組合監事等地方要職。直到 34 歲時，福星高照，終於調升為北門郡勸業課技士，是官位顯耀，官袍加身（本土俗稱「金巡仔官」）的臺南州技士。

水潭兄的雅號「千尺」是取自李白的詩句：「桃花潭水深千尺，不如汪倫送我情。」深千尺的桃花潭雖是他所憧憬的地方，其實他更欣賞的，是能承受醱美酒款待的「斗酒詩百篇」的李白。

他平生把飲酒的身價和雅趣抬得很高，我每每看到他酒後奔放的豪情逸興，再來聽他論詩時那清晰的談吐，給人印象極深。文運、官運雙雙亨

通，真是得天獨厚，左右逢源，當時可以比喻為兩頭燃燒的蠟燭，光度滿強。豪氣的生活方式，成天興沖沖，得魚時會忘筌，得意時往往也會忘形。他畢竟是個偏愛酒中物的性情中人，為了應酬經常到酒場或打打麻將，這些似乎與他的納妾韻事有關。

戰後吳三連派任臺北市長時，他做過市府祕書室事務股長、民政局自治指導員、北市文獻委員會專任編纂等，雖也風光一時，不過，改朝換代之後，他卻苟且隨和，得過且過，但行事幹練，他的高超特出的見解、幽默而帶譏諷的對話，比比都有其渲染力。由於他喜客，人緣好，所以朋友很多，泛泛之交、莫逆之交，什麼都有。

至於創作方面，除了寫幾篇應景文章（包括詩）之外，自然作品銳減，因此，多年來幾乎從文壇退縮了。往後他的活力一年不如一年，已交背運的真正原因，跟別的作家一樣，是由於語言障礙而無法表達自己，過去的歲月，從現實生活中悄悄地歸入了歷史。

雖然身居臺北，心中卻眷念出生長大的家鄉，和只有在夢寐中出現的故舊。憶起 15 年前的落花時節，他決定要離開臺北的前夕，一群好友為他餞別。他意興濃，酒脾開，除了跟眾友乾杯而外，他總是自斟自飲，把杯子端起就一飲而盡。也許由於百感交集，他邊飲邊哼起「一片春愁待酒澆」，而熱淚潸潸而下。第二天，他便帶著中風的二夫人楊來于歸返闊別多年的佳里，真是三世積修得來的福分，竟得到元配陳稟的悉心照顧。

「大部分的時間都半睡半醒！」這是他帶有悟性的詼諧自嘲。不久，終於無情的煎熬被塞在「麻豆普門仁愛之家」，度過著無酒、無應酬的悠閒孤獨的歲月。

他在養老院靜養中，有時神志不清而引起記憶遺失的症候。有一次我千里迢迢前去看他，他卻納悶的問：「你是誰呢？」而相對莫名，接著講了很久，他才慢慢認出是我。除健忘症外，身體尚稱硬朗，但是經過兩三次的摔跤以後，健康逐漸走下坡。昔日的氣壯山河的談笑聲，似乎已經消失了。榮獲「南瀛文學獎特別貢獻獎」及南瀛文學家《郭水潭集》的出版，

都是他風燭殘年之時才溜進來的，這些遲來的喜訊，不是他卓越成就的肯定是什麼？

　　水潭兄於 3 月 9 日，雖然揚長而離去了家山愈離愈遠，但我相信他並未仙逝。仿效雪萊的筆觸，他只是超越了有限的今生，化進大自然的永恆，拋下鮮活的剪影，凝成一個回聲。彌留中的水潭兄，看來十分平靜，沉沉的睡著，彷彿覺得他還在呼吸。是的，他仍活在這個世界無疑。

《聯合報》1995 年 10 月

──選自王昶雄《阮若打開心內的門窗》

臺北：草根出版公司，1996 年 3 月

# 浪漫飄逸的郭水潭

◎黃武忠[*]

郭水潭，筆名郭千尺，臺南縣佳里鎮人，民前 4 年（1908）生。曾參加日本的「新珠短歌社」，並加入「南溟藝園」、「南島文藝」、「華麗島」、「臺灣文學」等社團，其作品以詩見長，有〈世紀之歌〉、〈三等病室〉、〈向棺木慟哭〉、〈斑鳩與廟祝〉、〈故鄉之歌〉、〈蓮霧之花〉、〈宋江陣〉……等，小說有〈某男人的手記〉、〈《福爾摩沙》序文〉（未刊完）等。歷任北門郡通譯、臺南州技士，光復後任臺北市市長祕書室事務股長、「北市文獻委員會」委員、《臺南縣志》編撰人、臺灣區蔬菜公會總幹事等職，現已退休。

郭水潭是我的鄉親，又是長輩，與他談起話來非常的親切。

記得第一次與他見面時是在新生北路的臺灣區蔬菜公會的辦公室，當時他還是蔬菜公會的總幹事。乍看之下，我被他的相貌吸引住，他方臉大耳，一副貴人之相，但為人和藹，而易於親近，首次見面的感覺是謙和客氣，讓人有如沐春風之感。

由於是鄉親，我們從故鄉的風土人情談起，一直談到文學，他年紀雖已逾七十，但是對現代文學卻相當熟悉，他跟我說：

「我喜愛文藝，所以平常看看報紙，也讀讀現代作家的作品，發現現代文學有許多好作品。」

「你也寫過嗎？」

[*]黃武忠（1950～2005），臺南人。文學評論家、散文家、小說家，曾任行政院文建會第二處處長。發表文章時為《幼獅文藝》編輯。

「那已是過去的事了，日據時代我寫很多詩。」

「喔！日據時期也有很多文藝作品嗎？」

「有，很多，而且很熱鬧。」

說完，他拿了幾本日據時期出刊的雜誌讓我看，並且拿出陳奇雲的詩集《熱流》，介紹當時要出一本詩集相當不易。如此，引發我對日據時代臺灣文學的興趣，於是我一直的發問，問了很多很多。

後來郭水潭生病，住進中山北路的一家外科醫院，我前去拜訪，就在病房裡聽他談日據時期文壇的一些事，使我對日據時期臺灣文學有個概括性的了解。因此，假如我對日據時代的臺灣文學還有些認識的話，郭水潭是第一位指導我的人。

他的為人相當熱心，不但常給予我工作上的鼓勵，甚至帶我去認識許多人，認識龍瑛宗就是他帶我前往拜訪的。他常指導我說：

「年青人要多寫，不管寫得好壞，寫多了就會最好文章出現。像我年紀大了，腦力有些衰退，即使想提筆，已力不從心了。」

聽來，總免不了讓我感覺，他有著「少壯幾時奈老何」的短歎。尤其是光復後，日文必須丟棄，而他們是受日式教育，中文需重新來過，對於語言駕馭的困擾，使很多人不得不停筆，因此，他有一段時間確實懷有「我有新詩何處吟」的苦悶。

不過，郭水潭同其他日據時代的作家一樣，有著高度的求知慾，在不斷的閱讀中文作品，與不斷的學習之下，現在他已能提起筆來，用中文寫些文章，雖然無法同現代人一樣的流利，但其精神甚為可佩。

郭水潭的行徑是富浪漫飄逸的。

從他許多友人的口中，得知他年青時的生活極富浪漫色彩，其人緣也相當的好，因此結交了很多文人雅士，不論是詩人、作家、戲劇家、音樂家、畫家，很多人都與他有來往，所以他對當時文壇的活動，有很深的認識。

幾次與他聚會，我發現都有喝酒的豪情，但卻從未醉過，目前這些前

輩作家中，能與之一般酒量者，恐怕只有王昶雄吧！

每次聚會，郭水潭總是急著要回家，問他緣由，他說：

「老伴臥病在床，須回去照料。」

後來我得知，郭水潭老倆口住臺北，老伴中風，行動不便，郭水潭每日侍候其妻，要作飯、洗衣服，但卻毫無怨言，我深深的感動著，真難為他有這樣根深柢固的愛情。由於他對於病妻的愛護，更肯定他對愛情的至聖觀念，我個人認為這種行為充滿浪漫飄逸，是詩人的本質。這種浪漫情懷，並不會影響他作品在日據時期臺灣文壇中應有的地位。

4 月 21 日，郭水潭在許多友人的送行中，離開臺北，毅然回到他闊別多年的故鄉佳里，這裡是他年輕時代放浪行跡的地方，也是他年輕時寫作靈思迸現的根源。我們希望他能從故鄉的事物中，重掘靈思之泉，再提筆創造更多的文學作品。

民國 70 年 5 月 12 日《臺灣日報》

——選自黃武忠《臺灣作家印象記》

臺北：眾文圖書公司，1984 年 5 月

# 橫看成嶺側成峰

## 試為郭水潭造像

◎羊子喬[*]

　　「鹽分地帶」是臺灣文學史上的重鎮。1932 年，吳新榮從東京返臺，於佳里鎮上懸壺之際，籌組「佳里青風會」，開始形成一個文學集團，直到 1935 年 6 月 1 日成立「臺灣文藝聯盟佳里支部」，便投入臺灣新文學運動的狂濤巨浪中，與整個臺灣新文學運動脈搏同心，呼吸與共。

　　在「鹽分地帶文學」的發展過程中，吳新榮、郭水潭、徐清吉三位領導人，是臺灣文學史上不可抹滅的人物。吳新榮的文學成就，從張良澤主編的《吳新榮全集》可一窺全貌；然而郭水潭的作品，至今尚未結集出版，對於如此重要的臺灣詩人而言，是非常不公平的。遠在 1980 年，筆者即著手編選郭水潭作品集，到了 1982 年即大致完成，一直找不到出版管道。直到 1993 年年底，獲知臺南縣立文化中心第一屆南瀛文學獎特別貢獻獎頒給郭水潭，並有意出版他的作品集，因此，筆者從塵封多年的箱底，翻找出十多年前即編妥的「郭水潭作品集」，交給臺南縣立文化中心，才鬆了一口氣，終於能讓郭水潭的新文學作品出土，了卻一樁十多年來的心願。

## 一、一個詩人的自我完成

　　基本上，郭水潭是一位詩人，不但是臺灣新詩的健將，也是日本短歌的好手。曾以一首短歌，獲得當時「北門郡守」的青睞，即被禮聘為「北門郡通譯」的文職；1930 年加入「新珠短歌社」為會友，所做短歌 14

---

[*]本名楊順明。作家，發表文章時為自立報系資深編輯，現為國立臺灣文學館助理研究員。

首,被日本歌人聯盟採入《皇紀二五九四年歌集》。

　　1930 年開始在《南溟藝園》發表新詩,1931 年與徐清吉加入「南溟藝園」為同仁(編按:1929 年郭水潭加入「南溟樂園社」,並開始於該雜誌發表新詩),在該刊先後發表了:〈衝破陋習〉、〈妓女〉、〈送別秋天〉、〈地獄音信〉、〈巧妙的縮圖〉、〈劇場裏〉、〈生活的信條〉、〈海濱情緒〉、〈徬徨於飢餓線上的人群〉、〈在牧場〉等十餘首詩,這些作品傾向於鄉土的描寫,以及現象的呈現,屬於初期創作階段,但寫作技巧即為不凡。

　　1934 年參加臺灣文藝聯盟之後,分別在《臺灣新民報》、《臺灣新聞》、《臺灣文藝》、《臺灣新文學》發表詩作,這段時期的作品有:〈故鄉的書簡〉、〈幻覺〉、〈牧歌一日〉、〈村裡瑣事〉、〈窮愁的日子〉、〈斑鳩與廟祝〉、〈蓮霧之花〉等,這些作品大致在 1934 至 1937 年所完成,此時的作品,呈現了寫實主義的特色,作品的題材逐漸寬廣,其中〈斑鳩與廟祝〉、〈蓮霧之花〉為成名作。同時,郭水潭懷著雄心壯志,擬進軍日本文壇,1935 年參加《大阪每日新聞》徵文,以〈某個男人的手記〉獲得該報唯一的小說入選佳作。1937 年,郭水潭被推薦為《大阪朝日新聞》「南島文藝」特別寄稿家,發表了代表作之一〈廣闊的海──給出嫁的妹妹〉。

　　1939 年 9 月,加入西川滿主宰的「臺灣詩人協會」,只發行一期《華麗島》詩刊,即擴大改組為「臺灣文藝家協會」,並發行《文藝臺灣》。在《華麗島》詩刊,他發表了〈世紀之歌〉,對日本帝國主義侵略行為,發出反戰的抗議心聲,在這一年也於《臺灣新民報》發表了〈向棺木慟哭〉,輓弔去世的兒子,流露出父子之情,被龍瑛宗譽為 1939 年最感人的傑作。此時,郭水潭已經確立了一個傑出詩人的地位。

## 二、終戰前的迷惘

　　當 1937 年 4 月 1 日,全臺日刊報紙漢文欄被廢,唯《臺灣新民報》延至 5 月底才廢;7 月 7 日盧溝橋事變,爆發中日戰爭,臺灣軍司令部發表強硬聲明,並對臺民警告,禁止所謂「非國民之言動」。

　　1940 年 1 月「臺灣文藝家協會」成立，當時郭水潭雖為成員之一，但卻未在《文藝臺灣》發表作品；到 1941 年 5 月，張文環、王井泉、陳逸松、黃得時、吳新榮等人籌組「啟文社」，發行《臺灣文學》。此時，郭水潭被提拔為臺南州技士，能夠從一個小小的北門郡通譯破格調升為臺南州技士，可說是「官袍加身」，最諷刺的是他在戲院觀賞名片《告祖國》的時候被告知的。

　　郭水潭出任臺南州技士之後，遭受鹽分地帶同仁的非議。因此，在《臺灣文學》第 2 期發表〈穿文官服的那一天〉，此文係針對《臺灣文學》創刊號，發表了吳新榮的〈鎮上的伙伴〉，來加以表明當官的動機和理想。但是，這是多麼卑微的心聲啊！

　　1941 年 12 月 7 日，太平洋戰爭爆發，臺灣進入備戰狀態，實施「臺灣特別志願兵」制度，鹽分地帶同仁吳新榮、郭水潭的作品大多發表於《臺灣文學》及《臺灣時報》。這時林清文才開始發表詩作於《興南新聞》（《臺灣新民報》於 1941 年 2 月 11 日被迫改名）。

　　一個臺灣知識分子出任日本州廳技士，面對被殖民的同胞時，那種心靈的煎熬和折騰是難以言詮的。吳新榮在〈鎮上的伙伴〉，不但記載鎮上的文學青年，在戰鼓四起的年代，紛紛離開鎮上，甚至離開了文學陣營；同時也諷刺了郭水潭出任州技士，不再和詩神做朋友，甘為財神的奴隸，羅曼變為算盤，蕃薯籤代為蓬萊米，當以前的伙伴們正餓於友情時，他是不是已沒有恆心，能否分別伙伴們的友情和情婦們的愛情之不同？這時的鹽分地帶僅剩下剛迷上寫詩的林清文，以及參加「啟文社」的吳新榮，其餘的人已星散，各為現實問題而奔波。

## 三、改朝換代的悲劇

　　1945 年 8 月 15 日，日本天皇下詔投降，鹽分地帶的同仁又紛紛返鄉相聚，尤其 1943 年 9 月刑滿出獄的蘇新，與蕭來福的妹妹蕭不纏女士剛結婚不久，定居於故鄉佳里，這批往日的文學伙伴無不為臺灣前途以及個人

未來共謀對策。

　　戰前臺人缺乏國家認同，戰後無不對中國寄以厚望；然而，來臺「劫收」的祖國菁英，竟然巧取豪奪，倒行逆施，百倍於日人壓榨，終於爆發二二八事件，蘇新輾轉到大陸，投奔在周恩來手下，於「中南海」雄姿英發，但不久即下放勞改；吳新榮在事件之後，由於返家途中被告之，而跑到漁塭草寮躲了一個多月，才逃過一劫，後來出面自首，也難逃百日冤獄；郭水潭在戰後初期到二二八這段期間，成為待業中年，無所事事，只能打打麻將打發苦悶的日子，直到吳三連出任臺北市長時，他擔任市政府事務股長，並參與臺北市文獻委員會，開始在《臺北文物》發表〈臺灣舞蹈運動述略〉、〈臺灣日人文學概觀〉、〈臺灣同化運動史話〉等系列文獻。

　　郭水潭在臺北市政府任職時，也參加了「臺北歌會」，重拾日本短歌創作之筆，寫就了不少短歌，此時的心境可說是白頭宮女話玄宗，以短歌抒寫感懷。

　　1954 年，吳三連市長卸任之後，郭水潭轉任臺北市中央蔬菜批發市場專員、臺灣區蔬菜公會總幹事，直到 1980 年退休。1981 年 4 月返回故鄉定居，到了六、七年前老伴過世之後，他獨自到麻豆一家養老院安度晚年，雖然已屆 87 高齡，身體依然硬朗，遺憾的是記憶力已盡失，嚴重的健忘症，讓他無法再回憶過去，更無法再寫作，文學生命可說已告結束。

## 四、結論

　　就郭水潭一生的文學創作，大致可分為兩大類，其一是新文學創作，這方面的作品，大致已蒐集於《郭水潭作品集》；其二是日本傳統文學短歌、俳句的創作，這類型的作品，自 1930 年轉向新文學創作之後才銳減，但是 1950 年到臺北市政府工作時，加入了「臺北歌會」之後，又恢復多產；此類型的作品，該稱之為臺灣文學或是日本文學，實有爭議。我們深信郭水潭的新詩和短歌，各有其時代意義和成就，但是如今僅蒐集他的新文學作品呈現給讀者，短歌、俳句就留待他人做鄭箋吧！

1994 年 2 月 28 日於臺北客居

## 編後再記

在本書將付梓之際，欣逢《文學臺灣》策畫「郭水潭專輯」，得以洞見個人才疏學淺之處，因此再增補呂興昌教授所編撰的〈郭水潭生平著作年表〉，並從其中得知個人所遺漏的篇章，在可能範圍內再予蒐入，以求盡善完美，但筆者深信其中必定尚有遺漏，有待專家指教。

羊子喬 4 月 14 日補記

——選自羊子喬編《郭水潭集》<br>臺南：臺南縣立文化中心，1994 年 12 月

# 鹽分地帶・新文學前驅的郭水潭先生

◎陳益裕[*]

## 老人院裡，蹣跚的生命步履

　　冷氣團的來襲，使天空變得幾許的陰沉、凜冽。過後，太陽又露臉了，好可愛。近黃昏，逗留於西天邊，照映在佳里興・後壁曾的大地上時，倍覺溫馨。這裡曾經是昔日諸羅縣治所在地，有個上北京騎白馬手舞一百二十斤重大刀，清嘉慶君親贈「武魁」的──曾廷輝的家鄉。是平平靜靜，無啥喧嘩的小村莊。

　　刻意而來的，找到郭水潭老先生的住家。他並不住這裡，人在麻豆鎮普門仁愛之家。只是想探望一位早期鹽分地帶文學的領導者，所住的屋厝如何。當然，「人去厝空」，從小窗窺視，甚麼都堪以雜亂，破敗的字眼，以貪形容。注意其書房門，擁有的書桌，書櫥和床鋪等物，淪陷於寂寞而且黯淡的世界裡。主人不在嘛，一切停擺。只是庭院中，雜草薑薑都很「爭氣」，不知名的蔓藤植物，則往厝外的牆壁爬呀爬。但有一棵木麻黃樹，被砍伐倒地，任由歲月無情的主宰它的「腐朽」的命運。

　　淒清、荒涼，是可以感觸得到。郭老先生大概也不在乎這裡裡外外的景象。孤家寡人，不會做炊事的他，投靠「普門仁愛之家」（就是老人院），度著與世無爭，恬淡的日子。風燭殘年，更是要堅強自己，生命的步履，即使蹣跚，也得走下去，追逐著歲月，不論是多久。……

---

[*]陳益裕（1939～2007），臺南人。散文家。發表文章時為臺灣省立北門高級農工職業學校教師。

那一天，到過老人院看他，初進門沒遇著。老伙伴們說他出去玩，不，走動走動，習慣性的在附近五王廟或田野小路。……透過院方的「廣播」，竟然回來了。咧著嘴在笑，眼睛也睜大，瞳孔集中，一臉喜悅的表情。令人感受到他的「驚訝」，還會有人來找他？平日的「失落感」，一時蕩然消失。心情，的確有些興奮。

然而，心情的興奮與肢體的能力，已經不再成為對比了。看他急著喘氣，認不得來人是誰，可以肯定這樣說法。這麼一位文壇的先輩，鹽分地帶頭角崢嶸者，就在面前，坐在寢室外的走廊中，應該給予相當的尊敬和尊重。好想聆聽他「話當年」，當年的繁華與輝煌，點點滴滴的趣聞或軼事。可是，他已嚴重的失去記憶力，時空間的概念，都不再清楚了。沒甚麼關係，對待老先生，不能強求。但如「吞吞吐吐」得出來，片言斷語，都是一種收穫，覺得彌足可貴。

## 青年時代，曾有「島の詩人」之譽

郭水潭，民國前四年出生於佳里鎮佳里興。村莊後面幾百公尺之距便是將軍溪，溪畔為稻波蔗浪所據有的，平疇沃野。父親是很安分守己，忠厚老實的人。小時候，他牽過水牛，所謂「放牛吃草」的牧童。那個年代，比較寧靜、蒼涼，村郊野外，自然是牧童玩樂的好地方。

讀公學校，與一位蘇新同學很要好。畢業時蘇新名列第一，郭水潭第二。蘇新思想最前進最偏激，曾因思想問題被日警逮去坐牢 15 年之久。而郭水潭是一位純粹的文學愛好者，與蘇新同學（馬克思思想信徒）完全不同，可是因為兩位走得很近，牽扯出一些麻煩來，表示日警對思想問題處理的糊塗，可見其一斑。

17 歲，他被僱在北門郡的役所，負責管理工商業務。由此能說一口流利的日本話，時常為日人郡守作臺灣話的「翻譯」，一翻話時像雄辯，有板有眼；又像詩吟，很有韻味，使人家聽得舒服。加上他貌美，穿著日本文官的制服，確實有一股莫可名狀的「媚力」。

郭水潭頗有文學的天賦，詩人的氣質。這時候，已是個「島の詩人」（也就是臺灣水準的詩人），因為有作品發表在日本人主辦的雜誌。擅用美麗的辭句，而且意境很浪漫。民國 19 年（日昭和 5 年），加入日本的「新珠短歌會」，所做短歌 14 首，被日本歌人聯盟，採入《皇紀二五九四年歌集》。

短歌是日本的古典文學，如同我國的五言律詩或七言絕句，必須受到字數及平仄的格律約束。既然興趣於古典文學，為甚麼他不投入當時我國的傳統文學陣營？主要是郭水潭的生活型態，比較接近日人的生活品味所致。可是後來思想丕變，漸漸受到了新文學運動的影響，也感到短歌只是一種偽造文學而已。於是放棄創作，而追求自己的新文學理想，改為新詩寫作。民國 18 年，他就鼓勵高等科同學徐清吉、王登山等人，參加新文學運動的行列，成為當時唯一不排斥臺灣人的「南溟樂園」同仁，努力在這份雜誌發表作品，包括現代詩。他熱愛現代詩是從這時候開始的，詩刊是揮霍詩情的舞臺。

## 與吳新榮・成為鹽分地帶的核心人物

民國 21 年 7 月，「臺灣藝術研究會」在東京成立。10 月，「臺灣文藝協會」於臺北成立。這是在臺灣出現的第一個文學社團，也就是臺灣新文學掀起了新的風潮。這一年，由日本回來一個青年醫師——吳新榮，繼他叔父之後，在佳里開了一所醫院。他是漢詩人吳萱草的兒子，並不受其父親的封建影響，卻擁抱著一套新的文學理論，等於手中有一顆種子，準備找園地播種。

如此，郭水潭的身邊增加了一位新文學工作者，與徐清吉三人算是志同道合了。不過，各有各的性格，郭水潭十分靈敏，吳新榮甚為驕傲，徐清吉則是圓滑、有親和力。時人稱呼為「猿仔潭」、「大舅榮」、「烏面吉」。這三個人不知不覺中，打成一片成為鹽分地帶的基礎分子，因為他們都有不可分開的共同風貌，便是青年人的熱情，反功利的思想，和積極進取的

行動。

　　尤其吳新榮，感到本地青年思想落後，志氣消沉，有待喚起前進，乃
與郭水潭商討組織「佳里青風會」，每月集會一次，鼓舞讀書並交換智識。
參加者部分為留日的智識青年，部分為郡役所（區署）、街庄役場（鄉公
所）、信用組合（農會）的臺人公務員。不過，這個組織橫遭日本政府的干
涉，強令解散。但「陰魂」不散，因為執著於文學的愛，私立建立友誼，
再團結起來的。除了吳、郭、徐三人外，王登山、陳培初、鄭國津、葉向
榮、黃清澤，以及後來加入的林精鏐、莊培初、黃炭、曾對、黃平堅、郭
維鐘、陳挑琴共 15 人，正式為鹽分地帶文學的同仁。

　　當然，郭水潭和吳新榮是「核心」人物。15 人中常有作品披露，同時
也互相批評作品的思想，探討寫作技巧。大家潛心致力，鵠的在那裡？表
面上為「反功利思想」，實際上為了「反殖民主義」。不錯，文學的園地在
辛勤的耕耘下，開綻了花朵，姹紫嫣紅的點綴著被日人割據的殖民地上，
隱隱約約，流露著不滿日人統治的情懷。……

　　郭水潭尤為激烈，譬如民國 22 年即在《臺灣新民報》寫了一篇〈斷片
の私見〉（對文壇之我見），針對民國 21 年臺灣文壇的寫作成果，做了一個
批評，並且提出個人的看法，對於殖民地文學作品，必須表達堅強的意
志，具有自我覺醒的使命感。同時，他舉出了楊逵的〈送報伕〉來解說，
以林攀龍的〈歐羅巴〉來印證，彷彿水中丟石，不無紋波之盪漾。

## 世紀之歌，最得意的詩作

　　民國 22 年以後，臺灣新文學運動「飆」了起來。民國 23 年 5 月 6
日，由張深切、賴明弘、賴和等人在臺中市小西湖酒家召開首屆「臺灣文
藝大會」，郭水潭、吳新榮也被邀請參加。「各路英雄大會師」似的，計有
82 人，而在日警監視下，進行會議，且為促進全島文藝家的團結，成立
「臺灣文藝聯盟」，盛況空前，頗有歷史的民族的重大意義。

　　未幾發行組織刊物《臺灣文藝》，郭水潭在這個刊物發表不少的作品。

由於致力擴大組織，走遍各地舉行「文藝座談會」，並鼓吹各地同志設立分會。他和吳新榮認真呼喚下，在民國 24 年 6 月 1 日設立「臺灣文藝聯盟佳里支部」，於佳里公會堂舉行典禮，發表宣言主張有：

一、世界資本主義侵襲下的臺灣，受到莫大的波及，為了維護臺灣文化的生存，必須有文藝團體的組織。

二、為了響應臺灣新文學的運動，因此組織文藝聯盟支部。

三、聯絡有志文學的人士，互相鼓舞砥礪，以振興臺灣文藝。

其組織，在臺南縣算是首創的文學團體。當天觀禮者，有林茂生、王烏硈、石錫純、毛昭癸、黃大賓、吳乃占，吳萱草、張深切、葉陶、徐玉書、楊顯達、楊熾昌等，迢迢而來，翕然支持，如星光點點，閃爍一時。

會員們在文學上互相切磋，潛心寫作，而且用心推廣支部工作。譬如在臺南市舉行名人舞蹈發表會或名人音樂會，對於臺灣地方文化運動，諸多貢獻。至於寫作，在《臺灣文藝》刊載的，郭水潭加意整編成一本「佳里支部作品集」，堪稱本為日文近代詩的發軔者，很有它的紀念價值。

民國 24 年 12 月，《臺灣文藝》編輯楊逵先生離開，另行主辦《臺灣新文學》雜誌，郭水潭加入雜誌的編輯委員，可見文學界對他重視的程度。民國 25 年 12 月 22 日，郁達夫由日本來臺，自臺北、臺中、嘉義，28 日抵達臺南。郭水潭、吳新榮、徐清吉等聯袂前往拜訪，在臺南鐵路飯店暢談文學。事後，撰寫〈憶郁達夫訪臺〉一文，在《臺北文物》刊登，以記其事。

民國 28 年，郭水潭加入日人西川滿主編的《華麗島》詩刊（只發行創刊號，後改為《文藝臺灣》）為同仁。他在創刊號發表一首「意志與詩情的融合」，攻訐日本政府侵略的野心，充滿反戰的意味，是他很得意的作品，有所謂〈世紀之歌〉。

　　震撼著東洋的天地
　　現在　嚴厲的暴風雨襲來

由於強烈而不可預測的風速
由於時代偉大的鼓翼
悠久的歷史　沒有規矩的人類的無聊
禁不住　被打散了

砲隊嚴然相對峙的時候
陸海空引發烽火的時候
無疑的　那是人類相剋的
不幸的事實　惹起了

優異的天才傾注智囊
巧妙造成的精銳武器
今天給我們的生活
帶來怎樣的結果？

一九三七年七月七日　　在東亞的一角
龐大的戰爭開始　在擴展
謙讓的美德　睿智的反省
逐漸擴大的戰績
現在　不正是同時
把勝利的歡欣　和慘敗的悲哀
告訴我們了嗎？

在民族嚴肅的試煉之下
戰旗一直在進行的時候
我們已不是虛無主義者
我們已不是浪漫主義者
縱令電波不斷把悲哀的現實
傳給世界的人們

縱令在籠罩憂愁的幾千萬眸子裡
盛開的薔薇會枯萎

那些堅強的士兵們
卻一心一意
而不顧一切
席捲大地　勇敢地前進
人們呀只相信著森林深處的黎明
祈禱而等待吧
休戰喇叭的美音令人雀躍
在大地愛和親情蘇醒了
當那天來臨的時候
人們呀　虔誠地
向歷史的車輪　祝福一切吧
太陽會永恆地飽和人類的善惡呢


　　基於「七七事變」，中日戰爭爆發了，郭水潭詩句中所蘊含的，正是廣大的全中國人的心聲。然而，日本政府卻急於對臺灣展開了另一種新的壓迫，為了配合戰時體制，大力推行皇民化運動，試想把臺灣改頭換面，變成日本帝國主義下的順民，以便利其統治，所以設立了「皇民文學賞」以及「決戰文學」。亦曾經派遣了菊池寬，火野葦平，久米正雄等人來臺與臺灣作家會面。當時郭水潭等鹽分地帶的詩人，在臺南市「寶美樓」設酒宴款待，也迫不得已的，加入「臺灣文藝家協會」的隨筆部，但是做為中國知識分子的郭水潭，有著強烈的民族意識，始終沒有寫過一篇文章，來響應日本政府倡導的「決戰文學」。

## 寫實，是他文學作品的風格

　　由於這樣的情勢，郭水潭的文學活動自然也就減少了。真的，日本政府一向發動其強權，迫令本省各種政治結社、文化團體、自行解散了。包括「臺灣文藝聯盟佳里支部」，這個標榜鹽分地帶色彩的文學組織，隨之瓦解，好像是彈簧的彈性「疲乏」，一度鬆弛下來。

　　鹽分地帶本是地理上的封號，一塊淳樸卻充滿靈氣的土地。孕育著文人作家，都秉著「寫實主義」的特色，揭發日本統治下低層社會的黑暗面，同情弱者，以「強調人的生活」為依歸。上列〈世紀之歌〉，便是郭水潭在刻畫戰爭的恐怖，反映於時代的呼聲，為一寫實佳構。

　　郭水潭在人性刻畫方面，也露了一手。如〈向棺木慟哭〉（發表於《臺灣新民報》副刊文藝），係輓弔愛兒建南去世，曾被龍瑛宗譽為 1939 年最使人感動的傑作，父子之情自然流露於筆端。在抒述鄉土可親方面，他有〈宋江陣〉，記神誕廟會的娛樂，視其表演舞蹈為目的拳術，以詩人敏銳的眼光來表達個人的觀感。在抒發性靈方面，他有〈三等病室〉、〈斑鳩與廟祝〉、〈蓮霧之花〉等篇，展現著質樸卻細膩之美。

　　郭水潭的詩作約五、六十首，加入「南溟樂園」為同仁起，不斷的宣洩。他又創作短篇小說，如民國 24 年，應日本大阪每日新聞社徵募，以〈某男人的手記〉，獲選佳作，並於該報連載。內容是寫脫離農村的青年流浪他鄉的歷程，呈現臺灣農村的凋敝，都市裡底層庶民生活的哀樂。

　　郭水潭也寫過散文，表現個人思想或鄉土的可愛，愛情的浪漫。他的思想是當時整個時代的抽樣，充滿正義感，願為社會犧牲自己的精神。行文間，字句相當相當洗鍊與奇特，數量雖然寥寥無幾，不過別具清新的風格。主要原因，也許與他年少時研究日本短歌，不無關係。林精鏐先生曾評論他的文字技巧——

　　……他有極高度的文學天份，因而能在日據時代以詩人身份飲譽一時。

當他在《臺灣新聞》發表〈三等病室〉後，一些嗜好新體詩的人們竟為他新穎的詩藻感動，他對每篇的詩作必加以千錘百鍊的推敲，導致每行裏有種甜美的韻律。我們欣賞文學作品不僅止於聲調音韻的美，是該結構的波瀾起伏之妙、描寫的細膩絢爛所致。這些，是一些文學先進對文學作品創作上常提到的老問題，亦是我們衷心同感的，郭水潭的作品優點，具有這些優越的條件。

## 光復後・絢爛歸於平淡

可惜的是，郭水潭在臺灣光復後停止了文學創作，轉移於學術調查與研究。重要的學術作品有〈臺灣日人文學概觀〉、〈談本省智識界之動向〉、〈臺灣舞蹈運動述略〉，以及民間風情習俗的隨筆，有些發表在《臺北文物》，分量夠不夠，成不成氣候，比較少有人談論了。

一樣是鹽分地帶文學成員林精鏐，也曾為文提及郭水潭：「臺灣光復了，鄉下的老一輩與年輕人，都很注重郭氏的去就。這時候，他不僅發揮不了長處，甚至陷於一籌莫展，再也不肯跟人從頭開始學習語言，他還是堅持以一口台灣話周旋於友朋之間。也許，這是郭氏的可愛之處。」

郭水潭雖然缺少了這方面的衝刺，不過憑他以往的工作天分，當過「通譯」，當過臺南州技士，還能勝任一切的工作。沒有多久，即被吳三連市長提拔為祕書室裡當事務股長，這是市政府的管家，也是市長的「心腹人」，是何等的榮幸。從此遠離家鄉，跑到都會去，一夜之間，成為街頭巷尾的「話題」的人物。

市府改組後，郭水潭也安排為「臺灣區蔬菜公會總幹事」，當個比較清閒的公務人員，幹到退休之年。後來，他攜眷返鄉定居時，已經是龍鍾老態的人了，日日閱讀書報，過著「閒雲野鶴」的生活。只因為記憶力退，沒有提筆寫東西，直到民國 61 年 6 月，才以中文寫了一首短詩〈無聊的星期天〉，登於《笠》詩刊。民國 69 年《聯合報》副刊主編瘂弦先生的策畫下，推出了光復前臺灣作家作品集——「寶刀集」，他也吐出〈病妻記〉與

〈文學伙伴〉兩首詩。

這些年來，偶爾「不甘寂寞」時，碰到故鄉有甚麼文化集會，邀請他便出席。特別是「鹽分地帶文藝營」，每年八月間在南鯤鯓舉行，象徵鹽的風車標誌於廟埕聳立舞動的時候，他一定蒞場，接受五王的愛撫，「重溫舊夢」似的，與愛好文學的青年朋友——「相見歡」。他是一位可親近的長者，大家敬老尊賢，笑談風生，感受到文學的夢，夢的綺麗可愛。他的影子出現，更給予鹽分地帶的新生一代，莫大的鼓舞與啟迪！

郭水潭步入老邁之境，孤獨的蟄居佳里興老家，也不是辦法。何況有高血壓之患，中風過，導致半身不遂，所以來到麻豆私立普門仁愛之家，經過療養，有所復元，能夠走動，每天必看報紙，外出散步。當然靜坐禮佛，了無牽掛。風風浪浪都過去了，總是還他一段平靜的歲月，而無怨無悔。只是看他了然的身影，戴著一頂小絨帽，穿一件睡衣，不停的咳嗽，連帶氣喘的樣子，不是可憐，不是同情，但總是要緊緊握著他的雙手，不知為甚麼。離去時，他猶有話說：

「我……我……我不能寫信給朋友。……朋友，也……也不知道我住在這裡。……」

——選自陳益裕《南瀛人物誌》

臺南：臺南縣立文化中心，1994 年 4 月

# 郭水潭
## 南瀛文學第一家

◎彭瑞金*

郭水潭（1908～1995），筆名郭千尺，取自李白詩：「桃花潭水深千尺，不及汪倫送我情。」詩人，1930 年代臺灣新詩運動的健將，與吳新榮、徐清吉被推為「鹽分地帶文學」的共同領導人。作品總集——南瀛文學家《郭水潭集》列為南瀛文學家叢書的第一本，也獲得第一屆的「南瀛文學貢獻獎」，雖不乏時機上的巧合，但謂之南瀛文學家第一人，誰曰不宜？

出生於臺南州北門郡（今佳里），僅有公學校高等科之正式學歷及私塾學習漢文之經歷，但就讀高等科時，已能寫日本的「和歌」，贈詩北門郡守酒井正之，並得到郡守的答詩。18 歲那年，還被因短歌結緣的郡守雇為北門郡役，前後 12 年，傳為文壇佳話，文學天分也廣受肯定。他是日治時代文友中少見的「做官的作家」，尤其特殊的是，他的官職純由文學得到。34 歲時，任北門郡勸業課技手，是正式任官，必須穿官服上班，文友戲呼之為「金巡仔官」。

「鹽分地帶文學」是臺灣文學裡特異存在的品類，濃厚而強烈的地域性色彩，指向這裡是地力貧乏卻人文豐饒的地帶。吳新榮從東京返臺，在佳里鎮上懸壺，組「佳里青風會」開始，「鹽分地帶文學」就自成一系，郭水潭是這個文學統系的重要開拓者之一。

「短歌」是郭水潭進入文學的敲門磚，除了帶給他「官職」的一段佳

---

話外，1930 年加入「新珠短歌社」為社友，所作短歌，還被日本歌人聯盟選入《皇紀二五九四年歌集》。新詩寫作的開端，則是從加入「南溟樂園」為同仁開始，他在該社出版的《南溟樂園》連續發表新詩。如〈不認識的愛人〉、〈獻給心中的愛人〉、〈小曲：戀愛的屍體〉及〈乞丐〉、〈送別秋天〉等作品，顯示他這時候正是戀愛中的男人，對愛情的無限憧憬，寂寞中略見徬徨的青年心情，春花秋月的輕輕感傷，對人生景緻輕輕的好奇。這時候的詩，凸顯了他是一位敏感多思多愁的詩人。

1933 年，青風會成立，形成文化工作、切磋文藝思想的團隊，也形成了從鄉土建設文化生活的意識。在這個文藝隊伍的基礎上，佳里或鹽分地帶，日後都以團體力量支援或投入全臺灣的文學及文化活動。1934 年 5月，「臺灣文藝聯盟」成立，郭水潭就被選為代表南臺灣作家的兩位執委之一。1935 年 6 月，也在吳新榮、郭水潭的合力奔走下，成立聯盟的佳里支部，郭氏負責撰寫〈臺灣文藝聯盟佳里支部宣言〉。

1935 年 2 月 1 日出版的《臺灣文藝》第 2 卷第 2 號，刊出他的長篇小說〈福爾摩沙〉的序文。這部依據臺灣史為背景寫的作品，據作者自稱有12 萬字，可惜原稿給家人燒掉了，未能刊出。郭水潭也曾經嘗試以小說表達他的文學。文集裡收錄有短篇小說兩篇，其中，應日本《大阪每日新聞》「本島新人懸賞」徵募而作的〈某男人的手記〉，獲得佳作獎。這篇小說是用浪漫主義的筆法，寫一個男人的身心流浪經驗，五年後回到家鄉，愧對辛勞工作的妻子，自慚於沒有一點社會主義者的體悟。另一篇小說〈無軌道時代〉，描寫兩個因細故「集體」辭職抗議的男子，領了退職慰問金及收了同事的禮金之後，卻拒絕參加送別會，令同事和社方難堪，以贏取阿 Q式的勝利精神。手中雖握有一筆從未有過數目的財富，未來的日子其實茫茫然，卻不忘以無軌道的時代來臨，今後永遠是禮拜天，自我武裝、互相安慰，宛如是一齣摻著淚水的人生荒謬劇。

論者謂郭水潭的詩，刻畫他生活的鄉土，呈現寫實主義的色彩，應該是指他參加臺灣文藝聯盟，積極投入新文學運動之後的作品。比較明顯的

是，在題材的選取範圍擴大了，〈故鄉的書簡〉、「村裡瑣事」、〈窮愁的日子〉、〈蓮霧之花〉、〈斑鳩與廟祝〉等發表在《臺灣文藝》、《臺灣新文學》或《臺灣新民報》上的作品，顯示他已脫離青年時期的感性詩迷戀，逐漸建立他的現實觀和人生觀。但似乎詩人感情豐沛也是天生的，他一生被人傳誦最廣的詩，恐怕是 1939 年，因次子去世，傷痛之際寫下的〈向棺木慟哭──給建南的墓〉。這是一首真情流洩而成的詩，很可以代表一個崇尚浪漫情緒的詩人，自我修煉、自我調整、自我完成的新境界。

　　1934 年 4 月 21 日，郭水潭在《臺灣新聞》文藝欄發表〈寫在牆上〉，指出美麗的薔薇詩人和附庸風雅的感想文作家，「壓根兒品嚐不出時代心聲和心靈的悸動，只能予人以一種詞藻的堆砌，幻想美學的裝潢而已」，「沒有落實的時代背景，就是遠離這個活生生的現實」。在代撰的文聯佳里支部宣言中，他也說：「當前的問題是要思考我們的文學，如何才會獲得民眾的歡迎……」從這些文學觀的表白裡，不僅看出他文學思想的重大轉折，也看到他成熟階段的文學主張。他向文壇放出這些批評的聲音後，也接到一些質疑的聲音，主要就藝術能不能從意識形態產生，有所爭論。就整體郭氏的文學而言，其實並沒有階級的爭執，屬於民眾的文學，只是他的理想而已。

　　郭水潭於戰後有文學回顧之類的文字發表，也是鹽分地帶文學永遠的精神領袖之一。這裡且讓我們回味一下他那感情充沛的抒情傑作：

　　　可愛的吾兒，建兒喲
　　　爸爸不眠地在喊你

　　　喊你戴白銀盔，拿金色槍
　　　騎白雪似的駿馬
　　　從遙遠的孩兒國萬里迢迢
　　　容貌活潑地回來──

不、不，你不是
不是追求虛榮的孩子

如果，真的是你
你會雙手捧著秋棗的果實
像平日那樣遙擺擺
微笑著回來

可愛的吾兒，建兒喲
爸爸整夜打開門，等著你

等著你穿緋色毛線上衣，戴白帽子
抱著法蘭西的洋娃娃
從嬰兒車的嘎吱聲，緩慢地
以凜凜的丰姿下來──

不、不，你不會
不會裝著那樣優雅

如果，真的是你
你會赤裸雙腳撩起屁股衣襟
像平日那樣嘟嘟地
拍著手，跳回來

可愛的吾兒，建兒喲
幼小的你還沒有朋友
因而今天的送葬
多麼寂寞的行列咧
爸爸牽著你哥哥的手
叔父嬸母提著線香和銀紙

只有，這些人
這些疼愛你的自己的人
耐不住悲哀
而哭泣著
可憐兮兮地
送葬你小小的棺木

可愛的吾兒，建兒喲
爸爸給你一個約定吧
約定在公墓的池邊
獨自寂寞的你的墳丘旁
種植一棵相思樹
當悲哀的時候就來看看你

啊！在你永遠歇息的地方
供獻的花被風玩弄著

萎謝了也好，可憐的花啊
往何處去？幼稚的靈魂
無心的兩隻蝴蝶
飛來，翩翩舞著，又飛走了

──〈向棺木慟哭──給建南的墓〉

──選自彭瑞金《臺灣文學 50 家》

臺北：玉山社出版公司，2005 年 7 月

# 在壓抑的歷史面對廣闊的海
## 追悼詩人郭水潭氏

◎李敏勇[*]

　　初見郭水潭氏是 1970 年初，那時候他剛在《笠》詩刊發表戰後第一首中文詩〈無聊的星期天〉。但我更注意的是，鹽分地帶詩人們在日據時代的詩篇，作為鹽分地帶詩人的郭水潭作品，當然也相當程度地吸引我。

　　1970 年代初，郭水潭氏已過六十。比起「跨越語言的一代」臺灣詩人，像陳千武、林亨泰、錦連、詹冰……更具歷史意味，是戰前就已在文學界展現的詩人。而由於我在那時候跟跨越語言的一代詩人的交往，能夠認識許多日據時代的臺灣作家，對於他們困頓在歷史夾縫的暗澹心情，多少也有些了解。那時候，我是一個二十歲出頭的文學青年，但已經厭惡了被戰後從中國來接受挾帶來的文學風氣，對於另一個殖民體制在臺灣文學的壓抑和破壞深感不滿，認識並想要索求本土文學傳統的意願在心頭。

　　郭水潭氏常參加「笠詩社」的活動。二十多年前，他仍然顯得氣宇軒昂、高挺的鼻樑和明亮深邃的眼，讓人好感。

　　陳千武譯介他的詩〈廣闊的海〉，是郭水潭氏送給他出嫁妹妹的作品。詩的結尾，詩人想像嫁到海邊的妹妹那種憧憬，十分美麗：

……
佇立在那潔淨的海灘
妳就會知道比陸地

---

*詩人。發表文章時為臺灣筆會會長，現為李敏勇文學工房負責人。

多麼廣闊的海——

〈廣闊的海〉這首詩是郭水潭氏 1937 年發表的日文詩。後來，遠景「光復前臺灣文學全集」詩部分，有一冊的書名就叫做《廣闊的海》。

日據時代的臺灣文學，1970 年代開始有零星的譯介，這時候也是戰後臺灣本土文學向自己土地索求傳統的開始，原來，一直被中國來臺接收的政治體制主導為從中國帶來戰後臺灣文學傳統（附庸統治體制的說法根本就以中國文學名之），在向前承續日據時代的臺灣文學後，本土文學的歷史軌跡更為明晰。然而包括郭水潭氏在內的日據時代臺灣作家，一直沒有較重要的地位，要到 1980 年代末，1990 年代初，對於日據時代臺灣文學的研究和整理才稍稍呈顯格局。

但是，他們一個個逐漸老耋凋零，像郭水潭氏，甫由臺南縣立文化中心出版羊子喬編輯的南瀛文學家《郭水潭集》不久，就離開人間，想像他在看到六百多頁的自己作品集出版時，一定感慨萬千吧！

郭水潭氏有詩、小說、隨筆和論史。他們同輩的臺灣作家，大多兼及各種文類，詩人們多才多藝，並且在日據時代的文化領域有特出表現，但是，戰後臺灣在雙重的敗戰際遇裡，被語言的政治轉換堵塞出口，長期失聲。

不久前，日據時代「風車詩社」的楊熾昌氏才告別人間。郭水潭氏的逝世，以及許多他們同時代的臺灣作家漸次凋零的事況，令人對他們在被壓抑的歷史裡困頓的文學和人生感到傷感。

以將近九十之齡辭世，人生的行程是相當漫長的，但被切割在戰前和戰後兩個殖民地統治，兩種國語的人生，映照在文學作品裡，算是在壓抑歷史的告白與批評吧！

在給出嫁到海濱的妹妹那首詩，期望自己妹妹會知道比陸地多麼廣闊的海。然而，更早時，自己的詩裡，卻又說「被海的調律陪送／被白色的海浪抱著／我戀愛的屍體／向遙遠地方消逝……」

　　海，在鹽分地帶的貧瘠土地，在那困厄的壓抑的歷史裡，多麼廣闊的海，是愛的墓地也是憧憬。

　　安息吧！我們會繼續不停地用語言的武器轉向壓抑性的島嶼的魅影，要讓廣闊的海成為島嶼的延伸。比陸地，那是多麼廣闊的海；比起壓抑的歷史，那是多麼寬廣的未來。

　　　　　　　　　　　　──選自《自立晚報》，1995 年 3 月 18 日，第 23 版

# 郭水潭（1908～1995）
## 島的詩人，臺灣文學先驅

◎謝玲玉*

> 問天問地，昔日兒孫滿堂光宗耀祖，今日家道中落何人問津…
>
> 今夕何夕，一堆黃土淹沒多少前人往事，滿塞回憶確得何處予人尋回…

跨越二個時代的已故前輩作家郭水潭，位在佳里鎮佳里興的故居早已人去樓空，留下堂前對聯，訴說著滄桑往事。

郭水潭，明治 41 年（1908）出生在臺南縣佳里鎮佳里興，日治時代就曾以日文短歌一首獲當時北門郡守賞識，公學校高等科畢了業就被聘為「雇」，擔任歷代郡守的通譯十多年之久。

這十多年間，他的新詩在貧瘠的鹽分地帶引領風騷，又和文友先後投入文學組織，帶動臺灣新文學和鹽分地帶文學風潮，也獲得「島的詩人」美譽。

鹽分地帶前輩作家中，他的作品一直未出版成書，直到他 86 歲那年，臺南縣立文化中心南瀛文學獎文學貢獻獎眾望所歸頒給他，他的第一部作品集終於誕生。遲來的榮譽為當時這鹽分地帶碩果僅存的前輩作家生涯劃上美麗符號。

由臺南縣立文化中心文教基金會出版的「南瀛文學家專輯」首輯《郭水潭集》，由羊子喬編輯，清華大學文學研究所教授呂興昌撰寫的生平著作年表和陳千武、葉石濤、月中泉、蕭翔文、莊彩利等參與日文中譯工作。

---

*發表文章時為《聯合報》記者，現為文字工作者。

民國 84 年初，郭水潭病危，當時的文化中心主任葉佳雄、圖書組長涂淑玲和組員申國豔一行帶著剛出爐的《郭水潭集》前往臺南成大醫院探病。

「他老人家期待這本書，很久了。謝謝，謝謝……」在一旁的郭水潭三子郭昇平代替老父致謝。無法言語的老人家由葉佳雄輕挽著手，撫摸著生平第一部作品集書面上「郭水潭」三個大字，「說不出」的感覺，叫人為之鼻酸。

那年 3 月 9 日，傳來郭水潭病逝的消息，文壇痛失披荊斬棘、耕耘鹽分地帶的前輩作家。專輯就像即時雨，澆灌了老人家落寞沉寂的晚年歲月，更為臺灣文學留下了文化活水。

## 筆耕鹽分地帶，綻放美麗花朵

從日治時代的佳里青風會、臺灣文藝聯盟佳里支部，到當今的鹽分地帶文藝營，鹽分地帶文學已在臺灣文壇舉足輕重。

郭水潭等前輩就是推動鹽分地帶文化搖籃的手。他們生長在時代的夾縫中，際遇各有不同，對文學的執著和貢獻卻一樣深刻。

昭和 10 年（1935）「臺灣文藝聯盟佳里支部」成立時，郭水潭曾在成立宣言中語重心長地說，「本支部的成立，我們也鮮明地從我們的地方性觀點，鼓足幹勁在這個拓開中的鹽分地帶，即使微小也無妨，種植文學的花，並且深信其成果一定是輝煌的。」

這席話揭示了鹽分地帶文學要擺脫殖民時代陰影和悲情，掙脫日本文學的框架，從本土出發，在本土開花結果，當今鹽分地帶文學也循著這個發展軌跡和目標邁進。

郭水潭的作品對帝國主義和異族統制充滿痛斥和撻伐。此外，他關懷鄉土、同胞，為社會各種現象抱不平，他有柔情似水、有浪漫，有含蓄又強烈的情感表達，新詩也好，散文也罷，排斥薔薇式華麗的詞藻，而是直接觸動人心。

　　早期的一首〈巧妙的縮圖〉深獲呂興昌教授好評。他將公共廁所內的塗鴉比喻成社會縮影，強烈表現出在不公平的社會中，無產大眾也有向資產階級者吐痰的時候──「全是漫畫與文字的／公共廁所，一看　便令人驚訝／畫有內閣首相或社會主義者等人們的臉／也寫著孔子和基督的／『格言』，也有絕命詩似的名言和／寫滿了大眾無產階級的聲音／也有變態性慾的素描　令人可笑／臭氣衝鼻／憎恨和詛咒／令人不得不吐痰／公共廁所是／資產階級者未曾看過的精密巧妙的社會縮圖。」

　　生命中，有喜有悲，至情至性的郭水潭新詩作品中，刻畫家庭親情者且不乏佳作。就在他二妹出嫁的二個月後，民國 28 年初，他才二歲的次子建南夭逝，〈向棺木慟哭〉被譽為當年最感人的傑作：

　　　　可愛的吾兒，建兒喲
　　　　爸爸不眠地在喊你
　　　　……
　　　　可愛的吾兒，建兒喲
　　　　幼小的你還沒有朋友
　　　　因而今天的送葬
　　　　多麼寂寞的行列咧
　　　　……
　　　　只有，這些人
　　　　這些疼愛你的自己的人
　　　　……
　　　　啊！在你永遠歇息的地方
　　　　供獻的花被風玩弄著

　　　　萎謝了也好，可憐的花啊
　　　　往何處去？幼稚的靈魂

　　無心的兩隻蝴蝶

　　飛來，翩翩舞著，又飛走了

## 穿文官服的那一天

　　民國 30 年，身為臺灣知識分子的他，從小小的郡守破格調升為臺南州廳技士，官袍加身卻讓他百感交集。

　　時值中日戰爭，太平洋戰爭也爆發在即，鹽分地帶同伴的非議，親友的異樣眼光，所有責難還不及他這位同披戰袍的老友吳新榮在〈鎮上的伙伴〉裡筆伐。

　　吳新榮還為文感歎夥伴紛紛離開家鄉，甚至離開文學園地，而郭水潭竟是要告別詩神，「往昔曾經領導夥伴那股英氣已蕩然無存，如今把經濟統治取代抒情詩，以算盤代替羅曼。甚至讓蕃薯簽代替蓬萊米。」

　　對吳新榮的冷嘲熱諷，他自認值得洗耳恭聽，也虛心接受指摘，〈穿文官服的那一天〉一文則試著以微薄的聲音，為自己辯白，「儘管伙伴藐視那官袍，但畢竟是恩人賞識所賜，不能輕言拋棄，更不能讓恩人失望。」

　　他決定盡其職守，服務桑梓，但求問心無愧。他極力想表明，他沒齒難忘可貴友誼，也希望日子一久，青紅皂白便見分曉，「到時候，才來重新握手吧。」

## 晚年沉寂念念不忘那片鹽分地

　　光復後，鹽分地帶的文學鬥士紛紛返鄉，重新出發。但發生了社會運動者蘇新投奔大陸事件後，和蘇新同鄉又同窗的郭水潭對情治人員的包圍，不勝其擾，許多日記、創作，就在沉重的陰影和壓力下，付之一炬，令人惋惜。

　　郭昇平說，他父親是個不折不扣的作家、詩人，除非沒有靈感，他沒有一天停止寫作，「這樣的文人卻在改朝換代的夾縫中，背上黑鍋。」

　　此後的郭水潭，幾乎不寫作了。外界多認為，語文是他創作的障礙。

郭昇平則說，父親上過私塾，漢文不錯，蘇新事件和家道中落應是重要因素。

他曾於民國 35 年離鄉背井到臺北謀生，曾經營公司，也在當時的吳三連市長拔擢下當了事務股長，開始投入文獻和論述工作。他的詩作，包括論述、隨筆，稱得上臺灣百年的文學史料，多已收錄在作品集中。

他的母親和長子過世後，歷經世間冷暖的郭水潭於民國 70 年返鄉定居，一心想歸於平淡，安享天倫樂。唯天不從人願，楊來于、陳稟二個妻子又先後離他而去。

或許是往事不堪回首吧！或許是不願再思想起吧！老年的郭水潭，漸漸得了失憶症。為了一解近鄉之情，81 歲那年，接受友人建議，從兒子家搬進了私立麻豆普門仁愛之家安養，離老家近了些。起初，他仍年年出席鹽分地帶文藝營，只是，再也記不起什麼事來了。

老人家已平靜走完一生。打從〈穿文官服的那一天〉，那來自內心的聲音，就像故居二幅已褪色的門聯，鹽分地帶的花朵和披荊斬棘的文友始終是他念念不忘的。

> 我們承先啟後，從祖先繼承的唯一遺產是跟貧困、苦難奮鬥到底的一把鋤頭。拿著這把光禿鋤頭，試圖在貧瘠的鹽分地帶綻開文化花朵，就是伙伴們愚不可及的妄想，也是由於這種愚蠢之故，雖然遭遇一番又一番乖戾命運纏身，仍然為了一縷希望而挺住了。而且，深切品嘗著美麗友情。

——選自謝玲玉《南瀛鹽分地帶藝文人物誌》
臺南：臺南縣政府，2006 年 4 月

# 潭深千尺詩情水
## 鹽分地帶詩人郭水潭先生

◎林佩芬[*]

## 鹽分地帶的歷史回顧

據連橫《臺灣通史》卷二〈建國紀〉的記載:「永曆十五年冬十二月,招討大將軍延平郡王鄭成功克臺灣,居之。」而後與諸臣將謀,議定:「今臺灣為新創之地,雖僻處海濱,安敢忘戰,故行屯田之法,僅留勇衛侍衛二旅以守安平、承天,餘鎮各按分地;分赴南北開墾,使野無曠土,而軍有餘糧。三年之後,乃定賦稅,農隙之時,訓以武事,俾無廢弛。有事則執戈以戰,無事則負耒而耕,而後可以圖長治也。諸將聽命而行。於是五軍果毅各鎮赴曾文溪之北,前鋒後勁左衛各鎮赴二層行溪之南,各擇地屯兵,插竹為社,斬茅為屋,而養軍無患。」

其部有吳將軍者,適紮營駐墾於萬年興一地(今臺南縣將軍鄉一帶,後因以其地名為「將軍」),吳氏一族殖焉。

吳將軍雖武將而雅好儒士,駐墾之餘,倡興文教:「行有餘力,則以學文」,以此,文風漸盛,「書房」紛立,匯成文化支流,而「詩社」雅集,亦漸興漸多;至於清,修教治文,臺南乃為首善之區,時金馬臺澎設書院計 64,而臺南一地占 18 所,文教之興自是明鑒。

清光緒 21 年(西元 1895 年),中日甲午戰爭,其後簽署《馬關條約》,割讓臺灣與日本;此後計 50 年間,臺灣淪入「日據時代」,全臺行政

[*]作家,現定居北京。

區域名稱凡數更，1920 年制改，設全臺為 5 州、2 廳、47 郡、3 市、263 街庄；明鄭時代約稱萬年興一帶，至此遂易名為「臺南州」、「北門郡」。

北門郡轄六庄，約為今之佳里、學甲、北門、將軍、七股、西港六鄉鎮。

其地土質貧瘠，不利農耕；且又地處濱海、溪浦地帶，土壤中含鹽成分甚重，濱海又以產鹽為主，七股、北門便為著名鹽產地；於是時人每常以「鹽分地帶」代稱之，久而沿之襲之，「鹽分地帶」遂成為了專有名詞。

日本入據臺灣初期，有意收攬、懷柔，乃「大興文教，禮遇賢士」，歷任總督獎勵風雅，因而詩人聯吟會盛極一時，酬唱風靡全省。所謂全省詩社聯吟大會，亦時常舉行，詩會使官民在文藝上打成一片，詩的活動一直興隆不替，至民國十五、六年，發展至最高峯，全省詩社，數以百計，而大陸文士章炳麟、梁啟超等人，亦於此詩學鼎盛之際，先後來臺，對臺灣文壇皆有所俾益。

當時的文士們，雖然對於擊缽聯吟心存鄙視，但是在異族鐵蹄下想保存漢民族的文化，不得不提倡詩社聯吟，借以鼓吹青年學子學習祖國文化，其用心之良苦，真可以說是「無淚可揮惟說詩」。

兩段話，說明了一切。

病於格律的傳統詩，詩社，卻默默在貢獻著一己之力；「日人佔據臺灣五十年，實賴這些傳統詩社的詩人來維繫祖國文化於垂絕，其功勞不可抹滅。當日人據臺初期，許多文人眼見有志之士，以武力來反抗日人，終遭摧折擊敗，乃轉向詩人的結社，其作用在於保存固有文化，且具有抗日意識的傳佈作用。」

結社，聯吟，酬唱往來的文字障，在文學史上固然已經走入了死胡同；但，這些遍布全省的傳統舊詩社，對於傳遞民族文化的香火，維繫民族精神的延續，卻是功不可沒的。

## 日據時代臺灣的新文學運動

日據時期臺灣的新文學運動，本來就是中國新文化運動的一部分，也是臺灣民族運動的一部分；本來，日人入據臺灣前期，自 1895 至 1915 年間，即從曇花一現的唐景崧「臺灣民主國」至余清芳「噍吧哖事件」的 20 年間，臺灣同胞不斷的以武力抵抗日本異族的統治，前仆後繼，後來由於客觀情勢的變遷，臺灣同胞的抗日鬥爭由武力轉而為非武力的方式，於是產生了文化思想性的政治社會運動。

1911 年，臺灣受日統治的第 16 年，辛亥革命成功，中華民國於焉誕生。祖國革命的勝利激發了留日臺灣學生的民族意識，同時增強了對祖國的向心力，使他們把解救臺灣同胞的希望寄託在祖國的將來。

同時，全世界也瀰漫著一種新起的思潮；「德莫克拉西」的名字在世界的每一個角落普遍揚起，美國威爾遜總統「民族自決」的提倡，成為弱小民族求獨立自由的呼聲；而在亞洲，日本正風靡著自由民主的思想，中國，也正逢「五四」運動的波濤──這波濤同時衝擊了臺灣，同樣的發起了自覺自救的啟蒙運動。

在文學上，臺灣的知識青年們，當然也就響應了胡適等人所提倡的「文學革命」的主張，而衍成了臺灣的新文學運動。

民國 8 年，祖國發起五四學生愛國運動；那一年的秋天，在東京留學的臺灣留學生開始有了團體的組織，「聲應會」、「啟發會」、「新民會」等相繼成立；民國 9 年又組織了「臺灣青年雜誌社」，發行《臺灣青年》月刊。

民國 10 年，由蔣渭水策畫領導和林獻堂的支持下，成立了「臺灣文化協會」，團結了 1032 名會員成為臺灣新文化運動的主幹。

民國 11 年，《臺灣青年》月刊於出版了 18 期之後改稱《臺灣》雜誌，又出版了 19 期；這份兩種名稱的雜誌刊載了不少關於文學改革，文學理論及文學創作的文字，在當時造成了極大的震撼。

民國 12 年，《臺灣民報》創刊，這份報紙全部採用白話文，並特闢文

藝專欄，定期刊載文藝論文及作品；當時，因尚無其他的文藝雜誌，此後的八年之間，臺灣初期的新文學作品都發表在《臺灣民報》的文藝專欄上，《臺灣民報》真可謂是臺灣新文學的搖籃了。

民國 16 年 8 月，《臺灣民報》遷移到臺灣發行，五年間，所發行的是周刊；至民國 21 年 4 月 15 日起改為日刊，並更名《臺灣新民報》。

這時的作家與作品均大增，水準也大為提高。

自民國 21 年起，臺灣的新文學運動進入了高潮；1 月，文藝雜誌《南音》半月刊問世了，此後文藝社團「臺灣藝術研究會」、「臺灣文藝協會」、「臺灣文藝聯盟」、文藝雜誌《福爾摩沙》、《先發部隊》、《第一線》、《臺灣文藝》、《臺灣新文學》等相繼成立，一時之間，百花齊放，大家輩出；作品的質與量在眾人的耕耘下直線上升，造成了臺灣新文學史上的鼎盛時期，直至於今。

> 身為知識份子的作家，一開始就背負了沉重的民族意識的十字架，舉目望去，是被凌夷的同胞、歧視的眼光和愚蠢的習性，儘管「社會現實性」這個路線問題一直被討論著，但到民國三十年止，臺灣作家的作品裏，是充滿社會意識的，很少逃避現實，遁入虛妄的王國裏。大多數的作品，所描寫的是窮苦、樸實的農民，和他們在剝削下的生活，或者日本警察的暴惡嘴臉，御用紳士、走狗的面目等等殖民地的現象。大多數的作家都能將自我的價值歸結到社會大眾上，社會的災難就是個人的災難，周圍人民的不幸就是個人的不幸，藉著作品表達對現實社會、政治的抗議精神，或是對不可抗拒之外加災禍的剛毅的隱忍精神。

林載爵的一段話，充分說明了日據時代臺灣文學作品的精神；同時，由於當時世界新思潮的衝擊，寫實主義的文學主張風靡一時，這種文學思潮，正好與殖民下的臺灣文學所欲表現的隱忍與抗議相輝相映，而成為了日據時代臺灣新文學的主流。

　　作品大抵以描寫當時現實社會的真面貌，揭發社會的黑暗面、傳達鄉土真摯的親情，同情低收入的農民、工人，提倡社會改革、表露作者內心的悲憤為重要主題；當時在文壇上轟動一時的作品如吳希聖的〈豚〉、楊華的〈一個勞動者之死〉、呂赫若的〈牛車〉、楊逵的〈送報伕〉等，便完完全全的呈現了寫實主義的風貌。

　　當然，武力抗日屢起屢敗，而同胞屢遭殺戮，誰還會有「為藝術而藝術」的閒情逸致呢？文學，自然而然的成為「非武力抗日」的代用品，成為維護民族精神，民族文化的最重要的一根支柱了。

## 日據時代鹽分地帶的文學

　　處在這樣的時空中，「鹽分地帶文學」在臺灣的新文學史上成為極重要的一環。

　　繼承了明鄭時代鼎盛的文風，這脈文學的香火在「鹽分地帶」始終不息；傳統舊文學家結社吟詩，風行一時，而以王炳南、吳萱草、洪權、王大俊等人為代表，先後成立了「登雲詩社」、「學甲吟社」、「竹橋吟社」、「將軍吟社」及「白鷗詩社」等；著名的詩人有林泮、吳萱草等。

　　新文學運動發生之後，「鹽分地帶」也自然而然的受到了它的洗禮，而後，新文學家輩出，逐漸蔚為一股洪流，而開展了「鹽分地帶文學」嶄新的、光輝的一面。

　　這，又包含了「鹽分地帶」的一個特殊的原因，如林芳年先生所言：

　　據說日寇統帥北白川宮能久親王罹難蕭壠（今之佳里），也有在彰化及嘉義縣義竹之說，諸說紛紛沒有定論。惟觀日寇新鹽分地帶住民殺戮的嚴屬：（按清光緒 21 年，日寇通境，先烈林崑崗滿腹悲憤，糾集同志數百人扼守八掌溪，給來犯的敵軍作個迎頭痛擊，日寇死傷纍纍，因此激怒了日軍，竟發揮了殘暴的本性，捕殺了無辜良民五百餘人。）可以斷定北白宮川罹難佳里之不謬；構成日寇對鹽分地帶下一代的苛酷思想控制，⋯⋯

　　文學似在泰平時代結蕾，逆境時代開花怒放的產物，如果站在這定點說話，鹽分地帶同仁於日據時代從事新文學運動似乎正確的構想，因這地方的人們蒙受日人凌辱狀態著實比其他地方為甚，因此偎在文學途徑迸發怒吼火花，是一種對異族的合理合情抗議。

　　「鹽分地帶文學」的領導人有二，一位是已經故世的吳新榮先生，一位便是郭水潭先生。

　　郭水潭先生早在在學時期就已經從事日本「和歌」的寫作，民國 19 年時曾加入日本的「新珠短歌社」，其作品曾被選入《皇紀二五九四歌集》；後來漸漸受到了新文學運動的影響，並感到「和歌」只是一種偽造文學而已，於是放棄了「和歌」的創作，而追求自己的新文學理想，改為新詩寫作。

　　民國 18 年，他與徐清吉、王登山等人開始參加新文學運動行列，參加了當時唯一不排斥臺灣人的「南溟樂園」為同仁，並開始在這份雜誌上發表作品。

　　民國 22 年 3 月，「臺灣藝術研究會」在東京成立；10 月，「臺灣文藝協會」在臺北成立，這是在臺灣成立的第一個文學社團，也為當時的臺灣新文學掀起了新的風潮。

　　而就在此時，吳新榮先生由日本回到臺南佳里的家鄉；他帶回了一套新文學的理論，同時也感到本地青年思想落後，志氣消沉，實有待喚起前進；於是，他乃與郭水潭先生共商，此時，他又認識了另一位新文學的工作者徐清吉，三人即研議組織了「佳里青風會」。

　　「佳里青風會」的目的為：「為要提高青年之風氣，定每週集會一次，以鼓勵讀書並交換知識。」不久，這個組織又橫遭日本政府的干涉，強令解散；但，這個組織的部分會員卻因熱愛文學而締建了友誼，團結了起來：吳新榮、郭水潭、徐清吉、王登山、陳培初、鄭國津、葉向榮、黃清澤，以及後來加入的林精鏐、莊培初、黃炭、曾對、黃平堅、郭維鐘、陳挑琴共 15 人。

於是，以吳新榮、郭水潭為首的「鹽分地帶」派的初型於焉建立。

15 人中常有作品發表，同時也互相批評作品的思想，探討寫作技巧；文學的園地在辛勤的耕耘中綻出了花朵，姹紫嫣紅的點綴著被日人割據下的殖民地，更暗含了反抗日人統治的思想，因此，他們的作品中充滿了反殖民主義的思想和寫實主義的風貌。

民國 22 年，郭水潭先生在《臺灣新民報》發表了〈斷片的私見〉一文，針對民國 21 年臺灣文壇的寫作成果，做了一個批評，並且提出個人的看法，對於殖民地文學作家，必須表達堅強的意志，同時，他更舉出了楊逵的〈送報伕〉來解說，以林攀龍的〈歐羅巴〉來印證，而總結了民國 21 年的臺灣文學。

民國 23 年，由張深切、賴明弘、賴和等人在臺中市小西湖酒家召開第一屆全島文藝大會，並成立了「臺灣文藝聯盟」，吳新榮、郭水潭被邀參加。

「臺灣文藝聯盟」是臺灣第一個全島性的文藝團體；其宗旨依章程之規定為「聯絡臺灣文藝家，互相圖謀親睦，以振興臺灣文藝」，其事業即分為「發刊雜誌、刊行書冊，開文藝講演會，開文藝座談會」，其組織分為「會員總會、執行委員會（15 名）、常務委員會（5 名）」，並規定每年開一次會員人會，必要時得設立地方支部。

章程通過後，即選出委員；南部地區由郭水潭與蔡秋桐當選。

民國 23 年 11 月，「臺灣文藝聯盟」發行《臺灣文藝》雜誌，郭水潭先生在這個刊物上發表了不少作品。

民國 24 年 6 月 1 日，「臺灣文藝聯盟佳里支部」在郭水潭和吳新榮的努力奔走下成立，並在當時佳里公會堂舉行成立典禮，發表支部宣言，宣言內容大致與總部宣言相同，其重要主張有：

一、世界資本主義侵襲下的臺灣，受到莫大的波及，為了維護臺灣文化的存亡，必須有文藝團體的組織。

二、為了要響應臺灣新文學的運動，因此組織文藝聯盟支部。

三、聯絡有志文學的文人，互相鼓舞砥礪，以振興臺灣文藝。

此後，會員們不但在文學上互相砥礪，潛心寫作，而且對於文化運動頗多貢獻，經常在臺南推行各種文藝工作，並且出版了「佳里支部作品集」。（編按：「佳里支部作品集」刊登於《臺灣文藝》第 2 卷第 3 號（1935年 3 月））。

民國 24 年 12 月，楊逵先生離開《臺灣文藝》主辦《臺灣新文學》雜誌，郭水潭先生加入《臺灣新文學》。

民國 25 年 12 月 22 日，郁達夫由日本來臺，至臺北、臺中、嘉義；12月 28 日抵達臺南，郭水潭先生遂偕吳新榮、徐清吉等人前往拜訪，在臺南鐵路飯店暢談文學，事後，郭水潭先生曾撰〈憶郁達夫訪臺〉一文，以記其事。

民國 28 年，郭水潭先生加入日人西川滿主編的《華麗島》詩刊（只發行一書，後改為《文藝臺灣》），《華麗島》是「臺灣詩人協會」的機關雜誌，但文藝水準相當高，郭水潭先生的得意詩作〈世紀之歌〉便發表於《華麗島》的創刊號。

但，由於民國 26 年，中日戰爭爆發，日本政府同時也對臺灣展開了另一種新的壓迫。

先是，早在民國三年，日本政府就已遣板垣退助伯爵來臺組織「臺灣同化會」，進行其同化手段；抗戰爆發後，為配合戰時體制，乃於民國 27年，由小林總督提倡皇民化，復於民國 30 年成立「皇民奉公會」，大力推行皇民化運動，試想把臺灣改頭換面，變成日本帝國主義下的順民，以便利其統治；因而也設立了「皇民文學賞」，以及「決戰文學」，亦曾派遣了菊池寬、火野葦平、久米正雄等人來臺與臺灣作家會面，召開「決戰文學會議」，組織「臺灣文藝家協會」，郭水潭先生雖然迫不得已的也成為了「臺灣文藝家協會」的隨筆部員，但是做為中國知識分子的他，有著民族意識的覺醒，所以始終沒有寫過一篇文章。

迫於這樣的局勢，郭水潭先生的文學活動自然也就大減。

## 言志與詩情的融合

震撼著東洋的天地

現在　嚴厲的暴風雨襲來

由於強烈而不可預測的風速

由於時代偉大的鼓翼

悠久的歷史　沒有規矩的人類的無聊

禁不住　被打散了


砲隊嚴然相對峙的時候

陸海空引發烽火的時候

無疑的　那是人類相尅的

不幸的事實　惹起了


優異的天才傾注智囊

巧妙造成的精銳武器

今天給我們的生活

帶來怎樣的結果？


一九三七年七月七日，在東亞的一角

龐大的戰爭開始　在擴展

謙讓的美德　睿智的反省

逐漸擴大的戰績

現在　不正是同時

把勝利的歡欣　和慘敗的悲哀

告訴我們了嗎？


在民族嚴肅的試煉之下

戰旗一直在進行的時候

我們已不是虛無主義者

我們已不是浪漫主義者

縱令電波不斷把悲哀的現實

傳給世界的人們

縱令在籠罩憂愁的幾千萬眸子裡

盛開的薔薇會枯萎


那些堅強的士兵們

卻一心一意

而不顧一切

席捲大地　勇敢地前進

人們呀只相信著森林深處的黎明

祈禱而等待吧

休戰喇叭的美音令人雀躍

在大地愛和親情蘇醒了

當那天來臨的時候

人們呀　虔誠地

向歷史的車輪　祝福一切吧

太陽會永恆地飽和人類的善惡呢


　　這首〈世紀之歌〉堪稱郭水潭先生的代表作品之一，詩中充滿著反戰的思想，旨在痛擊日本好戰與侵略的野心；「七七事變」，中日戰爭，這些詩句中所蘊含的，正是廣大的全中國人的心聲。

　　郭水潭先生的詩作約共六十首，大約自民國 18 年，他參加「南溟樂園」開始，即不斷的有詩作發表；民國 24 年，他以短篇小說〈某個男人的手記〉獲得日本《大阪每日新聞》的新人創作獎，從此聞名於包括臺灣在內的整個日本文壇。

　　〈某個男人的手記〉描寫一個男人，因厭倦妻子而離家五年，當他再度回到故鄉，面對著辛勞的妻子，遂自慚形穢。郭水潭先生以手記自傳體來表達離家五年的生活歷程，裸露了當時的社會型態，作者追隨歌仔戲團到處演出，刻畫男、女演員之間的戀情，以及受到戀情的打擊，這一切種種似如南柯一夢，最後他明白往者已矣，而唯有來者可追而迫切地等待天亮。

　　民國 26 年，《大阪每日新聞》創辦「南島文藝」，他被薦為特約作家，仍然以寫新詩為主，而作品的主題大抵以鄉土為主，整個家鄉的情景，透過他的描寫抒發，顯得格外的鮮美動人。

　　他的一首題名為〈宋江陣〉的詩中，他將民間舞刀槍弄棍棒的武術陣頭描寫成一個具有陽剛美的大型舞蹈，而「村裡瑣事」、〈牧歌一日〉等作品又呈現著質樸之美。

　　他的詩作深受寫實主義的影響，作品大抵在於表達個人思想的理念，描寫鄉土的可親，抒發愛情的浪漫，揭發社會的黑暗面，反抗日本帝國主義的壓迫，深具社會性及時代意義。

　　他的思想是當時整個時代的抽樣，充滿正義感，富有願為社會犧牲自己的精神。當時流露於筆端的文字，皆指向反殖民地的攻訐，因此文學作品往往是他對現實社會提出批判，而表露出來的苦悶的象徵。

　　然而，他的文字技巧卻又是別具一格的，林芳年先生便曾論之：

　　……他有極高度的文學天份，因而能在日據時代以詩人身份飲譽一時。當他在《臺灣新聞》發表〈三等病室〉後，一些嗜好新體詩的人們竟為他新穎的詞藻感動，他對每篇的詩作必加以千錘百鍊的推敲，導致每行裏有種甜美的韻律。我們欣賞文學作品不僅止於聲調音韻的美，是該結構的波瀾起伏之妙、描寫的細膩絢爛所致，這些，是一些文學先進對文學作品創作上常提到的老問題，亦是我們衷心同感的，郭水潭的作品優點，具有這些優越的條件。

郭水潭的作品在鹽分地帶詩人中別具清新的風格，其原因與他過去從事研究日本短歌不無關係。短歌僅限三十一字的字數來敘一個情景，因此，必需以很簡潔精鍊的語句來形象……

1939 年，他發表了〈向棺木慟哭〉一詩，係他輓弔愛兒去世的作品，字字血淚，父子之情自然流露於筆端，曾為龍瑛宗先生譽為 1939 年最使人感動的傑作：

可愛的吾兒，建兒喲
爸爸不眠地在喊你

喊你戴白銀盔，拿金色槍
騎白雪似的駿馬
從遙遠的孩兒國萬里迢迢
容貌活潑地回來——

不、不，你不是
不是追求虛榮的孩子

如果，真的是你
你會雙手捧著秋棗的果實
像平日那樣搖搖擺擺
微笑著回來

可愛的吾兒，建兒喲
爸爸整夜打開門，等著你

等著你穿緋色毛線上衣，戴白帽子
抱著法蘭西的洋娃娃

從嬰兒車的嘎吱聲，緩慢地
以凜凜的丰姿下來──

不、不，你不會
不會裝著那樣優雅

如果，真的是你
你會赤裸雙腳撩起屁股衣襟
像平日那樣嘟嘟地
拍著手，跳回來

可愛的吾兒，建兒喲
幼小的你還沒有朋友
因而今天的送葬
多麼寂寞的行列咧
爸爸牽著你哥哥的手
叔父嬸母提著線香和銀紙

只有，這些人
這些疼覺你的自己的人
耐不住悲哀
而哭泣著
可憐兮兮地
送葬你小小的棺木

可愛的吾兒，建兒喲
爸爸給你一個約定吧
約定在公墓的池邊
獨自寂寞的你的墳丘旁

種植一棵相思樹
當悲哀的時候就來看看你

啊！在你永遠歇息的地方
供獻的花被風玩弄著

萎謝了也好，可憐的花啊
往何處去？幼稚的靈魂
無心的兩隻蝴蝶
飛來，翩翩舞著，又飛走了


　　可惜的是，郭水潭先生在光復後停止了文藝創作，致力於學術調查與研究，重要的學術作品計有：〈臺灣日人文學概觀〉、〈談本省智識界之動向〉、〈臺灣舞蹈運動述略〉，以及民間風情習俗的隨筆等。

　　直到民國 61 年 6 月，他才以中文寫了一首短詩〈無聊的星期天〉發表於《笠》詩刊。

　　民國 69 年，《聯合報》副刊在主編瘂弦先生的策畫下，推出了「光復前臺灣作家作品集——寶刀集」；郭水潭先生終於克服了以中文寫作的困難，而完成了〈病妻記〉與〈文學伙伴〉兩首詩。

　　也許，此後他將不斷的有新作發表呢！

　　在本質上，郭水潭先生是位熱情洋溢的詩人，心性純真善良，而且帶著濃厚的詩人氣質

　　他極負文學的天賦，早在他高等科學校畢業不久之時，就以一首短歌而獲得了北門郡通譯的職位，其後，他又擔任臺南州技士的職務。

　　光復後，在吳三連先生任臺北市長期間，擔任臺北市長祕書室事務股長；後又曾任臺北市文獻委員會委員，臺南縣志編撰人，臺灣區蔬菜公會總幹事。

　　現在，他已是 78 歲的高齡了；這位曾經領導「鹽分地帶」文學活動的

詩人，予人的印象正是一位可親的長者，現在，是該領導我們青年的文學
活動了吧！

原載於民國 73 年 4 月《文訊》雜誌第 10 期

——選自《筆墨長青——十六位文壇耆宿》

臺北：文訊雜誌社，1989 年 4 月

# 郭水潭的詩路歷程

◎葉笛<sup>*</sup>

> 我已祛除很多的文學幻想，比方，文學有絕對的價值，文學可拯救人或
> 改變人等。但我仍然堅持一個動搖不了的信念：寫作是一種每個人都感
> 覺得到的需要，文學是交流的基本需要中最高的型式。
>
> ——Jean Paul Sartre 沙特

## 一、從青澀到成熟

郭水潭（1908～1995），筆名郭千尺，是日據時代臺灣的早期新詩人。出生於臺南縣佳里鎮，是「鹽分地帶」的詩人。

所謂「鹽分地帶」就是日據時代臺南州北門郡。它包括佳里、學甲、北門、將軍、七股、西港等六個鄉鎮。這些鄉鎮裡，佳里除外，其他鄉鎮都瀕臨海邊，或者溪埔地，土地含著鹽分，而七股、北門更以產鹽出名。這一帶的文學青年的作品擁有濃厚的鄉土風味和鹽分氣息——率直、豪放、鄉土的情愫濃醇。當時臺灣各地的文人和這一代的文人打交道時，稱呼他們為「鹽分地帶派」，他們也樂於接受這個稱呼，因此「鹽分地帶文學」之名，不脛而走，成為這個地帶成員們的作品名稱。[1]

鹽分地帶的文學傳統可以分為兩個陣營，一個是傳統的漢文學，主要人物有王炳南、吳萱草、洪權、王大俊等，其詳細情況，這裡從略。另外一派就是在臺灣新文學運動下出現的新文學作家：郭水潭、王登山、徐清

---

*葉笛（1931～2006），本名葉寄民，臺南人。詩人、翻譯家、文學評論家。
[1]參閱羊子喬，〈光復前鹽分地帶的文學〉，《蓬萊文章臺灣詩》（臺北：遠景出版公司，1983 年 9 月），頁 13。

吉等於 1929 年參加日人多田南溟漱人創立的「南溟樂園」。[2]它是不排拒臺灣人為會員的詩社。1930 年，郭水潭加入「荒玉短歌會」（あらたま）為會友，研究日本音數律 5.7.5.7.7，31 音，五句詩型的短歌，並於該會發表。同年，他也加入日本早稻田大學為校外生，以函授的講義學習文學科，直到 1932 年。[3]可見求知心之切，刻苦自勵，努力上進的精神。這一段時期，可以說是由青澀到成熟的過渡時期。在當時的臺灣，只有公學校高等科畢業而作為歌人[4]聞名，如郭水潭是罕有的例子。

　　1932 年，吳新榮從日本回來，便和郭水潭他們組織「佳里青風會」，藉以加強地方青年的聯繫，培養讀書的習慣，提升文化為目標，但這個組織為日本當局所忌諱，被勒令解散。「佳里青風會」被強迫解散，想來是理所當然的事，因為其主要成員吳新榮猶在日本留學時曾經擔任臺灣青年會委員，而 1929 年日本共產黨發生「四一六事件」時，吳新榮受牽連，被東京淀橋警察署拘捕，至 5 月 5 日才出獄，凡 29 天。[5]有這種紀錄，吳新榮歸臺，可想而知，仍然是日警的黑名單人物，其思想行動仍有在被監控之列。

　　1935 年 6 月 1 日，臺灣文藝聯盟佳里支部成立，其成員有 12 人，其中吳新榮、郭水潭、林精鏐、莊培初、王登山等幾個人經常在各日報、文藝雜誌上發表創作，鹽分地帶的作家群由是嶄露頭角，在臺灣新文學上占有一席之地。

---

[2]請參閱成功大學中國文學系藤岡玲子碩士論文〈日治時期在臺日本詩人研究——以伊良子清白、多田南溟漱人、西川滿、黑木謳子為範圍〉，2000 年 6 月。多田南溟漱人本名多田利郎，於 1929 年 8 月 12 日在臺北創立「南溟樂園」，並出版《南溟樂園》誌，至 1933 年總共發行了 27 本。

[3]呂興昌，〈郭水潭生平著作年表初稿〉，《郭水潭集》（臺南：臺南縣立文化中心，1994 年 12 月），頁 570～596 頁。

[4]日本的短歌詩人稱為歌人。

[5]林慧姃，〈吳新榮研究——一個臺灣知識份子的精神歷程〉（東海大學歷史研究所碩士論文，1995 年 6 月）。

## 二、郭水潭與當時的臺灣文壇及其創作

　　郭水潭的文學活動是從日本的短歌開始的。據說他以短歌得到北門郡郡守酒井正之的賞識，1925 年，從 18 歲的弱冠被提拔為北門郡郡守庶務課雇員，並兼任郡守的日臺語翻譯，一直到 1937 年（30 歲），前後 12 年，在卸職後，仍然兼任翻譯三年，現在雖然看不到他用日文寫的短歌，未能窺其風貌，無法欣賞，但可以想像其詩歌的才能。巫永福說：「（前略）僅以公學校高等科畢業受到知遇，從年輕時就嶄露頭角，作為歌人（指短歌詩人）、詩人聞名如郭水潭者，實為罕見之例。」[6]可見他在當時已經頗有文名。

　　郭水潭早期的新詩以《南溟樂園》（該刊物於 1930 年 2 月 5 日第 5 號以後改為《南溟藝園》）[7]為發表園地，逐漸擴及各種報紙和雜誌。這裡先來看一看他早期的作品〈乞丐〉：

　　　　當夕陽下沈於西方之際
　　　　不知從何處來了一隊乞丐
　　　　投宿於村子的寺廟裏
　　　　他們雖在神佛的領域
　　　　卻不作祈禱
　　　　他們不忘記檢點所賺的一天的報酬
　　　　雖然執著於自己的生存
　　　　但不知何故
　　　　他們深深地埋怨神佛[8]

<hr>

[6]巫永福，〈前言〉，《巫永福全集・日文詩卷》（臺北：傳神福音文化公司，1996 年 5 月），頁 24。
[7]見呂興昌撰〈郭水潭生平著作年表初稿〉，《郭水潭集》，頁 572。
[8]〈乞丐〉，原載《南溟樂園》第 3 期（1929 年）；又見 1930 年初所編 1929 年《自選詩第一集郭水潭篇》。後收錄《郭水潭集》，蕭翔文譯，頁 34。

再看一首〈秋天的郊外〉：

> 秋天的郊外是爽朗的
> 太陽投射柔和的光線
> 風稍微寂寞地刮吹
> 在那裏……我
> 今天也為了悲哀地活著
> 單獨一面吹著口哨
> 一面寂寞地追尋詩人的踪跡
> 徬徨著[9]

　　〈乞丐〉有著對於現實的敏銳的視角和人物心理的挖掘、剖視。過去的乞丐向人討錢、討飯。而現在我們把「乞丐」以民主態度不加歧視的態度稱為「街友」給予救濟。這種情況日本、歐美，如出一轍，而且過去也好，現在也好，很少改變。這是不論中外，我們生存的世界的真實的面貌之一。對於一個靠乞討過活的人，禱告——有什麼用處？由於自己生活落魄、艱苦、難以為生，進而埋怨諸神是不對的，但，如果你記得美國黑人詩人朗斯頓·修茲（Langston Hughes, 1902～1967）寫過被白人鞭打後，又把他吊死在樹上，詩人修茲在描寫吊在樹上搖盪的屍體之後，寫出痛徹肺腑的如下詩句：「向白人的上帝禱告／有什麼用場？」事實世界上，這種情況比比皆是。對於乞丐來說，他們是得不到諸神憐愛的族類，計算一天的報酬，當然比禱告重要，談到埋怨更不用說了。

　　〈秋天的郊外〉，顯示出在柔靜的秋光裡，面對生活的寂寞和徬徨，其徬徨緣由「詩人的踪跡」的不確定性，詩人心裡的動搖與現實社會大有關聯。昨天、今天、明天，連綿不斷的時間就是生命的軌跡。詩人環顧周

---

[9]〈秋天的郊外〉，原載《南溟樂園》第 3 期（1929 年）；又見 1930 年初所編 1929 年《自選詩第一集郭水潭篇》。後收錄《郭水潭集》，蕭翔文譯，頁 35。

圍，經濟蕭條，失業者成群，今天也只能「悲哀地活著」，也只能「吹著口哨」。因為是存在性地「活著」，和循著軌跡、朝著目標「生活著」，是大不相同的。

　　進入 1930 年代前後的日本政治、經濟、社會是頗為動盪的。從大正 9 年（1920 年）到昭和 6 年（1931 年）的金融、經濟是脫了軌的，是混亂的。例如臺灣銀行資金周轉困難，日本銀行曾經提出：臺銀救濟緊急勒令案的二億日幣紓困政策（昭和 2 年 3 月）等現象，與遭受 1929 年的世界經濟恐慌的連續影響，昭和 5 年（1930 年）年 3 月以降顯現出日本的經濟恐慌狀態，雖然公司破產、銀行的擠兌情況較少，不過，產業界的困難、農村經濟的破產、中小企業的窮困、失業率爬升、國民生計的窮迫等，如實地反映出經濟恐慌的蕭條現象與困苦，無奈和一籌莫展。

　　在政治和社會思想方面，日本在 1920 至 1930 年之間，大致上說，安那琪主義（ANARCHISM）代表「回歸原始」的反近代主義的思想，馬克思主義代表要控制和革新發達起來的文明「惡之華」的「統馭發達」的思想潮流。這些思想在大正末年到昭和初期，主要在知識人之間像燃燒的野草蔓延起來，在這些風起雲湧的社會思想的影響下，在臺灣 1925 年 10 月的二林事件的農民鬥爭，演進到臺灣農民組合（1926 年）、臺灣工友總聯盟（1927 年）相繼成立。1928 年 2 月無政府主義的黑色聯盟事件以祕密結社觸犯治安維持法，王詩琅、吳松谷等人被捕，王詩琅被判刑一年六個月。同年 4 月 15 日，謝雪紅、林木順、翁澤生等在上海祕密成立臺灣共產黨，臺灣的左翼運動激化。農民運動、工人運動迅速擴展開來，社會主義思想、社會主義文學和普羅文學的思想差不多成為主流，文學大眾化的思想應運而生，於是激起 1930 年代的「臺灣話文」和「鄉土文學論戰」。「鹽分地帶」的作家們以其生活環境來說，產生現實主義的作品和左翼思想的形成，毋寧是順理成章的。這些思想的來龍去脈，從郭水潭的隨筆可以一窺端倪。

　　現在先來看〈對文壇之我見〉：

（前略）依我想，自從台灣民眾黨解散[10]以來，迄今從事同一工作分野的智識分子，就會像被攻擊的蜂巢趨勢，有的飛奔城市，有的飛奔農村，各奔前程去了吧。那麼，預期以這些智識分子為中心，將供給各種文學題材才對。對文壇卻一直絲毫沒有反映，除非有了特殊因素，就令人奇怪了。這些人們對台灣文化促進，應扮演重大角色，自不待言。……

（中略）……

隨著條件而變化的是資本主義之對XX低程度教養的小市民的意味著各種各樣影子的盲目命運觀。從而將大部分悲劇終結認為大團圓這種資本主義藝術用意是巧妙地抓住對恐懼怖懷有好奇心的病態人性。不僅如此，資本主義藝術巧妙地掩飾著各種各色悲劇乃起因於階級隔閡，或者是經濟條件太差的事實，以為悲劇都是肇因於人性還是命運作祟。[11]

郭水潭直言 1930 年代的知識分子徬徨，令人失望。同時，他也毫不諱言資本主義文學、藝術粉飾太平，把社會的不公不義，經濟的不平等，歸之於人性和宿命論等的謬論，進一步撻伐資本主義社會的文學。

另外一篇是批判超現實主義倡導人水蔭萍（楊熾昌）和「風車詩社」的。總題目是〈寫在牆上〉，下分三個小題目：（一）「薔薇詩人們」、（二）「利野君與水蔭君」、（三）「文欄」。這裡為了篇幅，只介紹（一）和（二）。

（一）薔薇詩人們

近來，台灣文壇各地（包括同仁雜誌及報刊副刊），經常出現好像薔薇那麼美麗的詩。對為數無多的島上詩人們，瑰寶般的詩人們，當寄以寂寞的微笑。美得像女人肌膚，細膩柔嫩。又好像對島上文壇添上一份嶄新

---

[10]「臺灣民眾黨」成立於 1927 年 7 月 10 日。它是臺灣第一個具有現代性的政黨，1931 年 2 月 18 日被解散。

[11]發表於 1933 年 1 月 12 日出版的《臺灣新民報》。月中泉譯，收錄於《郭水潭集》，頁 156～157。

詩情。好像對穿著透明尼龍，隱約可見奶房的女人，有個瘋狂男人邊寫著感想文章，邊對女人頻送秋波。儘管四月中旬了，仍然徘徊著一個陰影。多麼狹隘的島嶼呢？

啊，美麗的薔薇詩人，還有，偏愛附庸風雅的感想文作家，在你們一窩蜂推崇的那些詩的境界裡，壓根兒品嚐不出時代心聲和心靈的悸動，只能予人以一種詞藻的堆砌，幻想美學的裝潢而已。換言之，沒有落實的時代背景，就是遠離這個活生生的現實。究竟，詩就是應該這樣的嗎？

（二）利野君與水蔭君

接到《風車》三號[12]，在田野邊看牛邊讀。在鄉下堆肥金字塔邊，望著黃昏，聯想到城市繁華櫥窗，由《風車》紅色封面和內容，不吻而合，相映成趣。[13]

　　從引用的文章，可以看出 1930 年代臺灣寫實主義已經根深柢固。當然，這是有其歷史緣由的。如已在前面稍加敘述過的 1920、1930 年代的日本與臺灣的社會和文藝思想的反映，更重要、更現實的問題，無他，就是臺灣總督府的殖民統治。殖民統治無論如何收攬人心，如何強調一視同仁，如何強調德政，殖民統治終歸脫離不了掠奪、剝削、歧視的，無可掩飾的現實。在這種情況下，要活得有尊嚴，有自由，就得站起來反抗，就要像普希金說的：「你要用自己的右手掙斷奴隸的鎖鏈！」但要如何去反抗呢？

　　鹽分地帶的詩人們包括郭水潭，他們生活在或貧瘠的農村，或風嘯、沙塵飛揚的瀕臨海濱的鹹地，生活艱難、困苦的環境，自然會使他們睜開眼睛凝視現實，從現實的泥淖裡發現自己的生活之所以窮困的癥結。因此對他們來說：城市裡櫥窗的薔薇花是多餘的幻影！這一點從〈對文壇之我

---

[12]楊熾昌於 1933 年組織的同仁詩刊，法文「Le Moulin」意指風車，1934 年 9 月發行第 4 輯後，廢刊。又，水蔭君即楊熾昌（1908～1994），利野君即李張瑞（1911～1955）。

[13]總題目〈寫在牆上〉發表於 1934 年 4 月 21 日出版的《臺灣新聞》文藝欄。月中泉譯，收錄《郭水潭集》，頁 160～161。

見〉、〈寫在牆上〉一文中的「薔薇詩人們」和「利野君與水蔭君」的剖視、暗諷和揶揄，可以窺其一端。對堅持「為人生而文學」的郭水潭來說，所謂「超現實主義」就是現實的反動。

　　不過，從提倡超現實主義的水蔭萍來說，問題如何呢？當然他也是用心良苦的。他說：他之所以提倡「為文學而文學」，目的無他，唯有這樣才能逃脫日警的監控和查禁的魔掌。[14]楊熾昌這種見解在處於殖民統治下的臺灣來說，也是有說服力的。但「為文學而文學」走火入魔，迷入不見天日的「暗喻」的密林裡，也會掉進像他說的「由於文學與社會的變質，任何一位作家想要表現對現實的反抗與不滿幾乎是不可能的，但是假使要在不牴觸法令下從事寫實主義作品，便成為不著邊際的產品，與現實的生活意識相去甚遠……」[15]的陷阱吧。因為礙於政治的現實，以「暗喻」為障眼法為表現，就不能不警惕與現實主義一樣的矛盾。想來，楊熾昌自己也警惕著這一點的，所以他才會寫出諸如：〈無花果──童話式的鄉村詩〉、〈尼姑〉、〈茉莉花〉等現實性與藝術性都值得欣賞的作品。

　　無論如何，「為人生而文學」與「為文學而文學」，這兩種立足點不同的文學之爭，在任何時代以及不同的環境下都呈現出公說公有理，婆說婆有理，或者某種變化的。要如何才能不使尋找、挖掘木乃伊的人，不會變成木乃伊呢？曾為超現實主義有力成員的阿拉貢（Louis Aragon, 1897～1982）以及艾呂爾（Paul Élaurd, 1895～1952）在法國對德國的抵抗運動中的文學活動就是一面鏡子，值得我們思考，而這一點正是沙特講的：「我仍然堅持一個動搖不了的信念：寫作是一種每個人都感覺到的需要，文學是交流的基本需要中最高的形式。」

　　寫詩也好，任何文學作品也好，都不能忘記所謂「文學」就是「人」與「人」感覺到需要的，交流的最高的形式。無法交流的文學作品，可以

---

[14]詳見楊熾昌的〈回溯〉，1980 年 11 月 7 日刊於《聯合報》8 版，後收錄《寶刀集──光復前臺灣作家作品集》（臺北：聯經出版公司，1981 年 10 月），頁 191～203。
[15]同前註。

說：失去了「文學的基本需要」。文學比不上一張文憑有保證，但我相信它仍然是詩人們生活上不可或缺的「鹽」。郭水潭堅持的文學也是這一點，這個問題，讓我們思索一下他的隨筆〈文學雜感〉的內涵就更清楚了。

> 在台灣這個被局限的工作領域，從事文學的我們，均在台灣的社會的諸條件下，傾注我們的文學的意圖，且一面面對創作上極困難的國語（日語）的問題苦鬥，一面接受其考驗。我們一再地對文學，或對藝術做了批評，但不管怎麼樣，從過去聯繫今日的，尤其那是當殖民地台灣文學的主義主張，有其一貫性的脈搏，或意識形態的獨特性，但在我們之間曾經有沒有深刻地鮮明地呼籲過這一點呢？很遺憾，我們只好不得不回答為「否」。……（中略）……
>
> 我始終相信，台灣文學要從正確地掌握立足於台灣歷史的文學及強調這一點的氣氛裏再作出發，因此以後的工作，當然要採納中央諸作家期待於台灣新文學的、富於啟發性的有用意見，但如果把這些作家的意見，照原樣的信奉，未免太草率。應該進行全面的，來自中央和來自台灣的檢討和批評。因為導源於台灣的歷史及隨著台灣的歷史演變而誕生的殖民地台灣文學，雖然也提供中央諸作家值得研究的適當題目，但生於台灣的我們，處在歷史本身裏，並且和歷史一起走，所以來自台灣的意見、批評應該更重要。[16]

這一篇隨筆對文學與土地、文學與歷史、文學與現實，有冷靜、透澈、犀利的邏輯性分析與批評，可以讓我們了解 1930 年代的臺灣新文學的面貌，內部和外面交叉的動態，以及在當時的環境下，郭水潭對臺灣文學的期待、凝視和質疑的態度，對於沒有把過去和現在連成一貫，沒有堅決地主張臺灣文學的主義和意識形態的文壇現象，他有冷峻而嚴厲的批評，

---

[16] 〈文學雜感〉刊於 1936 年 3 月出版的《新文學月報》第 2 號。蕭翔文譯，收錄《郭水潭集》，頁 182～184。

針對當時的日本中央文壇作家們對臺灣新文學的觀察、批判，郭水潭保持
著非常冷靜，理性的剖析和堅持自己的主張，發出難能可貴的呼籲。換一
句話說，他的文學理念就是：文學應該是生活於該土地的作家們發自內在
精神的、有歷史辯證觀念的創作行為，能與自己的土地、人民、共享存在
的。擁有能激起共同的理想，一起站起來創造明天的文學，才是大家需要
的真正的文學。無疑的，郭水潭擁抱的文學就是：人人都感覺到需要的，
人人都能交流的文學。

　　1939 年 1 月 5 日，郭水潭的次男郭建南逝世，郭水潭悲哀異常，寫了
一首〈向棺木慟哭——給建南的墓〉[17]，有 13 段 48 行，現在摘錄部分如
下：


　　可愛的吾兒，建兒喲
　　爸爸不眠地在喊你

　　喊你戴白銀盔，拿金色槍
　　騎白雪似的駿馬
　　從遙遠的孩兒國萬里迢迢
　　容貌活潑地回來——

　　不、不，你不是
　　不是追求虛榮的孩子

　　如果，真的是你
　　你會雙手捧著秋棗的果實
　　像平日那樣搖搖擺擺
　　微笑著回來

　　（中略）

---

[17]發表於《臺灣新民報》文藝欄，1939 年出版。陳千武譯，收錄《郭水潭集》，頁 102～106。

可愛的吾兒，建兒喲

爸爸給你一個約定吧

約定在公墓的池邊

獨立寂寞的你的墳丘旁

種植一棵相思樹

當悲哀的時候就來看看你


啊！在你永遠歇息的地方

供獻的花被風玩弄著


萎謝了也好，可憐的花啊

往何處去？幼稚的靈魂

無心的兩隻蝴蝶

飛來，翩翩舞著，又飛走了


　　思憶孩子之情，既深又切，詩裡行間磅礡著親情，無可奈何的悲痛。對這首詩，龍瑛宗譽為 1939 年最感人的傑作。[18]郭水潭的知己，也是鹽分地帶文學的戰友吳新榮也說：「從這首詩得到的感覺是《朝日新聞》的當選歌〈父親喲，您堅強──向士兵感謝之歌〉似的芳香，然而你的詩更加打動了我的心。因為那是在身邊的事實。在你的詩中沒有比這首詩我更喜歡的。只有這一首詩使我眼眶發熱──」。[19]可見令人感動的詩是充滿摯情的，而不是穿了華麗衣裳的詩。

## 三、戰後的文學活動

　　郭水潭戰前的詩，目前可以看到的最後一首詩，可能就是發表於 1942

---

[18] 呂興昌，〈郭水潭生平著作年表初稿〉，《郭水潭集》，頁 583。
[19] 葉笛譯〈郭水潭的日記補遺──一九三九年一月二日至一月十五日〉中的「一月十四日」部分。未收入《郭水潭集》。

年 7 月出版的《臺灣文學》第 5 號上的〈弔念感言──雪芬女士靈前捧讀〉。這一首詩是哀悼摯友吳新榮之妻毛雪芬女士的，讀起來，也是令人動容的。

戰後第一首中文詩是〈無聊的星期天〉，發表於 1972 年 6 月 15 日出版的《笠》詩刊第 49 期。斯時詩人已是 64 歲。戰後，詩人失去創作的工具──日文，而他在日據時代沒有讀過書塾，不會中文，所以等於被解除了武裝，不過，他並不氣餒，再接再厲，再武裝，再重新出發，而於 1950 年代，已經能夠以中文寫出隨筆、論述等文章，可以說寶刀未老的。

星期天　閒來無事
我想起　身為家長
為了　這一點威嚴
扳起　嚴肅的面孔

面對著孩子們　訓話一番
講解著整套的　古今道理
從四書五經起　及至宗教唯神論
談到登月探險　包括時下迷你裙
不問　他們是否動聽
只看　他們點頭微笑

早餐過來　神智稍清
我家斗室　保持寧靜
眺望遠處天際的白雲
轉眼到幾家高樓公寓
領悟　物質文明如斯燦爛
總覺　人生幾何富貴由天

> 一聲爸　我要出去
> 又一聲爸　我要出去
> 儘管他們是趕赴約會　或看電影
> 我已接受愉快的道別　他們去了

已過耳順之年的人的諦念、世態、家常生活帶著一種幽默的嚴肅，不誇張、不作態、平淡，讀後，其味如飲佳茗，令人不覺莞爾。

郭水潭的戰後詩並不多。黃武忠訪問他的時候，他說：「我雖已七十四歲，但願有生之年能以中文寫出幾首詩。」[20]這首詩之外，能看到的大概就是刊於《聯合報》副刊的〈病妻記〉、〈文學伙伴〉，以及刊於《自立晚報》的〈浪人不回頭──追悼廖漢臣〉、〈悼念文運健將郭秋生〉等幾首詩了。

戰後，他致力於寫隨筆、論述（包括縣志、文化志）。例如〈談本省智識界之動向〉，[21]對於了解戰後初期臺灣知識分子的動態是頗有參考價值的。有關割臺初期的抗日歷史的，有〈臺灣民主國的內變〉。另外〈臺灣日人文學概觀〉、〈日僑與漢詩〉，對於日據時代的文化之流變具有鳥瞰架構的價值。

讀郭水潭的詩、隨筆、論述，讓我想起我們的前輩文化人所遭遇的艱難、辛苦，以及時代社會的巨變給予他們的衝擊、挫折、磨鍊的深重。同時，也讓我深深感到在泥淖裡折騰後，站起來的勇氣是如何地可貴！這個身邊的事實使我沉思：知識分子要怎樣才能維護自己對文化不變的摯情、韌性、擇善固執呢？

──2003 年 4 月 23 日臺南

──選自戴文鋒主編《葉笛全集·評論卷一》
臺南：國家臺灣文學館籌備處　，2007 年 5 月

---

[20]參閱黃武忠，〈鹽分地帶詩人──郭水潭〉，《日據時代臺灣新文學作家小傳》（臺北：時報文化出版公司），頁 85。

[21]郭水潭，〈談本省智識界之動向〉，《旁觀雜誌》第 9、10 期合訂本（1951 年 6 月）。

# 巧妙的社會縮圖
## 郭水潭戰前新詩析述

◎呂興昌[*]

## 一、前言

　　1935 年 12 月 28 日，楊逵離開「臺灣文藝聯盟」，發刊《臺灣新文學》雜誌，時在佳里的郭水潭立即加入編輯部，成為該雜誌的撰稿人之一。次年二月，《臺灣新文學》另外發行附刊《新文學月報》第 1 號，3月，第 2 號出版，郭水潭發表了一篇〈文學雜感〉，針對《臺灣新文學》創刊號刊載的四篇日文小說──翁鬧的〈羅漢腳〉、楊逵的〈水牛〉、黃氏寶桃的〈人生〉、張文環的〈過重〉──加以評論。在評論四家作品之前，郭氏先提出一個關鍵性的問題進行思考，他認為臺灣文學的花園，過去既已播下各式各樣的種子，如今自然已百花爛漫。然而，這樣的花園不能允許它永遠保持原狀而不思改革，因此有必要思考臺灣新文學運動的課題。這個課題便是：「臺灣文學」能否成立？

　　郭氏根據日本中央文壇一些作家的意見與看法──殖民地的臺灣文學的確能成立──肯定了這個課題。然而，郭氏真正關心的仍在於臺灣斯土斯民本身覺醒的聲音與識見：

> 我始終相信，台灣文學要從正確地掌握立足於台灣歷史的文學及強調這
> 一點的氣氛裏再作出發，因此以後的工作，當然要採納中央諸作家期待

*發表文章時為清華大學中國語文學系教授，現已退休，為成功大學臺灣文學系兼任教授。

於台灣新文學的、富於啟發性的有用意見，但如果把這些作家的意見，
照原樣的信奉，未免太草率。應該進行全面的，來自中央和來自台灣的
檢討和批評。因為導源於台灣的歷史及隨著台灣的歷史演變而誕生的殖
民地台灣文學，雖然也提供中央諸作家值得研究的適當題目，但生於台
灣的我們，處在歷史本身裏，並且和歷史一起走，所以來自台灣的意
見、批評應該更重要。[1]

這種扣緊殖民地臺灣本身的歷史以及正在創造歷史的人民之提法，儘管無
奈地仍須插花式地附帶談及日本中央文壇，俾免落入分離、獨立的政治陷
阱，然而，一股強烈的臺灣文學主體意識，從 1990 年代的今天看來，倍感
鮮明與可敬。

　　郭水潭是鹽分地帶作家群的一分子，他與吳新榮、徐清吉、王登山、
莊培初等人，在每個禮拜六舉行的「臺灣文藝聯盟佳里支部」例會中，經
常討論各種文學問題，時有激烈的論辯，對於全臺的文學論述也特別注
意，遇有不同意見便撰文批駁，如莊培初之駁吳天賞「文學不感症」，吳新
榮之駁新垣氏「文學之鬼」，在在都說明年輕的鹽分地帶作家如何正視著臺
灣文學的發展。[2]

　　正是在這種氣氛下，郭水潭發表了他的一些文學觀點。例如他在〈寫
在牆上〉一文中，批判了所謂的「薔薇詩人」，認為他們徒有美麗的詞藻：

　　啊！美麗的薔薇詩人，還有，偏愛附庸風雅的感想文作家，在你們一窩
　　蜂推崇的那些詩的境界裡，壓根兒品嚐不出時代心聲和心靈的悸動，只
　　能予人以一種詞藻的堆砌，幻想美學的裝潢而已。換言之，沒有落實的

---

[1] 郭水潭，〈文學雜感〉，《新文學月報》第 2 號（1936 年 3 月），頁 2～3。譯文依據蕭翔文，見《郭
　水潭集》（臺南：臺南縣立文化中心，1994 年 12 月），頁 184。
[2] 郭水潭，〈自鹽分地帶──遙致陳挑琴〉，《臺灣新民報》，1935 年 10 月，原文未見。譯文依據月
　中泉，見《郭水潭集》，頁 180。

時代背景，就是遠離這個活生生的現實。[3]

由此可見，郭水潭重視的是具有時代心聲、引起心靈悸動、落實當下現實的作品，這種現實主義的思考方式，在起草〈文聯佳里支部宣言〉時，特別強調與社會大眾的一體感：

由於我們以往懦弱的、自以為是的文學態度，終於造成愈來愈離開社會民眾的狀態。

因此，當前的問題是要思考我們的文學，如何才會獲得民眾的歡迎，並且不管喜歡與否，要認識我們的生活，常被置在這個社會組織的感情之下。[4]

這種強調應用到實際批評，便是特別肯定林理基〈島上的孩子〉、楊逵〈送報伕〉、吳希聖〈豚〉等作品為道地的普羅文學之作。[5]同時也使他在一篇筆戰文章中清楚地批評對方弄不清文學運動和階級鬥爭之間應有的關係，並進而指出論敵：「從意識型態產生不了藝術」是沒道理的說法。[6]

這樣的文學觀點，十足顯示郭水潭作為一個作家，其思考模式具備了左翼社會主義的基本特色，這不僅反映鹽分地帶作家群的共同傾向，也呼應著 1930 年代臺灣新文學瀰漫著社會主義思想氛圍的事實。

探討郭水潭戰前的新詩，自然也應採取此種進路，才能掌握他詩心所寄的世界。

---

[3]郭水潭，〈寫在牆上〉，《臺灣新聞》，1934 年 4 月 21 日。譯文依據月中泉，見《郭水潭集》，頁 160。

[4]郭水潭，〈臺灣文藝聯盟佳里支部宣言〉，《臺灣文藝》第 2 卷第 8、9 期合刊號（1935 年 8 月），頁 96。譯文依據蕭翔文，見《郭水潭集》，頁 177。

[5]郭水潭，〈對文壇之我見〉，《臺灣新民報》，1933 年 1 月 12 日；又郭水潭、吳新榮合著，〈聯合評論——致王氏琴〉，《臺灣新民報》，1935 年。二文均有月中泉譯，見《郭水潭集》，頁 157、162。案：月中泉均將「普羅列塔利亞」（無產階級）譯為「平民」或「平民派」，較不易看出郭氏的原意。

[6]郭水潭，〈譏笑二等兵〉，《臺灣新民報》，1934 年 6 月。有月中泉漢譯，見《郭水潭集》，頁 174。

## 二、冷靜的抒情

　　從現存的手稿與各項資料看來，郭水潭一生的文學活動，有相當多的部分是日本短歌、俳句的創作：他於 1922 年 15 歲就讀佳里公學校高等科時，便已從事短歌與俳句的寫作，並獲得北門郡守酒井正之的賞識；1930 年加入「新珠短歌會」為會友，發表短歌於該會歌誌；1934 年，短歌作品 14 首被日本歌人聯盟選入《皇紀二五九四年歌集》；戰後，短歌、俳句創作不輟，自己整理手稿輯為《歌帳・句帳》一冊，並常發表作品於《臺北歌壇》，到了 1980 年代，仍有在記日記時附錄短歌、俳句的習慣，由此可見郭氏對於此種詩歌形式的喜好。[7]

　　就臺灣文學的立場而言，這類作品應如何定位，容可再詳加討論，也值得精通日本古典文學的學者進一步研究，筆者目前並無能力探討這些詩作。

　　除了短歌與俳句，郭水潭的作品尚包括隨筆、小說、日記、評論與新詩，但質量均有可觀的仍非新詩莫屬。根據黃武忠得之於郭水潭的說法，郭氏新詩之作約有六十多篇，[8]不過，由於散佚頗多，目前所能蒐集到的僅餘 36 篇。[9]

　　這 36 篇詩作發表的時間，從 1929 年到 1942 年，前後總計 13 年。那正是戰前臺灣新詩從奠基期進入成熟與決戰期的歷史階段，[10]整個臺灣詩壇顯得頗為熱鬧；各種報紙，不管是官方的《臺灣日日新報》、《臺灣新聞》、《臺南新報》，或民間的《臺灣新民報》，均經常刊登新詩作品。至於雜

---

[7]呂興昌，〈郭水潭生平著作年表初稿〉，《文學臺灣》第 10 期（1994 年 4 月），頁 79～101。

[8]黃武忠，〈鹽分地帶詩人──郭水潭〉，《日據時代臺灣新文學作家小傳》（臺北：時報文化出版公司，1980 年 8 月），頁 85。

[9]《郭水潭集》「卷一」新詩部分；羊子喬蒐集 24 篇，呂興昌補充 12 篇。又，據林芳年〈韻律在詩文中的重要性〉一文的說法，郭氏有〈三等病室〉、〈宋江陣〉等優秀作品，今已不存。見《林芳年選集》（臺北：中華日報社，1983 年 12 月），頁 358。

[10]羊子喬，〈光復前臺灣新詩論〉，《蓬萊文章臺灣詩》（臺北：遠景出版公司，1983 年 9 月），頁 71～87。

誌，從《南音》、《先發部隊》、《第一線》、《福爾摩沙》、《臺灣文藝》、《臺灣新文學》到《文藝臺灣》、《臺灣文學》，也都非常重視新詩的創作，甚至還有專門的詩刊，如《月來香》、《華麗島》。此外，這時期也出版了數種個人的詩集，如王白淵的《棘の道》（1931 年）、楊熾昌的《熱帶魚》（1931 年）、《樹蘭》（1932 年）、邱淳洸的《化石之戀》（1938 年）、《悲哀的邂逅》（1939 年）等。同一時間，詩壇除了現實主義的寫作路線之外，也有超現實主義的思考方式，論駁筆戰亦時有所聞，如楊熾昌之與佐藤博，李張瑞之於黑木謳子。

而如所周知，1930 年代臺灣文壇深受左翼的社會主義思潮影響，已是不爭的事實，大多數的作家率能關懷無產大眾的困境，甚至站在無產大眾的立場思維、發言。郭水潭正是處在如此的時代背景裡展開他的詩藝生命。

當然，20 世紀，1900 年代出生的郭水潭，正如吳新榮、王白淵、楊雲萍等人，均已成為日本治臺後的第一代知識分子，他們接受完整的日本制式教育，甚至遠赴日本求學，除非具有家學淵源或特別的機緣，否則他們的語言工具必然是捨棄漢文而就「國語」（日文），因此，郭氏的文學語言也自然地選擇了日文。雖然他的學歷甚低，僅是公學校高等科畢業，然而他的日文造詣絕對超逸同儕；[11]他任職北門郡役所，擔任郡守隨身通譯時，甚至曾替郡守草擬演講稿。[12]這或許應該歸功於他一直廣泛閱讀各類文學經典之所致吧。[13]

郭水潭的新詩，根據同屬鹽分地帶同輩詩人林精鏐（芳年）的說法，具有濃郁的「抒情之飄逸」，[14]其詩作必加千錘百鍊的推敲，以致每行均有一種甜美的韻律。[15]而晚生 40 年的同鄉詩人鄭烱明，也特別重視郭氏有關

---

[11]筆者訪問郭氏友輩，率皆異口同聲讚美其日文造詣之深。
[12]郭水潭有〈郡守訓示草稿〉一篇，即是替郡守草擬的演講手稿。
[13]據郭水潭三男郭昇平見告，其父藏書甚富，種類亦多，有世界文學全集，唯筆者尚未親見。
[14]林芳年，〈鹽窩裡的靈魂〉，《林芳年選集》，頁 365。
[15]林芳年，〈鹽分地帶作家論〉，《林芳年選集》，頁 391。

親情與友情的作品，認為他是一位感情充沛的詩人，詩中充滿真誠的情感。[16]這類作品可舉〈廣闊的海〉、〈向棺木慟哭〉與〈故鄉的書簡〉等詩做為代表。

〈廣闊的海〉有一副題——給出嫁的妹妹；這位妹妹名碖，出嫁的夫婿為王登山，北門人，也是鹽分地帶的重要作家，號稱「鹽村詩人」。這項婚姻顯然是緣由郭水潭與王登山二人的文學情誼促成的，當時王登山正任職於北門的鹽務局，家道尚屬小康。[17]然而這首詩並不僅著眼於王家個別的生活條件，它從整個北門這個鹽鄉的大環境落筆，強調那是一個「白色鹽田接著藍海」，「家家的屋頂上／鴿子和麻雀都看不見」的缺乏活力的地方，是「有鹽分的／乾巴巴的土地上／沒有森林沒有竹叢」的荒涼所在，是「日日同樣吼叫的季節風」會讓妹妹「小小的胸脯」「受傷」的嚴酷的僻壤。就在如此現實的當下描繪中，郭水潭從歷史的角度切入這個窮鄉——

> 然而那邊的海濱都有
> 美麗的貝殼像花散亂著
> 那邊　有歷史的港口
> 豎立著紅色戎克的帆柱林
> 那邊　所有的巷道
> 都刻有粗暴的腳印

——陳千武譯

總之，妹妹所嫁之處是極需耐力來面對頑強之考驗的，它與在故鄉之「夏夜納涼著吃龍眼／聽父親常自誇門第高貴的話」，「在榕樹下搖籃裡背唱母親的催眠曲……／常在月夜玉蘭花翳下捉迷藏」的恬靜美夢迥異其趣，因此，郭水潭希望妹妹面對新的陌生環境，不應再眷戀少女時代的純真之

---

[16]鄭烱明，〈郭水潭的親情詩〉，《臺灣時報》，1985 年 2 月 16 日，8 版。
[17]此段資料為郭水潭二妹郭氏碖所告知。郭碖現居屏東市。

夢，轉以坦然的心情，在愛的滋潤中，傾聽新的聲音：


　　然而很懂事的
　　善良的海邊的丈夫
　　會特別愛護妳
　　會給妳聽聽新土地的傳說吧
　　天晴　無風的日子
　　會溫柔地　牽著妳的手
　　讓妳撿起海邊美麗的貝殼

　　佇立在那潔淨的海灘
　　妳就會知道比陸地
　　多麼廣闊的海——


作為詩人的兄長，以真摯的筆觸鼓舞妹妹，在詩人丈夫的溫柔呵護下，學習新的生活方式（所謂新土地的傳說），在貧瘠的鹽田背景中，佇立如詩般的一隅，領略「廣闊的海」所暗示的無邊希望之未來幸福。

　　從〈廣闊的海〉可以清楚的看出，郭水潭均衡的控制著主觀的抒情與客觀的現實之間的互動關係。

　　〈向棺木慟哭〉的副題為「給建南的墓」，建南即郭水潭的次男，1937年3月出生（正是郭水潭二妹出嫁的兩個月後），但卻不幸於兩年後的1月夭逝，郭悲慟逾恆而有此作，龍瑛宗讀後，許為1939年最感人的傑作。[18]龍氏的推許應不僅是此詩題材的悲愴性，而是作為一首表現喪子之痛的詩，它準確而自然地把現實的悲慟提升、轉化成令人再三回味的藝術之境；作者以最平常的方式召喚亡兒回到人間，他先是希望亡兒銀盔金槍白馬「榮耀」地回來，接著又希望他紅衣白帽坐著嬰兒車，擁著洋娃娃優雅

---

[18]林芳年，〈韻律在詩文中的重要性〉，《林芳年選集》，頁358。

地回來,這種幻想誠然迫切,但馬上遭到否決,因為這種回歸方式正坐實
亡兒真的已非凡間之物,因此,他轉換幻想,希望回來的是原來的真實的
幼兒:

> 如果,真的是你
> 你會雙手捧著秋棗的果實
> 像平日那樣搖搖擺擺
> 微笑著回來
> ……
> 如果,真的是你
> 你會赤裸雙腳撩起屁股衣襟
> 像平日那樣嘟嘟地
> 拍著手,跳回來

——陳千武譯

如此才是生龍活虎、憨態可掬的愛兒本來面目;然而,真實的本來面目畢
竟也僅是一種幻設,一種在「如果,真的是你」的假擬語氣中存在。因
此,「搖搖擺擺/微笑著回來」也好,「嘟嘟地/拍著手,跳回來」也好,
愈是真實,愈凝塑出沉重的絕望感。

職此之故,此詩的後半,便完全正視亡兒送葬過程的事實;死者的寂
寞與生者的悲哀。最後,作者再以供獻的花與偶而出現的蝴蝶塑造另一個
高潮:

> 啊!在你永遠歇息的地方
> 供獻的花被風玩弄著
>
> 萎謝了也好,可憐的花啊

往何處去？幼稚的靈魂

無心的兩隻蝴蝶

飛來，翩翩舞著，又飛走了

在此，被風玩弄而萎謝的花，巧妙地與亡兒的靈魂交融為一，而不知歸往何處的絕對虛無，終究是永遠無解的人生大惑，這種感受，作者以偶然出現的蝴蝶作為意象，自然地經營了出來：蝴蝶是無心的，人間的深悲大慟，對於牠們而言也是無動於衷的，所謂天地無情，因此蝴蝶之飛來與飛走，表面雖在墳上翩翩舞著，其實與人間之生死遷化毫不相干。

　　就是這種冷靜的抒情，使如此悽慘的人生不幸不致淪為情緒的泛濫，相反的，它讓這些情緒昇華而成可以反覆思索的美感經驗。

　　〈故鄉的書簡〉也有一個副題：「致獄中的 S 君」。S 君即蘇新，佳里人，比郭水潭年長一歲，二人為佳里興公學校同班同學。蘇畢業後考入臺南師範學校，參加文化協會活動，後因反抗日人教師歧視臺籍學生而發動罷課，遭學校開除，遂於 1923 年年底赴日留學。蘇新在日組織「馬克斯主義小組」，參加臺灣共產黨。1929 年奉命返臺從事工運，1931 年 9 月被捕，1934 年正式判刑 12 年，1943 年刑滿出獄。[19]郭水潭與蘇新從小即為好友，但 1923 年蘇新赴日後，彼此有十年左右未曾相見，一直到 1934 年蘇新正式判刑，消息見諸報端，郭水潭才知道好友已身繫囹圄，這首詩就是為此而作的。

　　此詩以娓娓細述的口吻，引導老友進入共同回憶的氣氛之中，雖偶而不免埋怨朋友的久不聞問，全詩卻始終貫串著一股溫暖貼心的語調。對於蘇新追求理想社會的熱情與執著，郭水潭點出那是「一心一意拚命／叩著正義的門扉」，而追求的挫敗，則歸諸個人力量的薄弱，然後勉勵對方把進入牢獄視為暴風雨已過，有更多的「休閒」等待「迎接黎明」，因此「非積

---

[19]參見蘇慶黎、蘇宏，〈蘇新年表〉收於蘇新，《未歸的臺共鬥魂──蘇新自傳與文集》（臺北：時報文化出版社，1993 年 4 月）。

蓄新的精力　創造力不可」。接著作者以相當長的篇幅描述二人同屬的故鄉
種切，藉以安頓獄中老友的情懷。首先敘述學童被強迫入學註冊，竟是老
戲一再重演，再述校園從前大家共同栽種的樹木，業已高大枝葉扶疏，「象
徵著我們錦繡前程」，然後談及村子裡的祭典，「讓好久忘記了的歌曲／又
被狂熱的唱出來」，從而意識到「古老　傳統的祭神祇的／慶典是真正自由
節目／不　是本著人性尊嚴的／閃爍嗎」。最後則希望老友堅持千錘百鍊的
意志，在獄中閱讀年譜傳記，「不為歷史的車輪輾碎心坎」。可以說，郭水
潭這篇以詩代簡的作品，在表面的友情滋潤下，仍然蘊含著對蘇新這位重
量級政治犯的支持與期許。從當時的政治環境看來，郭水潭敢於發表詩作
慰問反政府的重刑犯，雖然未指名道姓，其膽識已值得吾人欽敬。

## 三、獨特的鄉土記事

　　戰前的郭水潭一直居住在佳里，對於自己的鄉土具有特別的了解與感
情，他甚至以學者的研究態度，引導任職臺北帝大的國分直一前來探訪平
埔族遺蹟，自己也發表過〈南鯤鯓廟誌〉、〈北門區地理歷史性概觀〉等論
文。因此，他詩中也自然地涉及鄉土瑣事的描寫，形成另一種蘊含著特殊
風味的作品。

　　這類作品之所以另有興味，主要來自郭水潭切入題材的方式有他不凡
的角度。例如〈乞丐〉一詩，他並不描寫乞丐一般的乞討行為及其相關的
困境，而是敘述他們投宿村裡寺廟的簡單反應：

　　他們雖在神佛的領域

　　卻不作祈禱

　　他們不忘記檢點所賺的一天的報酬

　　雖然執著於自己的生存

　　但不知何故

　　他們深深地埋怨神佛

——蕭翔文譯

表面說「不知何故」，事實上讀者很容易讀出，在「神佛的領域」暫時託身寄宿，卻又「深深埋怨神佛」而非感激神佛，顯然是由於「神佛」未能做到真正的庇護，以致使他們淪為卑瑣的一群，這樣的埋怨，如果加以放大，或許可以隱喻殖民地命運的一斑吧。

　　〈農村文化〉一詩，則描寫都市文明入侵農村的情形，它把焦點放在「娛樂」這類最易影響人心的題材上，只輕輕的點出一家遊技場（主要是撞球間）一開幕，村裡的年輕小伙子立刻被吸引、轉變：

　　在那裏，他們不知怎樣地珍奇，而看得入迷呢

　　哦，呢絨製的，漂亮的球枱

　　各一對的紅白球

　　加之微笑的少女，鮮紅的嘴唇

　　不久他們學會了

　　在田野握鋤頭柄的粗糙的手

　　不知在什麼時候

　　優雅地操作球杆

　　每天晚上，向可憐的少女戲弄

——蕭翔文譯

　　鋤頭換成球杆，土地改做球檯，辛苦的勞力付出轉為優雅的輕鬆操作甚至戲弄，整個「農村文化」遂在逸樂取向的價值變動中，形成怪異的存在而逐漸崩塌了。

　　再如〈牧歌一日〉，採取主觀的浪漫想像，描繪出一幅「牧歌」式的鄉

土即景。首先,作者以極優美的筆觸寫出水牛與黃牛的動貌:

> 水牛和黃牛親密地並肩而行
> 偷吃著剛萌芽的嫩草
> 黃牛搖響新裝飾的美麗鈴聲
> 母牛讓小牛們纏繞在牠底乳房邊
> 像一家族那麼親密地談著話——

——陳千武譯

這種有聲有色的「情景」,的確寫活了恬美寧靜的田園精神。接著作者描寫大家鬆開牛隻的韁繩,大人小孩各自悠哉游哉地進行各自的遊戲,等到牛隻走遠,小孩驚慌追去,水池邊便只剩下一位少女與「我」。然後作者透過「我」的眼光開始描寫少女的動貌:

> 留下少女一個孤獨地
> 站起來　伸懶腰　又蹲下來
>
> 從圍在水池繁茂的林投裡
> 伸長枝椏
> 枝椏吊著二三個紅紅的果實
> 像鳳梨那麼美
> 少女不倦地看著熟透的林投果

在此,「我」完全被少女的動作所吸引,甚至吸引到她不倦地注視著的林投果上面。林投,作為臺灣特有的鄉里植物,原是再平常不過,然而就在少女的襯托中,竟也顯現一種成熟的美感來,而且也正因為少女「不倦」的注視,而使「我」進入一種有趣的想像裡,一種與少女同情共感的恍惚想像裡:

> 從蕾而花　花而果
>
> 熟透而紅
>
> 這種過程飛躍頂美的憧憬
>
> 或使那少女充滿著歡喜
>
> 又羞恥地地顫抖著

如此忘情地陶醉在少女愛情夢想裡的「我」，一方面固然表示他的心思敏銳，足以領會他人的感受，另方面也透露出他亦處在「思春」的敏感情境之中，因此，一當少女猛然回頭看到他的「窺視」，他那善感的心也就自然地不知所措了：

> 忽而回顧看到少女燃燒的眸子
>
> 真嚴肅
>
> 我像犯了重大過失的罪
>
> 那麼感覺為難

「燃燒的眸子」可能指猶在「思春」的熱情氛圍之中，也可能指發現有人「窺視」的嗔怒表情，總之，「真嚴肅」一語不僅寫出少女的矜持，也為〈牧歌一日〉譜下了美麗的休止符，而犯過的為難與尷尬，更點出「我」被看破心事的具體情貌，一場從「看透」他人始，卻以被人「看透」終的青春輕喜劇於焉完成，逸趣可謂無窮。

這類鄉土即景之詩，還有一篇佳作，即〈斑鳩與廟祝〉。斑鳩是臺灣鄉里經常可見的禽鳥，廟祝也是鄉里極為常見的人物，把二者聯繫在一起塑造出非凡的詩境，這是郭水潭的過人之處。

此詩先寫斑鳩飛來棲息廟頂的情形：

強烈的季節風[20]
搖撼著街上屋頂而過
早晨罕見的斑鳩兩三隻
飛來棲息彫樑畫棟的廟頂
展開和平羽翼

——月中泉譯

在強烈季風中棲息於廟頂，展開的又是和平的羽翼，這種景象是否有所暗示，作者讓廟祝出場來詮釋：

和藹可親的廟祝一開大門
伸伸懶腰慌張地仰望天空

這是祥兆嘛
他喃喃反覆說著
然後悠然踩著足音消失於廟裡

把斑鳩的出現視為「祥兆」，則展開和平羽翼，而且是棲息於具有庇護百姓意味的廟宇屋頂，其形象自有一份抗拒季風的穩定力量在，以致廟祝可以「悠然踩著足音」悠遊於自己的天地裡。然而這種寧靜穩定的氣氛，卻被一群頑童破壞了：

瞄準斑鳩而發的小石頭
在壯觀又富麗堂皇的屋頂激起回響
那些小鬼們吶喊著一溜烟似地飛跑
廟祝滾出來似地再度露面

---

[20]月中泉譯為「颶戾的季節風」，不妥，今據原文「強い季節風が」改譯「強烈的季節風」。

> 那溫和的老人眼睛
>
> 抱怨地目送斑鳩飛走的天邊好久好久

廟祝之再度露面自然是由於廟頂受擊，然而「那溫和的老人眼睛」，既未察視屋頂有否受損，也未怪責頑皮的小鬼，而是埋怨地目送斑鳩的消失。既然廟祝把斑鳩的出現當作祥兆，則斑鳩的被迫消失豈非意味著祥兆的隱沒、希望的落空，整首詩就在這種惆悵的語調裡結束。

　　而這種惆悵的語調，如果把它放在整個殖民時代去咀嚼，是否可以品嚐出一點乍現又滅的失落感？

## 四、左翼的詩思

　　郭水潭詩作另一個重要的特色是，他以左翼的觀點進行詩的建構，因此，即使描寫一般性的題材，他也會湧現這種思想方式。例如〈海濱情緒〉一詩，他很自然地將眼前所見的兩類人予以對照：一類是「勇敢地向浪濤挑戰／在海中撒網打魚的漁夫們燒紅了的臉／是不可侵犯的健康壯美的榮譽／處於大冒險之前／有如神一般的謹嚴……」，另一類則是「患了世紀病的文明弱者／在海濱沙灘轉滾或蹲在水湄／害怕太陽激烈的憤怒／試著逃避到海　會夢貴族的安逸」，從對照中，作者站在漁夫所代表的「勞苦大眾」一邊，並肯定他們具有神一般的莊嚴，從而批判另一類有閒階級的貴族氣，其立場是相當鮮明的。

　　這種觀點在〈村裡瑣事‧新興醫業〉一詩有了具體的呈現。

　　此詩主要在批判壓榨鄉民的醫生行徑。詩的首段以醫生層樓的聳立高大，對照其他村民住居的矮小熏黑，凸顯醫生的高高在上、得意洋洋。接著作者以不解的語氣詰問村民被騙被玩弄卻仍不想反抗的態度，然後直接以「吸血鬼」來指稱那個醫生。最後再以尖銳的撻伐敘述：

奇異的水蛭胖得很快[21]

十餘年來在這個地方如此

獲得財產膨脹

然而　村民們，尤其偏袒那個畜生的父老們呀

吸盡可憐的病人們

那衰弱的貧血仍

不分晝夜堆積自己財產

始終不忘榨取的傢伙是誰呢

如果你知道，就舉手

在此，作者以啟蒙者的角色想喚醒飽受壓榨剝削而不自知的村民，他準確的以水蛭吸血的意象來描繪這些表面行醫濟世，其實根本是經濟劫奪的資產階級。而最後一句——如果你知道，就舉手——的徵詢語氣，則是進一步鼓舞這些素樸天真的村民能夠認清真相，挺身而出，準備進行鬥爭。

　　不過，郭水潭的左翼思考表得最好的作品，仍非〈彷徨於飢餓線上的人群〉一詩莫屬。

　　這首詩主要是處理飢餓中的窮苦小孩爭取宴會剩菜的事件。首先他們撿得「幸福的人們喝過的啤酒瓶」，就像「得到意想外的幸福」一樣，因為空瓶可以換取糖果。接著作者點出飢者與富者之間的矛盾關係：

那些給可憐的人們

留下了豐盛的滋味

而無慈悲的資本家們卻棄置不要

使貧窮的孩子們好嫉妒

……

---

[21] 此處引詩之譯文，參考陳千武、蕭翔文二氏而成。

今天，誇耀新裝與華美的

公民館的內部

突然的闖入者　飢餓的孩子們

是不調和　骯髒　不檢點的存在⋯⋯

⋯⋯

然而　因為　骯髒就挨罵

資本家們送來的拳打

突如飛來的老拳

被打了二三次都不在乎

——陳千武譯

「資本家」寧肯將剩餘物資丟棄，也不願分給「飢餓的孩子」，並認為他們在自己的生活中是「不調和　骯髒　不檢點的存在」，甚至橫加責罵「拳打」，這種無視貧苦大眾生存的態度，正是郭水潭企圖批判的現象，然而，郭氏並非以激烈的行動進行顛覆，處在 1931 年大部分的政治運動——被鎮壓的時代環境裡，也不容許他輕舉妄動，因此他只能如實地把當時的社會問題提出來，至於如何解決，則尚無法理出可行的頭緒，因此，此詩的結尾也就並不企圖尋找解決之道，而只是以一種故作輕鬆，其實滿懷無奈的筆調刻畫無產者的困境：

倘若被打有代價

就能更不在乎啦

過份飢餓的　貧窮的孩子們

為了爭奪剩飯被打

卻不是快樂地微笑著嗎

總之，正如〈巧妙的縮圖〉一詩所表現的，郭水潭只能透過非資產階

級的角度，提醒有心的臺灣人面對複雜的社會矛盾：

> 全是漫畫與文字的
> 公共廁所
> 一看　便令人驚訝
> 畫有內閣首相或
> 社會主義者等人們的臉
> 也寫著孔子和基督的
> 「格言」
> 也有絕命詩似的名言和
> 寫滿了大眾無產階級的聲音
> 也有變態性慾的
> 素描　令人可笑
> 臭氣衝鼻
> 憎恨和咀咒
> 令人不得不吐痰
> 公共廁所是
> 資產階級者未曾看過的
> 精密巧妙的社會縮圖

——陳千武譯

以公共廁所壁上的各種塗鴉之錯綜矛盾，作為巧妙的社會縮圖，這種奇崛的詩思令人激賞。在這特殊的空間裡，從無產大眾宣洩的角度看來，所有高不可攀的政治人物、哲學家、救世者，充其量也只是「大眾無產階級者」甚至是「變態性慾」者一旁的另一種存在而已，他們並不高高在上，而是偶而也可以成為吐痰的對象。在郭水潭的神奇安排下，社會各階層似乎在這令人發噱的情境中，取得了某種滑稽的和諧，這或許可以視為無產

者的精神勝利，是一種不切實際的幻想，但有一點卻值得肯定，那就是，資產階級者對這個空間的反應大都是望而卻步，因此他們很難進入這個世界，也不會考慮到無產階級的感受；而就在這點上，郭水潭明顯地站在無產者這一邊發言。

## 五、結語

　　作為鹽分地帶的主要詩人，郭水潭新詩的創作時間雖然不長，其數量也並不豐富，然而，就現存的作品觀察，他在詩作之中所表現的特殊風貌，使他贏得全島性詩人的美譽。他的抒情與鄉土之作，情感真摯，處理冷靜，有特殊的美學成就；但最重要的仍是他的左翼的詩思，過去由於政治局勢的關係，這類放在 1930 年代毫不令人驚異的作品，竟然有意無意地被埋沒了，本文之作，如果能讓這些極有時代見證意義的新詩，還其本來面目，並引起臺灣文學研究的同道繼續探索，那就何幸如之了。

1994 年 7 月 10 日完稿

本文原為 1994 年臺灣文化會議宣讀論文，1994 年 7 月 16 日。

——選自呂興昌《臺灣詩人研究論文集》

臺南：臺南市立文化中心，1995 年 4 月

# 日治時期郭水潭詩歌

## 「融和」[1]觀的形成軌跡

◎陳瑜霞[*]

## 一、前言

郭水潭是「鹽分地帶」[2]詩人及領導者之一。早期加入「南溟樂園社」，[3]1930 年出版 1929 年的《自選詩第一集郭水潭篇》詩集[4]，其詩作也多載於《南溟藝園》。[5]1934 年以後的詩作多發表在當時的報章雜誌上。

作品主要以日文詩為主，評論、小說亦多方發表。戰後以民俗研究為中心，現存的作品大致蒐集於《郭水潭集》及《郭水潭生平及其創作研究》[6]中。

郭水潭現存的日治時期詩作 36 首，發表的時間約 1930 至 1942 年間，

---

[*] 發表文章時為成功大學中國文學系博士生、南臺科技大學應用日語系兼任講師，現為南臺科技大學應用日語系助理教授。

[1] 「融和」出自〈在牧場（年輕人探求人生的綠地）〉，《南溟藝園》第 4 卷第 2 號（1932 年 2 月）中「悠然自得／南國晴藍的冬天／藏有容易融和的親情／雖然是二月」，南國冬天不僅有永不凋謝的密林，也同樣擁有冬天乾枯的枯草，大地如此強的包容性如母親的親情般，而這也只有我南國才有的包容性。這即是本篇「融和」的基本意象。

[2] 日據時期的佳里地方，多含鹽分，在行政劃分上稱為「鹽分地帶」。在新文學運動鼎盛時期，鎮上約有十數多人的文學同志，以佳里醫院做聯絡中心，常集會談文學，與全省的文學同道聯繫結交。並於 1934 年「臺灣文藝聯盟」結成時，成立佳里支部，常在文藝雜誌或新聞副刊發表文藝作品的，主要成員有郭水潭、吳新榮、王登山、王碧蕉、林精鏐、莊培初等。參自《郭水潭集》〈談「鹽分地帶」追憶吳新榮〉（臺南：臺南縣立文化中心，1994 年 12 月），頁 250（原載《臺灣風物》第 17 卷第 3 期，1967 年 6 月）。

[3] 1929 年 8 月 12 日由多田利郎（多田南溟漱人）詩人創立，10 月刊行《南溟樂園》誌。

[4] 「南溟樂園社」油印供社員研究用的刊物，非賣品。

[5] 「南溟樂園社」的主要刊物，第 5 號（1930 年 2 月）以後改為《南溟藝園》。

[6] 羊子喬編，《郭水潭集》。《郭水潭生平及其創作研究》，陳瑜霞著，（臺南：臺南縣政府，2010 年 10 月）。

羊子喬在〈橫看成嶺側成峰──試為郭水潭造像〉[7]中，以發表刊物的不同做為分期的標準：1930 年發表在「南溟樂園」《南溟樂園》，「這些作品傾向鄉土描寫以及現象的呈現」；1934 至 1937 年發表在「臺灣文藝聯盟」《臺灣文藝》，「此時的作品，呈現寫實主義的特色，作品的題材逐漸寬廣」；1935 年進軍日本文壇《大阪朝日新聞》「南島文藝」欄、1939 年在「臺灣詩人協會」《華麗島》發表〈世紀之歌〉發出反戰的心聲；同年在《臺灣新民報》發表〈向棺木慟哭〉，被龍瑛宗譽為 1939 年最感人的傑作，而立定了郭水潭傑出詩人的地位。

只是以「鄉土描寫及現象呈現」說明為初期創作階段的特色，「現實寫實主義」為 1934 年以後的特色有些籠統，為更精確掌握詩歌的特色，嘗試為這 36 首詩作加以區分，觀察其詩作變化的情形，期待從變化中，找到詩人創作的一貫性，而助於對詩作的了解。

郭詩大致可分為：「抒情詩」及「社會詩」兩大類，[8]隨著發表時間、刊物的不同而有所變化，本篇即試著從題材變化中，觀察貫穿整個詩作「融和」觀點形成及實際實踐的流變過程。

## 二、作者簡述

郭水潭，佳里人，1908 年出生，在當時的評論中，[9]都以詩人稱之。1925 年因和歌得職。[10]早期加入「南溟樂園社」，[11]1930 年出版 1929 年的

---

[7]羊子喬，〈橫看成嶺側成峰──試為郭水潭造像〉，現收入《郭水潭集》，頁 598～604。

[8]詩原有抒情的性質，是詩的特性之一，不是本篇「抒情詩」之意。在此的「抒情詩」專指內在感情表露。而「社會詩」雖也有抒情的性質，但筆者認為具有對當時社會批判的內涵在裡面。

[9]「詩依然是郭水潭、吳兆行、王登山、林精鏐諸氏，亦即所謂鹽分地帶派獨占鰲頭的局勢。」郭天留，〈一九三五年の臺灣文學及び今後の動向〉，《臺灣時報》，第 196 號（1936 年 3 月）；「詩方面有吳坤煌、江燦林、李張瑞、郭水潭、王登山」，楊逵，〈臺灣文壇の明日を担ふ人々〉，《文學案內》第 2 卷第 6 期（1936 年 6 月）；「臺灣文學中詩人有郭水潭、隨筆家有吳新榮、張星建、陳逢源」，黃得時，〈輓近の臺灣文學運動史〉，《臺灣文學》第 2 卷第 4 號（1942 年 10 月）。

[10]1925 年 4 月 30 日，以短歌受知於北門郡守酒井正之，任北門郡守庶務課「雇」，直到 1937 年 5 月 30 日。

[11]1929 年 8 月 12 日由多田利郎（多田南溟漱人）詩人創立，10 月刊行《南溟樂園》誌。以現存《南溟樂園》第 4 號（1930 年 1 月 23 日）為例，前面目次 3 頁、中間內文 29 頁及後面廣告 6 頁。內文編排是採每頁詩篇與編輯言論、或讀者評論穿插的方式。「南溟樂園」的社規全文如

《自選詩第一集郭水潭篇》詩集，1930 至 1932 年發表的詩作也多載於《南溟藝園》。其後的作品如詩作、隨筆、評論、小說等，多發表在當時的報章、雜誌上。

　　1933 年 10 月與吳新榮、徐清吉等人籌組「佳里青風會」，[12]但 12 月即告解散。1935 年 6 月 1 日成立「臺灣文藝聯盟佳里支部」，而正式以文學團體「同人」之名，活躍在當時文學活動的陣營中。即使在 1936 年 12 月 23 日」，「臺灣文藝聯盟佳里支部」決議解散，其支部員仍稱為「鹽分地帶同人」。「鹽分地帶」作家群在日治時期的文學運動史上，占有特殊的地位。當時的文人大都以文學團體的名義在文壇上奮鬥，而「鹽分地帶」的文人們則以地緣的團體形式活躍在文壇上，當「臺灣文藝聯盟」內部分裂流派化[13]、知識分子各自為政、意氣用事之際，唯有「鹽分地帶」文人們保持緘默，[14]互相提攜彼此造就，為提高文藝而努力，這種傳統也似乎一直保存至今，即有所謂「鹽分地帶文學營」活動的舉辦。

　　郭水潭除在臺灣文學界為有名詩人外，1930 年和歌被日本歌人聯盟採入《皇紀二五九四年歌集》；1935 年〈某個男人的手記〉獲《大阪每日新

---

下：「本社是 1928 年 8 月 12 日創設……素來招募勇敢健實的同人。本則：第一條，本社稱為『南溟樂園』社；第二條，以互相切磋尋求詩作進步為目的。資格：第三條，本社以贊成本則且是真摯熱情的詩人為社的同人；第四條省略。事業：第五條，為貫徹目刊行《南溟樂園》誌；第六條省略。預備金：第七條省略。入社：第八條，入社希望者請先提出三篇未發表的近作，靜待本社回覆，遠近不拘。退社：第九條退社隨意。其他：第十條，本社事務所常設在臺灣臺北市內（臺灣臺北市御成町 1 丁目 11 番地，多田南溟詩人收）」（陳瑜霞譯），購讀會費 18 錢。多田南溟詩人是大島朝日新聞社臺灣支局的負責人之一。

[12]佳里青風會，1933 年 10 月 4 日籌設，10 月 7 日正式成立。宗旨為鼓勵文藝思想、交換社會知識、養成青年氣質、建設文化生活等，成員多為鹽分地帶文人。參考呂興昌，〈郭水潭生平著作年表初稿〉，《郭水潭集》頁 574。

「青色的風是和平的景象，青春的風度是進步的氣象，建設性的霸氣！那些不久將會以佳里為中心擴大到全部」，吳新榮，〈青風會宣言〉，1933 年 11 月 8 日，現收錄於《吳新榮選集 1》（臺南：臺南縣文化局，1997 年 3 月 15 日），頁 378。

[13]1935 年《臺灣文藝》編輯內部張星建與楊逵選稿意見不合之爭。8 月 11 日，楊逵退出文藝聯盟，12 月 28 日創《臺灣新文學》。

[14]「圍攏著臺灣文藝聯盟的流派化問題，佳里支部斷然採取保持緘默……不難看出台灣當前知識分子各自為政，迷失方向的一斑」，郭水潭，〈自鹽分地帶──遙致陳挑琴〉，原載《臺灣新民報》文藝欄，1935 年 10 月，現收錄於《郭水潭集》，頁 179。

聞》徵文小說佳作；1937 年以《大阪朝日新聞》的「南島文藝」特別寄稿家，發表〈廣闊的海──給出嫁的妹妹〉；1939 年〈向棺木慟哭〉被龍瑛宗譽為最感人的傑作。其作品現收錄於《郭水潭集》。

## 三、詩作的分期

現存 36 首詩歌[15]分別發表於 1930 年至 1942 年。以羊子喬的分期方式最為妥當，亦即以發表在《南溟樂園》的作品為前期，之後的作品為後期的方式。目前前期詩作共 18 篇，後期詩作為 18 篇。

### （一）前期詩作

從 1920 年代的《臺灣青年》、[16]《臺灣民報》、[17]「臺灣文化協會」[18] 等的文化啟蒙開始，到 1930 年代經過 10 年的培育灌溉，終於開花結果。知識分子在當時社會思潮底下，對社會人類充滿改造的使命，文壇上呈現一片社會意識啟蒙言論。

而郭早期加入的「南溟樂園」也是偏向於勇於表達社會現狀的詩社。南溟樂園社 1929 年 8 月 12 日由多田南溟漱人（多田利郎）所創設，10 月刊行《南溟樂園》，1930 年 2 月 5 日第 5 號以後改名為《南溟藝園》。其詩社鼓勵詩人走進民眾，與被壓制者同一陣線，主張為真理、博愛、平等奮鬥而努力。[19]從現存《南溟樂園》（1930 年 1 月 23 日，第 4 號）實際所

---

[15] 全漢譯完成，收錄在《郭水潭集》中。其中〈秋心〉、〈衝破陋習〉、〈妓女〉、〈寂靜〉、〈農村文化〉、〈酒家風景〉、〈牧歌一日〉、〈村裏瑣事四則〉、〈窮愁的日子〉、〈斑鳩與廟祝〉10 首目前可找到日文原詩。

[16] 《臺灣青年》1920 年 7 月 16 日，黃呈聰發行，東京臺灣青年雜誌社（1922 年 4 月 10 日，改為《臺灣》，1930 年 2 年 15 停刊，共 19 期），是日治時期第一部合法由臺灣人自辦的雜誌。是《臺灣民報》的前身。

[17] 《臺灣民報》1923 年 4 月 15 日，黃呈聰發行，林呈錄主編，臺灣雜誌社（1930 年 3 月 29 日改為《臺灣新民報》，1941 年 2 月 11 日改為《興南新聞》，1944 年 3 月 27 日停刊）。

[18] 1921 年 10 月 17 日，「臺灣文化協會」創立。

[19] 「假如諸氏真有人類共同心臟鼓動的聲音，假如諸氏真擁有詩人般聽見生命的耳朵，面對周遭如波衝擊痛苦的激浪、四處飢餓死去的人們、礦坑堆積如山的死屍、護城下橫躺殘缺不堪的屍體、被流放葬送在寒雪或嚴熱孤島的一群、帶著勇敢和卑怯及高尚的快意，與卑劣狡獪爭鬥，而只見敗者發出痛苦吶喊，勝者一旁冷笑，如此奮鬥絕望的情景，恐怕無法束手旁觀吧！諸氏大概會自動來到可憐被壓制者的行列中吧！因為諸氏知道優美、壯觀、生命是為光明、人道、正義而奮戰的。現在正是諸氏盡所有努力展現此道義的時刻，這會讓諸氏擁有作夢也未曾想過的力量！身為

發表的詩篇來檢視：（以雜誌編排的先後順序為主）

| 詩人 | 詩題 | 類型 |
|---|---|---|
| 中間磯浪 | 放浪 | 抒情 |
| 箕茅子 | 雛、夜霧滋潤 | 抒情 |
| 森武雄 | 夢 | 抒情 |
| 郭水潭 | 妓女、秋心 | 社會、抒情 |
| 多田南溟詩人 | 輕度神經衰弱症患者的現象 | 社會 |
| たけさき哲 | 在松橋 | 抒情 |
| 吉松文麻呂 | 寒燕、空、雜草 | 抒情、抒情、抒情 |
| 西條しぐれ | 愁 | 抒情 |
| 佐藤糺 | 秋空 | 抒情 |
| 楠本虛無 | 某天午後 | 抒情 |
| 萩原義延 | 不解 | 抒情 |
| 藤田福乎 | 無題 | 抒情 |
| 川崎滴水 | 常夏之秋 | 抒情 |
| 西鹿輪吐詩夫 | 盜避（逃避） | 抒情 |
| 徐清吉 | 鄉村魔物、杜木小鳥 | 社會、抒情 |
| 中村文之介 | 夕暮 | 打情 |
| 陳奇雲 | 「好意」的形式、空中的舞台 | 社會、抒情 |
| 德重殘紅 | 純情與現實 | 抒情 |
| 楊讚丁 | 孤兒、蟋蟀 | 抒情、抒情 |
| 山下敏雄 | 獨唱小曲 | 抒情 |
| 平川南甫 | 正義生活之時 | 抒情 |

青年有比站在『民眾』中，為真理、平等不斷奮鬥，如此高貴的生涯更重要嗎……。」編輯者
〈不斷的奮鬥〉，《南溟樂園》第 4 號，南溟樂園社，1930 年 1 月 23 日，頁 5～6，陳瑜霞漢譯。

所摘錄的詩篇看到仍以詩人抒懷之作為多，故與真正表達左派社會現象的目標有些距離。姑且不論詩社對當時臺灣文壇的貢獻如何，[20]但在短短 3 年的期間，讓臺灣本土志同道合以和文創作的詩人，得到可以發表的空間，培育不少臺灣詩人，[21]這是值得肯定的。

郭水潭早期是屬於「南溟樂園社」同人的時期，所發表的詩篇也多刊載其雜誌上。現存郭當時所發表的詩篇有 18 首，其中有 10 首[22]是詩人的自選詩集的作品，[23]是非賣品僅供詩友參考，雖出版於 1930 年，但是集結 1929 年之作，是詩人現存最早期的作品。其餘 8 首則分散發表於 1930 至 1932《南溟藝園》[24]月刊上（見表一及表二）

（表一）

| 類型 | 詩名 | 發表刊物 | 發表時間 |
|------|------|----------|----------|
| 抒 情 詩 | 不認識的愛人 | 自選詩集 | 1930 以前 |

---

[20] 裏川大無〈臺灣雜誌興亡史（二）〉，《臺灣時報》184 期（1935 年 2 月），頁 104，「自昭和 5 年改為《南溟藝園》後大為活躍，一時成為臺灣詩壇重要的角色」；志馬陸平〈青年と臺灣：文學運動の變遷〉，《臺灣時報》1 月號，1937 年 1 月，頁 117「創辦如《風景》、《南溟藝園》這種文學少年的低級趣味雜誌是無意義」、「這些在臺灣的文學運動上無任何可取的價值可言。其動機也完全看不出對文學的熱情及真摯。」（陳瑜霞漢譯）

[21] 楊逵〈臺灣の文學運動〉，《文學案內》第 1 卷第 4 號，頁 67，1935 年 10 月，「1929 年末多田南溟詩人（利郎）發行《南溟藝園》，動員許多詩人同人，除了出版第一本陳奇雲的《熱流》詩集外，還出版另外兩三本詩集。不過壽命也只有三年。但是從此雜誌出來的郭水潭、王登山的等人即是現今的臺灣文藝聯盟佳里支部的各位，不僅仍生產相當的詩作，還能為此次文聯大會召開之際，集結十數篇的詩作發表在臺灣新聞上」（陳瑜霞漢譯）

[22] 其中 10 首是 1930 年鋼版油印南溟樂園同人 1929 年《自選詩第一集郭水潭篇》，有〈有不認識的愛人〉、〈獻給心中的愛人〉、〈年底〉、〈誰知道〉、〈乞丐〉、〈秋天的郊外〉、〈小曲：給戀愛的屍體〉、〈秋心〉（以上均有蕭翔文漢譯），〈妓女〉（月中泉漢譯），〈送別秋天〉（陳千武漢譯）。其中〈妓女〉、〈秋心〉又發表於《南溟樂園》第 4 號（1930 年 1 月）；〈送別秋天〉發表於《南溟藝園》第 3 卷第 1 號（1931 年 1 月）。另外 8 首分別是〈衝破陋習〉、《南溟藝園》期數不明，約 1930 年 2 月以後；〈地獄音信〉，《南溟藝園》第 3 卷第 2 號（1931 年 2 月）；〈巧妙的縮圖〉，《南溟藝園》第 3 卷第 4 號（1931 年 4 月）；〈劇場裏〉，《南溟藝園》第 3 卷第 5 號（1931 年 5 月）；〈生活的條件〉，《南溟藝園》第 3 卷第 6 號（1931 年 6 月）；〈海濱情緒〉，《南溟藝園》第 3 卷第 8 號（1931 年 8 月）；〈徬徨於飢餓線上的人群〉，《南溟藝園》第 3 卷第 9 號（1931 年 9 月）；〈在牧場（年輕人探求人生的綠地）〉，《南溟藝園》第 4 卷第 2 號（1932 年 2 月）（以上均由陳千武漢譯）。

[23] 這「自選詩第一集郭水潭集」10 首的詩作，以下稱為 1930 年以前詩篇；其他 1932 年 2 月止前期詩作 8 篇稱為 1930～1932 年詩篇。

[24] 《南溟樂園》在 1930 年 2 月 5 日第 5 號以後改稱《南溟藝園》。

| 抒 情 詩 | 獻給心中的愛人 | 自選詩集 | 1930 以前 |
|---|---|---|---|
| 抒 情 詩 | 小曲：戀愛的屍體 | 自選詩集 | 1930 以前 |
| 抒 情 詩 | 秋天的郊外 | 自選詩集 | 1930 以前 |
| 抒 情 詩 | 秋心* | 自選詩集 | 1930 以前 |
| 抒 情 詩 | 送別秋天* | 自選詩集 | 1930 以前 |
| 社 會 詩 | 年底 | 自選詩集 | 1930 以前 |
| 社 會 詩 | 妓女* | 自選詩集 | 1930 以前 |
| 社 會 詩 | 乞丐 | 自選詩集 | 1930 以前 |
| 抒 情 詩 | 誰知道 | 自選詩集 | 1930 以前 |

*為除自選詩集及外，又發表在《南溟樂園》。自選詩集即 1929 年《自選詩第一集郭水潭集》。

（表一）所示是早期自選集中的作品，其標示星字號的〈秋心〉、〈送別秋天〉、〈妓女〉還被登載在《南溟樂園》上。以上 10 首是 1930 年發表之前的作品，在此稱為 1930 年以前的詩作。當中可看到抒情詩大都以對愛情及季節的感懷為主：愛情詩多表達無法達成戀情的傷感之作；季節性詩篇則以秋季為主，以「秋」象徵詩情，抒發詩人的感觸。

社會詩是以社會的職業為題材：〈年底〉的日臺差別待遇下的臺人小職員；〈妓女〉即賣身妓女；〈乞丐〉即乞食乞丐。把對社會不公的而又無能為力的心聲吶喊出來。

（表二）

| 題材 | 詩名 | 發表刊物 | 發表時間 |
|---|---|---|---|
| 社 會 詩 | 衝破陋習 | 南溟藝園 | 1930 年 2 月以後* |
| 抒 情 詩 | 地獄音信 | 南溟藝園 | 1931 年 2 月 |
| 社 會 詩 | 巧妙的縮圖 | 南溟藝園 | 1931 年 4 月 |
| 抒 情 詩 | 劇場裏 | 南溟藝園 | 1931 年 5 月 |

| 抒 情 詩 | 生活的信條 | 南溟藝園 | 1931 年 6 月 |
|---|---|---|---|
| 抒 情 詩 | 海濱情緒 | 南溟藝園 | 1931 年 8 月 |
| 社 會 詩 | 徬徨於飢餓線上的人群 | 南溟藝園 | 1931 年 9 月 |
| 抒 情 詩 | 在牧場（年輕人探求人生的綠地） | 南溟藝園 | 1932 年 2 月 |

*《南溟樂園》在 1930 年 2 月 5 日第 2 號以後改為《南溟藝園》，因〈衝破陋習〉未繫詳細月日，故做 2 月以後之作。

（表二）是發表在《南溟藝園》1930 至 1932 年 2 月的作品。於抒情詩上，已較無早期愛情浪漫及季節性傷感的詩篇，而多人生感悟之作。社會詩則多表達資本強勢底下的貧富不均的社會現象。其中最大的特色在於多選用具體的空間場所做為題材：〈地獄音信〉以地獄、〈劇場裏〉以劇場、〈海濱情緒〉以海濱、〈在牧場〉以牧場，表個人的內在空間；〈巧妙的縮圖〉以廁所、〈徬徨於飢餓線上的人群〉以公民館的宴客散會空間，表現社會階級分明的實情。

（表一）及（表二）所示的詩篇即詩人南溟時期的作品。從（表一）、（表二）前後的詩作中，可看到抒情詩：從對抽象難掌握的愛情〈我不認識的愛人〉等、或外在季節的感觸〈秋心〉、〈告別秋天〉，漸轉向內在對人生的感悟〈生活的信條〉、〈海邊的情緒〉、〈在牧場（年輕人探求人生的綠地）〉等。

社會詩則從對片面少數的「知識分子」、「妓女」、「乞丐」的同情視點，轉向全面整體的資本階級對照無產階級的社會現象的批判上，如：〈巧妙的縮圖〉、〈徬徨於飢餓線上的人群〉等。

**（二）後期詩作**

後期詩作是指南溟時期以後的詩作，即 1932 年 2 月發表於《南溟藝園》〈在牧場（年輕人探求人生的綠地）〉以後，至日本投降止的詩作，現

存 18 首。[25]詩人隨著 1932 年南溟樂園社的解散，詩人的發表散見當時的報章或雜誌。1932 年 4 月以後《臺灣新民報》改為日刊並設日文欄，[26]〈故鄉的書簡——致獄中 S 君〉、〈初夏の禮讚〉、[27]〈向棺木慟哭〉以及〈對文壇之我見〉的評論性文章[28]即發表在其上；1934 年 5 月 6 日「臺灣文藝聯盟」成立，11 月發行《臺灣文藝》，1935 年 3 月發表〈農村文化〉、〈酒家風景〉、〈靜寂〉，1935 年 6 月 1 日「臺灣文藝聯盟佳里支部」成立，又發表〈窮愁的日子〉、〈斑鳩與廟祝〉等於其上。除上的《臺灣新民報》、《臺灣文藝》外，詩人還發表詩作在《臺灣新文學》、《臺灣新聞》、《臺灣時報》、《華麗島》、《大阪朝日新聞・南島文藝》等刊物上。這段時期可說是詩人在當時臺灣文壇上相當活躍的時期（見表三）。

（表三）

| 類型 | 詩名 | 發表刊物 | 日期 |
|---|---|---|---|
| 不詳 | 初夏の禮讚 | 臺灣新民報 | 1932 年 6、7 月 |
| 抒情詩 | 故鄉的書簡——致獄中的 S 君 | 臺灣新民報 | 1934 年 5 月 |
| 抒情詩 | 幻覺 | 不詳 | 1934 年 |

---

[25]分別是〈故鄉的書簡——致獄中 S 君〉《臺灣新民報》，1934 年 5 月，月中泉漢譯；〈幻覺〉，1934 年，月中泉漢譯（出處及詳細日期不詳）；〈農村文化〉、〈酒家風景〉、〈靜寂〉《臺灣文藝》第 2 卷第 3 期，1935 年 3 月，蕭翔文漢譯；〈村子裏的事件〉系列 4 首（〈新興醫業〉、〈季節的腳〉、〈腐蝕的學園〉、〈愚人節〉），《臺灣新聞》，1935 年 4 月，前 3 首陳千武漢譯，後 1 首蕭翔文漢譯（報紙出處不詳，有剪報原詩影印）；〈牧歌一日〉，《臺灣新聞》1935 年，陳千武漢譯（日期不詳）；〈斑鳩與廟祝〉、〈窮愁的日子〉，《臺灣文藝》第 3 卷第 3 號，1936 年 2 月，月中泉譯；〈廣闊的海：給出嫁的妹妹〉，《大阪朝日新聞・南島文藝》1937 年 1 月 15 日，陳千武漢譯；〈蓮霧之花〉，《臺灣新文學》第 2 卷第 5 號，1937 年 6 月，陳千武漢譯；〈向棺木慟哭——給建南的墓〉，《臺灣新民報》，1939 年 1 月，陳千武漢譯；〈故鄉之歌〉，《臺灣時報》，1939 年 9 月，陳千武漢譯；〈世紀之歌〉，「臺灣詩人協會」的《華麗島》創刊號，1939 年 12 月，陳千武漢譯；〈弔念感言——雪芬女士靈前捧讀〉，《臺灣文學》第 2 卷第 3 號，1942 年 7 月，月中泉漢譯。

[26]1932 年 4 月 15 日，《臺灣新民報》日刊學藝部門加設日文欄開始，由賴和、林攀龍等負責。

[27]目前只見詩題未見詩文，這是根據劉捷〈臺灣文學的鳥瞰〉，《臺灣文藝》創刊號，1934 年 11 月，頁 59 的介紹，目前只知 1932 年的作品，詳細發表日期不明，從詩題「初夏」推測可能 6、7 月之品。

[28]郭水潭，〈對文壇之我見〉，《臺灣新民報》，1933 年 1 月 12 日，月中泉漢譯。

| 社 會 詩 | 農村文化 | 臺灣文藝 | 1935 年 3 月 |
|---|---|---|---|
| 社 會 詩 | 酒家風景 | 臺灣文藝 | 1935 年 3 月 |
| 抒 情 詩 | 寂靜 | 臺灣文藝 | 1935 年 3 月 |
| 抒 情 詩 | 牧歌一日 | 臺灣新聞 | 1935 年 |
| 社 會 詩 | 村裏瑣事 1：新興醫業 | 臺灣新聞 | 1935 年 |
| 抒 情 詩 | 村裏瑣事 2：季節的腳 | 臺灣新聞 | 1935 年 |
| 社 會 詩 | 村裏瑣事 3：腐蝕的學園 | 臺灣新聞 | 1935 年 |
| 抒 情 詩 | 村裏瑣事 4：愚人節 | 臺灣新聞 | 1935 年 |
| 抒 情 詩 | 窮愁的日子 | 臺灣文藝 | 1936 年 2 月 |
| 抒 情 詩 | 斑鳩與廟祝 | 臺灣文藝 | 1936 年 2 月 |
| 抒情詩（妹妹） | 廣闊的海——給出嫁的妹妹 | 大阪朝日新聞・南島文藝 | 1937 年 1 月 15 日 |
| 抒情詩（妹妹） | 蓮霧之花 | 臺灣新文學 | 1937 年 6 月 |
| 抒情詩（兒子） | 向棺木慟哭——給建南的墓 | 臺灣新民報 | 1939 年 1 月 5 日 |
| 社 會 詩 | 故鄉之歌 | 臺灣時報 | 1939 年 9 月 |
| 社 會 詩 | 世紀之歌 | 華麗島 | 1939 年 12 月 |
| 抒情詩（朋友） | 弔念感言——雪芬女士靈前捧讀 | 臺灣文學 | 1942 年 7 月 |

　　（表三）從類別來看，後期詩篇仍以抒情及社會為主。但此時的抒情詩的題材從前期茫然無法獲得愛情，轉向對親友關懷〈故鄉的書簡——致獄中的 S 君〉（蘇新）、〈廣闊的海〉（妹）等；從季節的感懷，轉向對季節的期待〈季節的腳〉等；從對人生的感悟，到汲取景色瞬間感動的藝術〈幻覺〉、〈寂靜〉上。

　　社會詩中，由前期對社會普遍不平現象的同情或批判，轉入對實際生活的社會現象的觀察：變形的農村文明現象〈農村文化〉、知識分子腐敗

現象〈酒家風景〉、〈新興事業〉、〈腐蝕的學園〉等。1937 年 7 月 7 日
盧溝橋事變中日戰爭吃緊時期，這類批判性社會詩又轉變為對故鄉、對時
代的頌讚之歌。

## 四、融和內涵形成的軌跡

郭詩在前後期中，無論是抒情詩或社會詩，可看到最大的變化是在於
題材。抒情詩中由愛情轉向親情、友情；季節感懷、人生的感悟到對自然
景物、日常生活的感動與欣賞。社會詩從概念性的普遍社會不平的階級現
象到實際的生活現象的批評。從這些變化底下似乎可看到屬於詩人個人思
考的流變過程，而這種流變的過程，在此欲稱為「融和」觀形成及實踐的
軌跡。這是一種經過層層的自我探索尋覓——「融和」觀點重要的領悟—
—以「融和」觀實踐的歷程。而這也是郭整個日治時期作品的脈絡底流。

### （一）早期詩作——南溟時期

### 1、1930 以前詩作——徬徨尋覓

主要是以愛情、季節、社會現象為題材，從詩作當中可看到詩人尋覓
人生的疑問及苦悶。

### （1）抒情詩

①愛情

> 我幾乎欲發狂
> 那是強烈的愛情
> 但是星星在天空那邊
> 只遙遠地冷冰冰地發亮
>
> ——〈不認識的愛人〉部分摘錄

詩人以星發亮的外表代表愛人的燦爛美眸，使詩人為之著迷沉醉。再
以星冰冷的屬性，訴說愛人的「不認識」彷如星「遙遠」、「冰冷」的虛

體，無法令人感覺到實體般的貼近與溫熱。並以星星在天空高掛的位置，
表現愛情是高不可攀的事實。

> 寂寞男人
> 把妳的面貌
> 不斷地畫在心胸裏
> 孤單地享樂且悲傷
>
> 寂寞男人
> 把妳的面貌
> 深藏在心中
> 當旅伴，將去旅遊

——〈獻給心中的愛人〉部分摘錄

理想的愛人對詩人來說，是可以互相分享快樂與悲傷，人生旅途中的
最佳伴侶。但不管詩人在心中如何的把愛人的面貌畫入、珍藏、或當旅伴
出遊，自我滿足安慰，這心中的愛人永遠是虛化的存在，男人的寂寞也永
無消除的時日。

> 在月夜的海邊
> 我孤單單地
> 靜悄悄地捨棄了
> 戀愛的屍體

——〈小曲：戀愛的屍體〉部分摘錄

詩人獨自默默地在海邊的月夜光下，消解戀愛的苦，抽象的戀愛在詩
人的處理下化成為實體的「屍體」，而這雖表面是實體，卻是無生命不溫

不熱的實體化的虛體。

　　由以上幾篇的愛情詩篇，看到愛情對詩人來說似乎是一種遙遠的存在，一生追求的憧憬，但卻模糊、無法掌握，甚至是一種虛像，這從〈不認識的愛人〉、〈獻給心中的愛人〉、〈小曲：戀愛的屍體〉詩題中「不認識」、「心中的」是想像虛體，「屍體」雖是實體，卻是無生命如同虛設的實體。

　　詩人面對明知是追求虛像，無法改變的事實，所採取的對應方式，不是積極的改變現狀，把不可能變為可能的強硬態度，而是選擇順服妥協於事實的方式，但詩人的順服不是消極的自我舔傷，而是另闢一個自我釋懷得以發洩情緒的空間。

　　在〈不認識的愛人〉[29]中面對如星星般高不可攀，既遠又冰冷的不認識的愛人，詩人採取的不是摘星般的積極追求，而是看清事實真相的不可能；亦不是消極的自艾自憐。而是利用「熱淚」在自己想像空間中，把星星的距離拉近，並任憑自己悲傷的心靈向其發洩及思念。

　　同樣在〈獻給心中的愛人〉[30]中面對心中的愛人，詩人不是積極勇敢的告白，或是單純消極的妥協於單方思戀現實，而是另闢夢的自我空間，把隔著距離觀看心中愛人整體模糊的面貌，拉近焦距放大到只見到眼眸甚至是唇邊的距離。並任憑心中的寂寞淚水向其喊著芳名發洩。

　　在〈小曲：戀愛的屍體〉[31]中，對於已死化為屍體的戀愛，詩人不是苦苦召喚盼能起死回生，亦不是流著熱淚哀悼惋惜已逝的戀愛。而是選擇勇敢的面對事實，在自闢的告別式想像空間中，把虛無戀愛的抽象概念具體化為實際存在眼前觸得到屍體，與屍體告別的割捨之情，豈是抽象戀情可

---

[29] 「以我的熱淚／使天窗的星星變得靠近／以我的悲傷的心／永遠地想念她」，〈不認識的愛人〉，《郭水潭集》，頁 26。
[30] 「在椰子樹蔭下／假寢的夢中／偶然看到的眼睛／哎喲，妳呀，嘴唇呀／今天又任憑寂寞／叫妳的芳名的話／啊！不知何故　眼眶含著眼淚」，〈獻給心中的愛人〉，《郭水潭集》，頁 28～29。
[31] 「戀愛的屍體／被海的調律陪送／被白色的海浪抱著／我的戀愛的屍體／向遙遠地方消逝……」，〈小曲：戀的屍體〉，《郭水潭集》，頁 36。

比擬的。放手任憑海浪起伏的節奏的帶領著屍體，消逝在遙遠的地方，詩
中雖無任何悲痛話語，但其不捨哀痛之情已盡在不言中。

　　②季節——秋

　　　　放晴而高的天空
　　　　是秋心的象徵
　　　　那個心始終寬大而慈祥
　　　　我仰望著敬慕
　　　　那個心始終冷靜而寂寞
　　　　我從那裏博得哀愁
　　　　那個心始終遙遠而悲傷
　　　　我抱住它哭泣
　　　　那個心始終澄清而深奧
　　　　我從那裏汲取詩情
　　　　……

　　　　喔，秋天，向那個心
　　　　我要不斷地招呼呀

　　　　　　　　　　　　　　　　　　——〈秋心〉部分摘錄


　　詩人對季節的感動以「秋」為主，秋對詩人來說是「寬大而慈愛」、
「冷靜而寂寞」、「遙遠而悲傷」、「澄清而深奧」的，帶有多重多變多
矛盾的豐富，是難以理解、接近的神祕存在，雖然知道這會引起「哀愁」
及「哭泣」，但仍深深的吸引著詩人，是「敬慕」的對象，是欲追求的
「詩情」靈感來源，而要「不斷地召喚」。這裡積極不斷追求的姿態，與
追求上述愛情時，另闢自我釋懷空間的保守，大異其徑。

　　但這裡須注意的是：最後一句的「我要不斷地招呼呀」的原文是「要

不斷地召喚著些什麼」，³²當中用到「なにか」的話語，這帶有不確定、不知為什麼的意思。在此透露出詩人並不明白真正追求的是甚麼的矛盾，而只一味地不斷的在追求在召喚。

　　　躍動的輪胎上
　　　少年星期天的感情一直在跳動
　　　　　　　　　　　　　　　　──〈送別秋天〉部分摘錄

即使已近秋天尾聲，追求的心仍鼓動著少年的感情，正如所騎的單車的躍動一般。詩人帶著期待的感情也都一直呈滾動、不穩定的狀態。

　　　一面寂寞地追尋詩人的蹤跡
　　　徬徨著
　　　　　　　　　　　　　　　　──〈秋天的郊外〉部分摘錄

在追尋的蹤跡中的詩人，在不知召喚著什麼的情況下，只能留下深深的寂寞及不知何去何從的徬徨。
　　詩人在自我審視中，以多變豐富、富有詩情的「秋」，做為追求的理想。詩人雖然很願意且努力去召喚著，但似乎尚未有令自己明白的答案，所呈現的是徬徨無措、不知為何的寂寞姿態。
（2）社會詩

　　　為什麼不能拒受呢
　　　我感覺到心的焦躁呀

---

³²這裡原詩為「おお、秋、その心に　私は絶えずなにか呼びかけよう」，《南溟樂園》第 4 號，（1930 年 1 月），頁 5，「哦，秋天，向那心　我要不斷地召喚著些什麼！」（陳瑜霞漢譯）

　　為何那樣害怕
　　拜明亮的太陽呢
　　今天也在醜惡的
　　世態前面
　　我呆呆地佇立著
──〈年底〉部分摘錄

　　詩人面對臺日人差別待遇的俸祿不公平的現象，內心衝突的詩人問自己兩個為什麼，一個是為什麼不拒絕；一個是為什麼害怕，而只能焦躁地並呆呆的佇立著。詩人豈真不了解？若不了解怎能感受到世態的醜惡，當中可看到詩人間接詢問著自己，生存到底為何的道理？同樣問生存的道理，可在〈乞丐〉看到。

　　他們不忘記檢點所賺的一天的報酬
　　雖然執著於自己的生存
　　但不知何故
　　他們深深地埋怨神佛
──〈乞丐〉部分摘錄

　　〈年底〉是以殖民底下的勞動青年為題材，所表達不是資本家對整個勞動階級的剝削，而是殖民者對被殖民者差別待遇的問題。明知待遇差別不公，但仍執著於自己生存的姿態，詩人以向殖民者行乞的乞丐自喻，甘心俯服等待施捨的自願，還能埋怨誰呢？能埋怨的大概只有神佛了。同樣地，詩人又以賣身的妓女自喻：

　　對愛不了的人們
　　為什麼要獻慇懃呢

為什麼要微笑呢

（略）

為什麼那副嬌羞

還是美的迷人

試圖攪亂一顆男人之心

（略）

這就是醜陋的人間貪婪

玩弄的下場

不由地湧起一股刺中心窩般的

憤怒而苦惱

——〈妓女〉

　　詩人又一連三問妓女為什麼對不愛的人還能獻殷勤、微笑、試圖迷亂人心，而這人生醜惡「貪婪」的答案，又令詩人自陷在其憤怒及苦惱中。

　　詩人透過無法結合的愛情、對詩情「秋」的追求、及社會「臺日待遇不公的臺人職員」、無社會地位的「妓女」「乞丐」為錢、生活的現實問題，而自問自答般的自我巡視。面對永遠無法達成的願望，詩人自提了三種解決的方式，一是不正面追求也不消極自傷，而另築空間設法自我釋懷：如把得不到的愛情，放於自己想像的空間中，藉此縮短距離，自療傷口以發洩，但仍免不了熱淚、寂寞、孤單；二是不顧一切的追尋：如追求「秋」一樣，追求期間感情雖是激動、跳躍的如單車輪轉動一般，但連召喚的是什麼都不明白的情況下，到頭來可能是更加徬徨；三是完全順服於現實環境之下，而獨自苦惱憤怒：如受不平等待遇的職員工作、乞丐、妓女為了生存仍一天一天的過下去。無論是何種方式，都讓詩人陷於熱淚、寂寞、焦躁、徬徨、苦惱等漩渦之中，使整個詩風呈現灰色淡淡的傷愁。這透露著詩人年輕生命追求的焦急及迷惘。

## 2、1930～1932 年 2 月詩篇──「融和」觀的建構

　　此時的詩篇現存 8 篇，分散發表在《南溟藝園》每期刊物中。此期作品仍多探尋人生之作，循著詩人透過個人內在體會或社會現實面的空間化具體描寫，而看到詩人從早期的徬徨不確定，漸趨平穩成熟，而逐漸產生一套屬於詩人特有的人生生存之道的建構過程。

　　在 1930 年以前的作品如〈年底〉中，詩人所提訴的是知識分子在工作上，遭到臺日間差別待遇的社會現實面上，如何面對問題。並藉〈乞丐〉、〈妓女〉點出「生存」及「貪婪」的原因所造成的無奈及惱怒。

　　這般人生現實中生存的問題，似乎一直影響著年輕詩人。在 1930 年〈衝破陋習〉的作品：

> 而貪婪廉價的生命
>
> 那些傢伙
>
> 竟認識目的為前提玩弄手段
>
> 知道了
>
> 就不願安閒地被飼養
>
> （略）
>
> 前進，前進……
>
> 衝鋒向前！

　　詩人為了這個生存的問題，還憤恨不平的斥責著為目的而出賣自己生命的「貪婪與廉價」，怒罵著這世世代代綑綁著祖宗及我們自己的罪惡的陋習，而呼籲大家一起面對擊破這些劣根性。

　　這種對人生生存中貪婪、陋習的看法仍與 1930 年以前的詩作一樣。由於詩人 1930 年的作品目前僅見這首，且未詳繫月日，所以很難看出是否有不同觀點的詩作。

　　1931 年詩人也發表了不少表達社會現實面的詩篇。不過這時期的社會

詩不似前早期的〈年底〉、〈妓女〉、〈乞丐〉、〈誰知道〉以知識分子、妓女、乞丐、小丑社會現實的職業為題材，表達內在的孤獨、感傷或苦悶。而是著墨於社會上資本階級與無產階級概括性的層面上。但雖是如此，仍只能算是詩人自我人生探尋中，透過對社會階級的觀察，達到所需答案的軌跡。詩人以各種空間為題材，觀察社會的階級現象，而透過面對這些社會事實，幫助詩人自我審視，尋找人生生存方向。

（1）社會詩

　　①公廁

公廁是一般平民百姓日常生活的重要地方。詩人以畫滿各種高官貴族、名言與下流、變態不堪入目圖片、話語共處一室的公共廁所為主題，比喻社會階級分明的實態，並妙言戲稱為社會「巧妙縮圖」。面對這種社會階級現象：

> 臭氣衝鼻
>
> 憎恨和詛咒
>
> 令人不得不吐痰
>
> 公共廁所是
>
> 資產階級者未曾看過的
>
> 精密巧妙的社會縮圖
>
> ──〈巧妙的縮圖〉部分摘錄

詩人以「臭氣衝鼻」、是一種「憎恨和詛咒」和「不得不吐痰」的感覺來淡描其不滿情緒。但當中間接表達了當非去不可時，似乎也只有忍耐惡臭的無奈。

　　②劇場

詩人以提供資產階級觀賞的劇場為背景，描繪出熱演的舞者及底下觀看者的對立現象。所謂劇場不是指一般人在廟會或過節時，在路邊搭架演

出的戲棚，而是專門為戲劇或電影等而設立的建築物，是提供消費者消費享受的地方。詩人面對如此高級舞蹈（古典舞）、音樂（爵士樂）、吸菸的文明享受：

　　惱人的香烟濛濛漩渦著

　　爵士樂又不斷地在唱

——〈劇場裏〉部分摘錄

　　以「惱人」的情緒來表達。而惱人是帶著有精神肉體承受痛苦而無可奈何之意。

　　③公民館

　　詩人又以公民館為背景，描繪出兩群不搭調的場景的組合。一是一群新裝筆挺參加豪華宴會的紳士；一是一群骯髒飢餓迫不及待的孩子。公民館是社區為社區民眾的需要而設立的會館，只要是社區一分子均可利用的地方。但作者筆下的公民館已成資本家集會宴客之地，貧窮孩子一進則反遭來拳打的異常現象。詩人在面對這種奇異現象時：

　　倘若被打有代價

　　就能更不在乎啦

　　過分飢餓的　貧窮的孩子們

　　為了爭奪剩飯被打

　　卻不是快樂地微笑著嗎

——〈徬徨於飢餓線上的人群〉部分摘錄

詩人以僅僅為了宴會剩餘的殘菜，資本家竟然揍打飢餓線上的孩子們，而孩子們在被打之際，還帶著吃得津津有味的滿足表情，一個「卻不是快樂地微笑著嗎」的臉部特寫，把該說的話都在無言的心痛中吞沒了。

　　這當中詩人間接提出需要孩子們為了自尊勒緊肚腹繼續飢餓？是捨棄生命群起反抗在所不惜？還是「被打有代價」的享受短暫的滿足的疑問在其中。而這也似乎就是詩人一直在探尋的人生生存的問題。

（2）抒情詩——內在領悟抒情

　　哦　我也是患世紀病致命的病人—

　　來這裡靜聽久違的

　　海的私語—

　　　　　　　　　　　　　　　　　　——〈海濱情緒〉


海濱是自由的地方，不受任何的公約或束縛，人人皆可來。詩人以海濱中勇敢向浪濤挑戰，如神一般謹慎的漁夫；對照著在一旁害怕太陽刺激而躲在沙灘或蹲在水湄的世紀病文明弱者。詩人面對一方是勇敢對抗強勢；一方是懦弱躲避強勢的社會現實抗峙情形：

　　詩人無奈的吐露著自己的軟弱，詩人經過重重的自我探尋，而領悟到自己不過是患世紀病的軟弱的病人，永遠也無法像打算改變世界般如神一般的漁夫勇敢向浪濤挑戰，他選擇做一個患世紀病的病人，承認自己是個軟弱的文明者，而安靜聽候海自然的旋律。

　　透過重重的社會階級的現實現象及內在現象的自我審視，看到詩人無可奈何的姿態，及所選擇妥協接受這現實社會的方式，這即是詩人的人生抉擇。

　　階級意識在殖民底下的臺灣來說已不是單純的資產階級與無產階級的問題而已，又包含臺日人待遇不公、殖民政策的種種的情結問題。面對如此社會現象，只見詩人以客觀描述空間的方式描述這社會充滿階級的現象及內在面，發出淡淡的無奈，卻極少見評語。不見任何鼓勵反抗或斥責這種現象的情形，而是選擇冷眼觀看這種現象的靜默。隨著年輕詩人一次一次地自我探索的軌跡中，看到詩人勇敢的剝開自己一層層的文明使命假

面，而承認自己的軟弱，選擇最適合自己的妥協、靜默的方式。

　　這在同樣 1931 年發表的〈生活的信條〉中，可完整的看到詩人獨特的人生體驗及生存方式。

　　　　同樣的人類／分上下挖溝／巧妙地流暢流暢／那是俗氣的／阿諛與窺伺的顏色／不是原有的教義／也不是／跟隨時潮的／時髦形式／然而各位／不到被迫蔑視自己／自降人格而無可奈何之時／我們仍是經過多次／忍耐和屈服的考驗過來的／從旁觀者來說／雖是做戲的演員／但是我們必須／拚命的抵償它／哦！各位／虛偽和假面是／生活迫我們該做的化裝／互相不廢棄生活／就不應責備／二十世紀的現在／提到主人與傭人之間云云／真有點庸俗／但處世信條的第一則／該從此開始／哦！各位／不要疏忽呀！

詩中詩人談到：同樣是人類且是 20 世紀，雖談上下分級與主傭之間的差別十分庸俗，但這乃是處世信條的第一法則，不可疏忽。詩人要大家心中無愧，即使是俗氣的阿諛或窺伺臉色，只要不到被迫蔑視自己失去人格的地步，都是忍耐與屈服的考驗。不管別人看來是否如同做戲的演員一般都無妨，因虛偽和假面不過是生活上的裝扮，只要「不廢棄生活」，都不應責備。

　　詩中清楚看到詩人不唱高調，不強調自己的使命，而忠實自己的需要，只要不放棄「生活」，偶爾的「屈服」、「忍耐」都不應責備，選擇接受現實的生存之道。不過詩人的妥協不是毫無條件的，而是必須在不「被迫蔑視自己」或「自降人格」，保有人性的尊嚴的基本條件下。他可說是勇於面對自己的軟弱，知道自己現實生活所必須背負的責任，是非常人性化的詩人。

　　經過 1931 年的自我審視到自己適合的生存方式，終於在 1932 年 2 月的〈在牧場（年輕人探求人生的綠地）〉中，大聲的宣告著詩人終於探求到

人生綠地的訊息。詩人透過二月南國冬天的牧場，描畫出永遠燃燒著青春的密林枝梢與乾枯草地的互相融和輝映的景緻。

南國晴藍的冬天
藏有容易融和的親情
雖是二月

不知凋落悲哀的密林枝梢
燃燒著永遠的青春

（略）

今日　希望新生
悄悄地探求人生的綠地
年輕人該甘心做牧場的主人

新鮮的風　微笑著歡迎吧！
在此人都能發現詩歌的自由

——〈在牧場（年輕人探求人生的綠地）〉部分

二月即使曾讓綠地變成枯草，仍不能使在旁的密林樹枝凋零，因為這不是別處，這裡是南國的冬天，它擁有容易融和的親情，這種來融和的親情將帶來新生的希望。故不要懼怕新鮮的風，要微笑的歡迎，因為年輕人是這牧場的主人，而這牧場亦是人生的綠地，在此即能發現詩歌的自由。原來詩人人生的綠地就在於接受新鮮的風，甘心做牧場的主人，以「融和的親情」，為牧場帶來新生的希望。這表明了詩人甘心接受事實的決心，認為唯有帶著融和的胸懷接受新的事實，才有自由及希望。

前期詩作 18 首，從詩歌內涵來看，剛好是詩人整個人生生存方式自我探尋的尋求到尋獲的軌跡。1930 年前的 10 首可看到詩人自問自答的尋求過程，但無論是任何方式所得到的不是傷感、熱淚，就是孤獨、徬徨苦

惱。而之後的 8 首也屬於人生自我探求的詩篇，不同的是此時可看到詩人經過重重的自我審視，知道自己不過是「世紀病文明弱者」，只要不傷害到人性尊嚴，帶著「融和的溫情」，接受新風，甘心經營自己所有擁有的牧場，好好生活下去，這才是適於自己的人生綠地的方式。

　　而這個抉擇正影響著後期的詩作，詩人似乎以嶄新的方向接受這社會，消沉、徬徨、不知所措、無可奈何的詩篇很少出現；也幾乎未再見反應社會階級不平現象的詩篇，即使偶爾發表批判性的詩篇，所批判的對象幾乎全指向知識分子的假面；所用的詩材也少空泛而多詩人生活週遭的人、事、物，充分的表達了詩人愛鄉愛家愛人的人性溫暖親情的一面。若說前期詩作是人生生存方式的探索軌跡，後期的詩作將是詩人對人生希望的回應。

## （二）後期詩作

### 1、抒情詩

#### （1）愛情

　　此期不再是早期般的單戀、思戀及失戀的愛情詩，而多是親情及朋友之情：〈廣闊的海〉及〈蓮霧之花〉出嫁的妹妹；〈向棺木慟哭〉的愛兒；〈弔念感言〉的雪芬女士[33]；及〈故鄉的書簡〉的老朋友為題材的作品，在前期所未見的，這是極不一樣的地方。

#### （2）季節

　　早期的季節詩篇以追求深不可測的秋為主，結果是徬徨無措。但此期的季節是寄語春天。是充滿希望、生機的春天，詩人不再一味的如追秋般追求著春天，而是靜候且享受春天的活力。

　　　這裡村子中心地帶的大榕樹下
　　　　那邊的勢力日增旺盛

---

[33]好友吳新榮的妻子。

不久祭典的旗子就在季節裡飄蕩

——〈季節的腳〉部分摘錄

　　這是晚冬早春交替的時節，寒風驟雨過後的午後，在村子的中心大榕樹下，不僅冰攤、連湊熱鬧的賣膏藥郎中也趕來，為不久的春天大祭典添生機，春天希望、熱情的生命力，將隨著飄舞的祭旗挑動整個勢力的旺盛。詩人熱切盼望等候之情油然可見。

四月是善良的人們的

理性與本能糾纏著的季節

——如此勇敢地——

調戲的雄，亂竄的雌

（略）

那不是憂愁，不是執拗

要知道那是諸神的憐愛

——〈愚人節〉部分摘錄

　　四月春天有著生命力締造的熱切，縱使導致人的理性糾纏著本能；縱使看來多麼的不合世間的禮儀；但那是多麼勇敢的熱情呀！雖看似憂愁，看似執拗，但那都是諸神的憐愛，凡事有美意，好好享受在其中。

## 2、社會詩

　　1931 至 1932 年可說是影響詩人創作的重要年代。1931 年當時在「九一八」事變前後所引起的治安維持事件風潮中，臺灣民眾黨[34]2 月被解散、6 月臺灣共產黨被檢舉、12 月臺灣文化協會幹部遭檢舉，組織在政治的鎮

---

[34] 「臺灣文化協會」因理念不同，1927 年分裂，文化協會由左翼的連溫卿派主導；辛亥革命派的蔣渭水與合法民族運動派的蔡培火另組臺灣民眾黨。臺灣民眾黨 1931 年 2 月遭禁。

壓下瓦解。[35]1932 年 5 月 26 日臺共 45 人被捕、9 月 24 日臺灣民族解放運動文化工作者被當局濫加逮捕入獄。臺灣文壇接二連三地的發生巨變，似乎使詩人有所感悟。

在 1933 年〈對文壇之我見〉的評論中，[36]詩人對臺灣民眾黨解散後的文壇提出見解：一向認為對臺灣文化有重大責任的知識分子們被迫分散後，雖 1931、1932 年不見任何作品，但或許沉默對知識分子而言，未必不是對於自己過於自滿的思想、文學一個反省沉澱的機會。從中看到詩人間接批判知識分子自以為是的姿態。

1935 年〈某個男人的手記〉[37]的小說，也是以文化協會遭政治鎮壓後的知識分子為背景的小說。小說中批判著知識份子高姿態、投機心理及失去舞臺後的懦弱無能，雖是時代造成，但間接仍可看見批判知識分子諷刺的筆調。

前期詩作中，如〈年底〉、〈徬徨在飢餓線上的人群〉、〈劇場裏〉、〈妓女〉、〈乞丐〉這些社會面的表現，其重點都在表現於面對統治、資產階級分明的現實社會的無奈及懊惱。而後期的視點從外圍的社會一般現象，[38]轉向實際生活現實面上。[39]實際生活面上最常接觸的人事物即成為詩人吟詠的對象。

---

[35]除了 1930 年分自「臺灣民眾黨」林獻堂、蔡培火一派，屬較穩健臺灣議會設置運動的「臺灣地方自治聯盟」未解散外，其餘均瓦解。此「臺灣地方自治聯盟」於 1937 年 8 月中日戰爭爆發而自動解散。

[36]〈對文壇之我見〉，《臺灣新民報》，1933 年 1 月 12 日，月中泉漢譯。「自從台灣民眾黨解散以來，迄今從事同一工作分野的智識分子，就像被攻擊的蜂巢趨勢，有的飛奔城市，有的飛奔農村，各奔前程去了吧（略）這些人對台灣文化促進，應扮演重大的角色，自不待言（略）」（以上採用月中泉漢譯）「若從大家都在養精蓄銳的情況看來，說不定可以順便一掃在思想及文學上過於自慰的風氣」（此採陳瑜霞自譯）。

[37]〈某個男人的手記〉，《大阪每日新聞》1935 年，「本島人新人懸賞」佳作，有陌上桑及陳千武漢譯。

[38]在此指的是日臺差別待遇的問題、資本家壓榨勞工或無產階級者等，當時的一般社會現象。有階級意識在當中。

[39]指同層次的交友、生活、活動等圈內的實際生活面，較無上下階層的階級意識在當中。

（1）知識分子腐敗的批判

　　難道教養在酒家，連污垢般的效果也沒有嗎？

　　呀！我的朋友，慢慢地而用力細嚼無法拯救的感情

　　突然，唱片的小夜曲激烈地啜泣起來

　　　　　　　　　　　　　　　　　　　——〈酒家風景〉部分摘錄


　　這裡不是酒家女子受強勢力壓迫的階級性問題，而是知識分子自我批判的問題。一向以啟蒙批判強勢壓迫弱勢的知識分子，面對比自己較無教養酒家的女子，即展現自高的態度，如何以身作則，詩人透露出向來的隱憂。


　　老師們已經把名譽和財產併排著

　　祇以偽善和追從過著齷齪的日子

　　　　　　　　　　　　　　　　　　　——〈腐蝕的學園〉部分摘錄


　　教育學子的神聖職責——老師，是培育新生代的準則，學園已因名譽與財產而敗壞，為人師表的偽善齷齪，如何教育純正的下代。


　　那些不懂事的骯骯鬼村裡的父老們

　　卻要送美麗的裝飾鐘、書框、沙發等

　　十分偏袒那個傢伙

　　究竟你們得到了什麼好處？

　　被那靠不住的醫術受騙了

　　玩弄村民的生命不知多少次

　　看，那個吸血鬼

　　　　　　　　　　　　　　　　　　　——〈新興醫業〉部分摘錄

　　詩人一面批評醫師以靠不住的醫術斂財，如吸血鬼一般玩弄村民的生命；一面批評造成如此知識分子自我膨脹現象的不懂事的村民們。若無村民的偏袒與支持恐怕不會如此嚴重自高，暗示著知識分子之如此自驕，村民也需負責任在其中。

　　這種雙方都需負責任的想法在〈我是村中有力者〉[40]中：

　　　容易被推崇為有實力的權威，而接二連三地被榨取各種捐款。／結果，那不是虛榮，也不是偽善。／在他們面前，我已什麼都做不出來。／我在不知不覺之間，已完全成了固定的村子裏有實力的權威。好吧！我就是村子裏有實力的權威。／我意識在村子裏的我的地位！／我決定我在村子裏要做的事情。

　　文中詩人描述著被村民貴族化的無奈。在被權威化的過程中，在地位提高的同時，相對的也要做外表看似體面的事，不管是否願意。在這種被拱的地位下，所賦予的使命感，成為知識分子該做的事情的決定標準。

（2）**對時局政治的不評論**

　　對於政治彈壓文化思想工作者事件，在給蘇新的〈故鄉的書簡──致獄中的 S 君〉中可看到詩人的不同的提議。[41]

　　　朋友啊……／一心一意拼命／叩著正義的門扉／你的雙手終於被綑綁……／你拼命的掙扎／如今已完全落空了……／任你叫得聲嘶力竭／也徒呼負負／不　只是浪費生命／憑你那薄弱力量／可是朋友啊……／暴風雨已經過了／如今為了迎接黎明的休閒／非積蓄新的精力　創造力不可……／新來的時光／披著嶄新的風景／這有什麼奇怪呢……／不為

---

[40]〈我是村中有力者〉，《臺灣新文學》第 1 卷第 3 號，1936 年 4 月（蕭翔文漢譯）。
[41]蘇新是郭水潭小學同學。1932 年 5 月 26 日以「臺灣共產黨」宣傳部長的身分被捕。在郭的剪報中有〈臺灣共產黨一味 45 名に判決下る──傍聽者殺到し滿員〉（日期不詳）的判決新聞，其中記載蘇新被判 12 年。

　　歷史的車輛輾碎心坎／故鄉的天空仍舊在世紀的／黃昏燃燒

　　　　　　　　——〈故鄉的書簡——致獄中的Ｓ君〉

　　1934 年〈故鄉的書簡——致獄中的 S 君〉的詩作即為 1932 年遭逮捕的同鄉同學蘇新所作的書簡，詩中分成 14 段，敘述著詩人對朋友蘇新的思念。但面對因政治事件入獄的友人蘇新，詩人雖讚揚他所行的是正義之事，但似乎並不全然表贊同。而對朋友提出規勸：新時代新風氣有何奇怪，暴風雨已過，何不養精蓄銳以迎接黎明，何苦浪費生命以薄弱的力量去對付「歷史的車輛」呢，不要對歷史的運轉費心力，因為無論如何力圖改變，故鄉的天空仍舊會繼續在變幻多端的世紀中永存著。所以在〈故鄉之歌〉中：

　　如今時勢轉變　我的故鄉／新的生活　就要開始了……／今天　該向那些廢墟告別／正順著新政風　給故鄉／添上新的風景　要展開了……／今天該遺忘所有的神話吧／乘上時潮　在我的故鄉／新的信仰——就要誕生

詩中，詩人宣稱著面對著已轉變的時勢，要遺忘所有不可能的神話，努力順應現實的新政風，這是故鄉的新風景、新生活、新政風、新時潮、新信仰、新世紀的誕生。這雖然與決戰的時局有關，但在早期的詩作〈在牧場（年輕人探求人生的綠地）〉看到「新鮮的風　微笑的歡迎吧」的覺悟，已為後期詩作中對政治社會的態度下了註腳。

　　這種接受現實社會，好好經營現在所處的生活態度，在面對中日間劇烈的戰火：

　　人們呀只相信著森林深處的黎明／祈禱而等待吧／休戰喇叭的美音令人雀躍／在大地愛和親情蘇醒了／當那天來臨的時候／人們呀　虔誠地／

向歷史的車輪 祝福一切吧／太陽會永恆地飽和人類的善惡呢

　　　　　　　　　　　　　　　　　　　　　　──〈世紀之歌〉

　　詩中，面對世紀之戰，詩人為所有在戰場上的士兵，不分種族、國籍、黨派的都加以祝禱，因為無論人類的善與惡，「歷史的車輪」仍會不斷前進的，人們只能在其中祈禱、等待、並相信會有黎明來到，會有休戰的喇叭使大地的愛及親情甦醒。

　　詩人似乎相信有個主宰掌控著整個歷史，而歷史在主導下如車輪般不斷的往前轉動，世界上社會上政治上所發生的事不過是車輪輾過的一個一個的軌跡，不管怎麼去阻止或改變，仍會如期的運轉下去。所以詩人曾經要蘇新「不為歷史的車輛輾碎心坎」、也同樣勸勉人們要「向歷史的車輪／祝福一切吧」，並且「人們呀只相信著森林深處的黎明／祈禱而等待吧」般的等待。詩人要的不是改造歷史的激進，不是要參與歷史車輪的轉動，而是要在一旁祈禱等待，靜觀歷史的運行。

　　在後期詩作中已少見前期的尋覓茫然的起伏，取而代之的是落實於生活中的感動。以寬容性強的「融和」觀點，冬天使草枯乾，但卻也容忍某些樹的常青。這是帶有大地的親情在其中的，要好好地享受這充滿「融和」親情哲理的世界現象，不再拘泥於無法解決的歷史轉輪中，這些都將會過去，唯有接受現實好好生活下去才是真正的人生之道。也由於這種「融和」觀，後期的詩人關懷的對象從無法解決的自尋煩惱漩渦中走出來，而轉向周遭的故鄉、親人、朋友或平常的日常經驗上。

## 四、結論

　　1930 年代是臺灣文壇上文學雜誌界如雨後春筍般的不斷地發行刊物的時期，雖為期不長但都無形中帶動了文學活動的昌盛。而郭水潭也是當時的一名文學青年，發表不少的作品，其中以詩最為有名。

　　在現存的詩作中以「南溟樂園」時代發表在《南溟藝園》的詩作為區

分，從作者所使用的題材及內涵的不同，可明顯的分為前期及後期詩作。

　　前期詩作多以愛情、季節、環境等為題材的抒發之作，呈現熱情浪漫的風格。均發表在「南溟樂園」社的《南溟樂園》或《南溟藝園》中。詩中可看到詩人年輕追尋人生生存真諦時的無助、茫然、不知所措的姿態；亦可看到詩人對不良傳統的陋習大聲撻伐意氣風發的一面；又可看到詩人不甘順服而在消極中，如何自闢空間自我療傷的側面。詩人在壓抑孤獨殖民環境中，面對許多不合理不滿足的事，在茫茫不知所措的局限中，透過詩篇的自我巡視，找尋屬於自己獨特的人生智慧。

　　前期詩篇即屬於詩人個人人生哲學模式的建構，流露著模索的痕跡。而這期的以〈在牧場（年輕人探求人生的綠地）〉作結，[42]可視為詩人對人生生存探索的自我解答——帶著「融和的親情」、「微笑地」接受「新鮮的風」，面對現實社會，好好活下去的覺悟，而奠定了後期詩歌選材內容表現的方向。

　　後期詩作的題材多取自現實生活的故鄉及周遭親友，呈現自然淳樸真誠風格。發表的地方不再局限特定雜誌，只要是可供發表的園地，無論是報章、雜誌，都可看到詩人積極參與的一面。詩人也不再自限為詩人，他發表文學評論、並應徵小說的徵稿還得佳作。詩中不再見詩人提出自尋煩惱的疑問，而詩中多充滿感悟後的希望，以寫實的詩風回歸自己回歸故鄉，並積極的回應現實生活。

　　造成這前後期詩作不同最大的關鍵在於以「融和」[43]的親情接受現實新風覺悟。因為作者悟到唯有帶著「融和」的觀點來看現實才有可能完全得到新生的自由。而這「融和」的觀點正如南國的冬天一般，有冬天的枯草也有常青的密林，這是一種自然的融和，是「悠然自得」的，一切均是宇宙意志下的融和，無法改變也無可逃避，唯有與之配合，接受且積極享受

---

[42] 〈在牧場（年輕人探求人生的綠地）〉，《南溟藝園》，第 4 卷第 2 號（1932 年 2 月）。
[43] 「悠然自得南國的冬天／藏有容易融和的親情／雖然是二月」，〈在牧場（年輕人探求人生的綠地）〉，《郭水潭集》，頁 67。

這一切來自宇宙意志下的安排。

　　所以詩人才會有「不為歷史的車輛輾碎心坎」詩句，[44]從中看到詩人的視點是放在整個宇宙主宰下的歷史脈絡中來看人及現實社會及生活生生不息的運行，這種歷史車輪的運轉不是光靠渺小人力可改變的，不管發生什麼變故，歷史仍會毫無影響的運轉著。

　　這種「融和」觀點，類似日本白樺派「調和」的觀念：[45]人不能完全倚靠自己的才智，唯行於宇宙意志下所得到的成功，才能真正的安心立命，否則一切枉然。所以人的意志要與宇宙意志調和。而宇宙意志原是要使人類得幸福的，所以人類只要在宇宙意志下，努力實現自己即可。而自我實現則是人生的最高目標。所謂自我實現是當社會有需要時，以不勉強自己、不妨害到個人特有的幸福原則下，自發性的配合自己的特長、步調盡所謂道義上的義務。對白樺派的人來說，最大的義務即在宇宙意志下工作，其工作就是藝術工作及研究藝術的工作。他們相信唯有如此努力的自我實現，才能對得起道德良心。

　　所以從後期詩作不僅可看到詩人接受宇宙意志下所主宰的歷史現實，也努力在各種報章、雜誌發表詩、小說、隨筆、評論性等作品，積極以文學工作作為自我實現的手段。

　　　　　　　　　　　　——選自《南臺應用日語學報》第 3 號，2003 年 6 月
　　　　　　　　　　　　——修改於 2014 年 8 月

---

[44]「不為歷史的車輛輾碎心坎／故鄉的天空仍舊在世紀的／黃昏燃燒」，〈故鄉的書簡——致獄中的 S 君〉，《郭水潭集》，頁 75。

[45] 久野收，鶴見俊輔著，〈日本の觀念論——白樺派〉，《現代日本の思想——その五つの渦》（東京：岩波新書，1956 年 11 月），頁 1～28。

# 臺灣短歌文學初探
## 以郭水潭日治時期作品為中心

◎陳瑜霞

## 一、前言

所謂「短歌」即日本和歌，這種文學形式可以算入臺灣文學的範疇嗎？在此採用黃得時對臺灣文學的定義：[1]

> 作者是臺灣出身，其文學活動（在此泛指作品發表及其影響力）也在於臺灣本地者。

凡臺灣人在臺灣本地所作的文學活動，都算為臺灣文學，不拘何種語言或何種形式，日本式和歌文學若是出自臺灣人所創作，自然可列入臺灣文學範圍。

「短歌」一詞，最早出自和歌革新者正岡子規[2]，是為區別明治當時腐

---

[1] 「臺灣文學史探討的範圍對象，大致有以下五種狀況：1.作者是臺灣出身，其文學活動（在此泛指作品發表及其影響力，以下皆然）也在臺灣本地者。2.作者非臺灣出身，但在臺灣永住，其文學活動也在臺灣本地者。3.作者非臺灣出身，曾一段期間在臺灣本地發展文學活動，後來離開臺灣者。4.作者是臺灣出身，但文學活動在臺灣以外的地區者。5.作者非臺灣出身，也未曾來臺灣，不過卻發表有關臺灣的作品，其文學活動也在臺灣以外地區者」，黃得時，〈臺灣文學史序說〉著，《臺灣文學》第 3 卷第 3 號（1943 年 7 月），頁 3。

[2] 正岡子規，1867 年生，本名常規，22 歲患肺疾喀血故號子規。23 歲入東京大學國文科，25 歲學期成績未通過遭退學，而進《日本新聞》社，致力於俳句革新，開始文筆生涯。28 歲（1895 年）中日甲午戰爭爆發當隨軍記者，歸時病情惡化從此臥病在床，但對俳句革新運動絲毫未鬆懈。31 歲（1898 年）其俳風已風靡全國，他更意圖改革和歌。在《日本新聞》發表十次的〈歌よみに与ふる書〉的歌論，排除以往崇尚《古今集》的舊派，而獨尊《萬葉集》，主張寫生寫實的歌風。這全是他在病床上的努力，35 歲（1902 年）與世長辭。他的寫生寫實風格，成為後來日本俳壇及歌壇的主流，影響深遠。此參考西尾実、久松潜一編，《日本文學辭典》（東京都：學生社，1954 年

敗的和歌而命名，現在狹義地指近代改革後的和歌。提到「和歌」可能會馬上想到日本的傳統文學，重典故、重技巧、限制多、古文用字文法艱澀難懂，需俱備豐富學養，非一般人所能作的文藝。明治時期以前的確屬貴族特殊階級的餘興專利，但進入明治末期、大正時期，因為教育普及、民主平等西方思想與科學傳入、歌社、詩社等文學團體盛行、再加上有心者積極改革、評論教導推廣等多方努力，到郭水潭學習短歌的大正末年至昭和初年時期，短歌在日本文壇上已相當普遍，是種與現實社會接軌的大眾化文學之一。此種不重典故、口語思考模式、無需特殊技巧的改革式和歌，對非日文母語的作家而言，無疑十分有利，但如何以 5.7.5.7.7 的 31 字音律，[3]表達交匯於心中瞬間的躍動，仍不算易事。故很少臺人作家能從事和歌創作，不僅少有作品發表，更無遑流傳到現在。在如此難能探得當時和歌創作實情之際，郭水潭短歌手稿的存在，就成為一個重要探索鍵的開啟，期待藉以打開日治時期臺灣短歌文學研究的序幕。

　　郭水潭是「鹽分地帶」[4]詩人及領導者之一。作品主要以日治時期日文詩為主，評論、小說亦有多方的發表，戰後以民俗研究為中心。

　　現存短歌手稿除日治時期的 97 首外，亦有 1970 年代以後所創作的 197 首短歌。當中又以戰前的探討意義為大，因為手稿中保留著與當時短歌社主宰選者的親筆眉批教導痕跡，這對當時短歌走向及流派具有重要參考意義。郭當中一些作品也曾被日本歌人聯盟編選入《皇紀二五九四歌

3 月），頁 438；宮地伸一編，《研究資料現代日本文學・第五卷・短歌》（東京：明治書院，1981年 3 月），頁 35；木俣修著，《近代秀歌》（東京：玉川大學出版部，1983 年 3 月版），頁 35。
[3]所謂 31 字，是指 5.7.5.7.7 的定音律。例如：「わがせこを　やまとへやると　さよふけてあかと　きつゆに　わがたちぬれし（わが背子を大和へ遣るとさ夜ふけて曉露にわが立ちぬれし）」（目送弟親赴大和　夜深曉露浸濕襟），〈大津皇子竊かに伊勢神宮に下りて來まいし時，大伯皇女の作りませる御歌二首〉（大津皇子悄訪伊勢神宮時，大伯皇女作御歌二首），《万葉集》卷二，105 首。現在收錄在佐佐木信綱編，《万葉集・上卷》（東京：岩波文庫，1927 年 9 月版），頁 75。
[4]日據時期的佳里地方，多含鹽分，在行政劃分上稱為「鹽分地帶」。在新文學運動鼎盛時期，鎮上約有十數多人的文學同志，以佳里醫院做聯絡中心，常集會談文學，與全省的文學同道聯繫結交。並於 1934 年臺灣文藝聯盟結成時，成立佳里支部，常在文藝雜誌或新聞副刊發表文藝作品的，主要成員有郭水潭、吳新榮、王登山、王碧蕉、林精鏐、莊培初等。參自〈從「鹽分地帶」追憶吳新榮〉，《郭水潭集》（臺南：臺南縣立文化中心，1994 年 12 月），頁 250。（原載《臺灣風物》第 17 卷第 3 期，1967 年 6 月）。

集》，作品成就亦有值得探討之處。此篇初探將試著處理日治時期郭所作的短歌，至於戰後短歌的部分，尚待爬梳之事甚多，在此不做探究。

## 二、寫作年代

現存短歌手稿是書寫在 200 字[5]制式稿紙，上面記有「あらたま[6]原稿用紙」的字樣，每頁約 2、3 首，共 35 頁計 97 首。原稿未清楚繫年，唯見「五月號原稿」、「七月號原稿」、「八月號原稿」、「十月號原稿」、「十一月號原稿」、「十二月原稿」的標示。這些標示中的作品，對照郭當時發表在《あらたま》短歌誌上的作品，可確定「五月號原稿」中的作品有 3 首被選入 1931 年 5 月號《あらたま》的〈白光集〉，這是郭最早發表在《あらたま》的作品。「七月號原稿」中有 3 首被選入 1931 年 7 月號《あらたま》的〈夕顏集〉、「八月號原稿」中有 4 首選入 1931 年 8 月號《あらたま》的〈高山集〉、「十月號原稿」中有 4 首選入 1931 年 10 月號《あらたま》的〈蒼海集〉、「十一月號原稿」中有 5 首選入 1931 年 11 月號《あらたま》的〈星空集〉、「十二月原稿」中有 6 首選入 1931 年 12 月號《あらたま》的〈澄心集〉。

現存手稿亦有未標示月分者，經比對《あらたま》歌誌，得知分別屬於 1932 年 1 月號《あらたま》〈山峽集〉中的作品 3 首、1932 年 2 月號《あらたま》〈萌黃集〉中的作品有 4 首、及 1932 年 6 月號《あらたま》〈層雲集〉中 4 首，其中〈層雲集〉中的 4 首，是目前看到郭戰前所發表短歌最後的作品。戰前短歌手稿也止與此。由此可知此手稿為 1931 年 5 月至 1932 年 6 月的作品，這與郭在〈暮年情花〉中提到：「約 24 歲左右『喜弄短歌』並加入『あらたま』短歌會為同人」，[7]24 歲約 1931 年，其 1931 至 1932 年的時間互相吻合。

---

[5]直式十行、一行 20 字。
[6]「あらたま」換成漢字為「新玉」。
[7]〈暮年情花〉，《聯合文學》第 12 期（1985 年 10 月）。現在收錄在羊子喬主編，《郭水潭集》，頁 236。

## 三、當時歌壇

　　1931 至 1932 年的臺灣歌壇以臺北的「あらたま」歌社為最大短歌創作團體。而這正是郭所參與的短歌社。

　　《あらたま》歌誌，是其機關誌，第一作品集發行於 1922 年 12 月，僅數十頁的小冊子，以編者濱口正雄作品為主。1923 年 11 月，由於《水甕》[8]系統的平井二郎加入，1924 年 2 月正式參與編輯及發行等事務，使整個「あらたま」社上軌道。平井二郎更在所主導的《臺灣日日新報》歌壇欄中，培育不少人才，這些大都成為「あらたま」的同人或社友。到 1926 年 5 月，樋詰正治接手經營時，已有相當穩健的基礎。1927 年 11 月為慶祝創社五周年，發表有平井二郎的短歌集《攻玉集》。其中在卷末處記載著：

　　　　就算藝術離不開我們的生活，但也不可認為藝術即生活。藝術對我們而
　　　　言不過是一種遊戲、耽美、恍惚。我們擔心的是放恣與嬌慢，希望隨時
　　　　保持著純真、安靜、寂寥、強韌的藝術。「あらたま」是條自我凝視的
　　　　高踏之路。[9]

　　關於「あらたま」短歌社所講求的藝術觀點，根據島田謹二[10]的考察[11]，認為：

---

[8]《水甕》，短歌雜誌，創於 1914 年 4 月，尾上柴舟為主宰，其門下有若山牧水、前田夕暮等。尾
　上柴舟可說是最初把自然主義傾向帶入歌壇的第一人。
[9]平井二郎，〈卷末記〉，《攻玉集》，（臺北：あらたま發行所，1927 年 11 月），頁 4。
[10]島田謹二（1901～1993 年），東京人，比較文學學者。東北帝國大學英文科畢業。1929 年任臺北
　大學（今臺灣大學）講師。戰後擔任舊制第一高等學校教授。1949 年東京大學大學院比較文學比
　較課程初代主任教授。主要著書是《日本における外国文学》等，1992 年榮獲文化功勞者。
[11]參考自 〈「あらたま」歌集二種〉，島田謹二著於 1935 年或 1936 年 10 月初稿，1939 年 5 月補
　訂，登載於《臺灣時報》6 月號（1939 年）。現在收錄在島田謹二，《華麗島文学志──日本詩人
　の台湾体験》（東京：明治書院，1995 年 6 月），頁 422～438。

這既不屬於西歐傳來「人生派」的文藝論者，亦非「唯美主義」盲從藝論者。雖一見似乎無異於「藝術至上主義」，但這種遊戲、耽美、恍惚，原是繼承《古今集》、《新古今集》、芭蕉等的傳統，是東洋式的，可以說與「風雅」精神同義，是「水甕」派的基本痕跡。

「あらたま」短歌社慶祝十周年，另在 1935 年 4 月出版第二本短歌集《臺灣》，此歌集涵蓋各個階級及職業的人。島田謹二對歌集[12]評為：

大致受傳統詩感及歌型的制約的影響，以對異地自然環境的戚然靜觀作品為多且佳。歌風一面仍承襲風雅「水甕」系統，一面似受日本內地歌壇潮流影響，與「アララギ」[13]相通。亦即受到「アララギ」寫實主義的洗禮，呈現直接、素樸「寫生歌」的傾向。其倡導實相、寫生、傳神的標語，最主要就是要從日常生活中取得歌材，創造出實感，表現出人生深刻意義的理想。即所謂歌材上現實主義、觀照上實感主義、表現上寫實主義的詩境。

從以上島田謹二對當時主導臺灣歌壇的「あらたま」歌社所發行歌集的考察，知道主宰者平井二郎氏及樋詰正治氏的歌源背接近於「水甕」及「アララギ」派。而此點從現存郭與「あらたま」歌社切磋往返的短歌手稿中，可清楚得到佐證。

短歌手稿中，可看到負責選歌者樋詰正治本人的簽名及親筆的眉批修改的痕跡。1926 年起即由樋詰正治接手經營，到 1935 年所出版的《臺灣》亦是樋詰正治所主編，郭短歌學習創作的 1931 至 1932 年間，也正是

---

[12] 同前註。畫線部分乃筆者為加強而畫。

[13] 《アララギ》，短歌雜誌，創於 1908 年 10 月，以伊藤左千夫為中心，歷經大正、昭和至現今。是承襲正岡子規所提出「アララギ調」的和歌革新方式，主張現實主義的《萬葉集》調的歌風，強調「寫生」、「歌是生命的表現」、「內部急迫的吐露」、是「心志集中」的一種「鍛鍊道」。代表的歌者有島木赤彥、中村憲吉、土田耕平、斎藤茂吉等。其前身是《阿羅々木》。

蒙受樋詰正治的親自批點。

在一份回覆稿件上[14]，樋詰正治建議郭：

> 請多閱讀好的歌集。如：土田耕平[15]、中村憲吉[16]、若山牧水[17]、斎藤茂吉[18]、島木赤彦[19]、窪田空穗[20]等優秀歌人的歌集。想必定可從中能學得很多。

當中島木赤彦、斎藤茂吉、中村憲吉、土田耕平均是「アララギ」派的重要的領導者；而若山牧水則是「水甕」派出身而風靡當時的歌者。「アララギ」派重要的主張就是以《萬葉集》為依歸，用現實寫生的萬葉調，表現人生的真相。

所謂《萬葉集》是指日本現存最早的詩歌總集，在歌形上它完成從上古的音數不定歌謠體到以短歌為主定型化體的轉變，展現上古韻文演進的全貌；內容上由於作者上至天皇下至庶民百姓分屬各個階層，在各種社會

---

[14] 此稿件未明繫月份，是記錄在識別編號 11、12、13 首的原稿上。

[15] 土田耕平（1895～1940），歌人，長野信州人。1912 年跟隨島木赤彦學歌，是「アララギ」的一員。

[16] 中村憲吉（1889～1934），歌人，廣島人。七高時隨伊藤左千夫學歌，1915 年東大法學部畢業回鄉幫忙酒廠家業，1921 年進入大阪每日新聞社，1926 年回鄉繼承家業。這期間早已是「アララギ」同人，活躍於歌壇，回鄉後創作仍持續不斷，歌風厚重。

[17] 若山牧水（1885～1928），歌人，宮崎人。1908 年畢業於早稻田大學英文科。在學期間成為尾上柴舟的門下，刊行歌集數部。早期短歌以戀愛現實清新體驗為主，後受自然主義影響，偏向歌詠人生苦惱、悲哀幻滅的口語破調詩，人稱牧水調，是歌壇自然主義運動的中心。

[18] 斎藤茂吉（1882～1953），歌人，山形縣人。東大醫學部畢業。1917 年長崎醫專教授，1921 年赴德國留學 3 年，醫學博士。1927 年青山腦病院長。帝國藝術院會員。戰後為宮中御歌會始選者，1951 年文化勳章，1952 年得享文化功勞年金。在學期間受正岡子規的影響，進入伊藤左千夫的門下學歌，繼承子規萬葉調的寫生主義，與中村憲吉、島木赤彦等人共同在《アララギ》上鼓吹發展寫生短歌，成為大正期以後短歌的主流，在短歌史上具有劃時代的意義。

[19] 島木赤彦（1876～1926），歌人，長野信州人。長野師範畢為小學教員。事師伊藤左千夫，1913 年辭去郡督學職位，上京移住《アララギ》發行處，專心創作短歌之餘，亦在淑德女校教授漢文。主張萬葉調歌風、「鍛鍊道」的寫生短歌。

[20] 窪田空穗（1877～1969），歌人，長野東筑摩人，農家出生。1904 年東京專門學校（早稻田大學的前身）文科畢後，擔任新聞雜誌記者，1920 年在早稻田大文學部國文科講授和歌，1948 年退休。學生時代參與浪漫歌派《明星》創刊，後獨立創出現實主義的歌風。

背景下詠出不同風格的內容。基本上以抒情詩為主，感情真摯、表現渾厚、質樸、內容健康、語意雋永、有民族淳樸向上的精神。而其「萬葉調」是指與《萬葉集》歌風相近之意。歌風可分為歌思、歌格及歌調。歌思是指思想、感情；歌格是指歌的構造形式；歌調是指歌的聲調及韻律。由於調無法單獨存在，由歌思及歌格反映而成，所以歌調即成為歌的總合表現。故此「萬葉調」即《萬葉集》歌思及歌格的總合表現。它所表現的是一種真實的感動、強而有力的壯美。[21]島田謹二所言的「從日常生活中取得歌材，創造出有實感、表現人生深刻意義的理想」，即屬於《萬葉集》般的歌思。另外，《萬葉集》是奠定短歌定型韻文的主要文獻，[22]歌格自然不容忽視。所以從「萬葉調」的基本主張中，大致可推得應為遵守短歌5.7.5.7.7 一行式的固定形式、以風雅、詩意為原則，表達歌人真摯、純樸的情感。

　　有關歌格的事項，從郭的短歌手稿中，可看出郭大致秉著 5.7.5.7.7 的音律，及不加標點的寫法，所以未見有關此類的建言。但在「七月號原稿」以前的作品，郭習慣如下例般，上下句分行的寫法：

畑に出でてわが鍬握るこの頃は

病癒えつつ心安しも

（當下田拿起鋤頭的這時／感到病已逐漸痊癒，心中也跟著放下心來）

但對此，樋詰正治批道：

　　請不要上下句分行，採連續書寫方式

---

[21] 有關《萬葉集》及「萬葉調」參考：高文漢，《中日古代文學比較研究》（濟南：山東教育出版社，1999 年 11 月），頁 181～183。西尾實、久松潛一編《日本文學辭典》，頁 444～446。

[22]《萬葉集》131 首長歌中的一段：「夏草の　思ひ萎えて　思ふらむ　妹が門見む　靡けこの山5.7.5.7.7 的這部分是日本現存最早呈現短歌形式的地方。此種說法參自武川忠一，〈心・ことば・詩型など〉，《短歌理論》（東京：筑摩書房，1979 年 12 月），頁 12。

事實上 1920 年代末期以來，日本社會馬克思思想改革盛行，於文藝上所暢行的大眾寫實方式，也間接影響到傳統歌壇。向來主張「萬葉調」寫生的主流「アララギ」派中，亦出現不同改革的聲音，試圖打破短歌5.7.5.7.7 的音律、一行式、及不加標點的定型方式，用散文式的論述方式導入普羅社會思想，代替原應有的詩意，而出現各種不同類型的試作短歌，且風靡當時。

「あらたま」歌社領導者的方針從上可知道是屬於較嚴謹的「アララギ」派，但同人間實際創作的情形如何，若無實地探討研究所發行的短歌集恐無法確定。郭短歌雖然未能代表全面，但屬其中一類型是不容置疑的。

## 四、郭水潭與短歌

短歌可說是一種以「我」第一人稱的文學，[23]一首首短歌都是歌人「我」心路歷程的一個片段，閱讀一位歌人一生的和歌作品，如同閱讀他的「人生」故事一般。這對研究歌者本身具有重要的意義，同時對歌者不同類型的創作，也能達到更深層、精確的解讀的目的。

郭水潭以鹽分地帶文人聞名於日治時期的臺灣文壇，除以日文創作新詩、小說外，還擅長短歌，他還因短歌得職而傳為佳話。在戰後一篇〈暮年情花〉中他談到自己文藝創作就是起於和歌。[24]這種從學習和歌開始的文藝創作方式，對當時的日人作家而言或許不算特別，但對臺人則非易事。正如島田謹二談到臺人及日人短歌時：

> 同是處世難的吟詠，內地人與本島人的味道就相當不同。特別是後者雖然同樣用的也是國語，但就是缺乏國語（日語）韻律中很難定義的一種

---

[23]「短歌可說是第一人稱的文學，即使未明點，主語亦是『我』。從讀短歌中也可以讀到『我』這主角的『人生故事』」，俵万智，《短歌を読む》（東京：岩波新書，1993 年 10 月），頁 2。

[24]「我的文藝創作，開始於日本傳統文學的『短歌』，又稱為『和歌』」，郭水潭，〈暮年情花〉，《郭水潭集》，頁 236。

共鳴，這是一種直感。[25]

和歌難在於日文本身的自然韻律，這是一種日人天生的直感。對臺人而言若非對日文掌握能力有相當自信，恐怕難輕易駕馭。有關短歌的創作，郭戰後曾談過：

> 日據時期的臺灣地區有多種類的短歌誌，擁有同人數百名，日人佔多數，臺灣人不上十名。如斯情形之下，會作「短歌」的臺灣人，當然被日人所看重。想到這一點，我為著求職業，才作一首「短歌」寄遞當時的日政地方政府「北門郡役所」長官「郡守」。[26]

現在雖然已無法探知當時郭自我推薦所遞寄短歌實際的內容，但從文中一句「當然」的肯定，可看出郭本身對自己短歌創作能力的自信。在一次戰前的座談會中郭對日文用語問題曾提出：

> 我們本島作家的作品決非如同他們（內地人作家）所言有用語拙劣的問題。關於此點雖未必比他們好，但也決不會劣於他們。因為我們花盡心思在許多文法結構上，所以我們相信自己所呈現出來的文章不僅都是正確的日文，連講出來的日文會話都有正確的音調。這點雖無法勝過部分內地出生的人，但也絕不劣於他們。[27]

從中看到郭對日文的自信，及欲與日人平等抗衡的決心。這可從他積極參與日人主辦的文學結社如「南溟樂園」的新詩社、「あらたま」的短詩社、

---

[25] 自譯自島田謹二著，〈「あらたま」歌集二種〉，《華麗島文学志——日本詩人の台湾体験》，頁 427。

[26] 郭水潭，〈暮年情花〉，《聯合文學》第 12 期。劃線是筆者自己強調部分。

[27] 筆者自譯自郭水潭的剪報〈三月の臺灣文學放談會（一）〉，出處日期未明記，只知是某報的「學藝欄」，座談會的時間是 1936 年 3 月 16 日，地點在文聯佳里支部，出席者有郭水潭、黃炭、吳新榮、曾曉青、許華爵、鄭國津、林精鏐、葉向榮、莊培初、郭天留、李自尺。

甚至自薦入日本政府機關工作均可看出。實際上郭在所參與的事上備受肯
定，他不僅在工作崗位，為郡守上司代筆擬稿；新詩成為鹽分地帶的代
表；短歌也曾 14 首被選進日本歌人聯盟編輯的《皇紀二五九四歌集》；連
所作小說也獲得新聞徵募作品的佳作。在郭的短歌手稿中，也可看樋詰正
治對他的短歌的讚譽及鼓勵：

> 具有與眾不同天份，令人敬服，請大力創作
> 經過許久能再拜讀你的大作，真令人高興，請繼續不斷地創作下去

可見日文表現精湛的程度。

當時活躍於文壇上的臺灣文人多半屬小資本家、地主的子弟，並擁有
留學經歷。而他僅以公學校高等科畢業學歷，無任何顯赫背景，卻能在儕
輩中脫穎而出在臺灣文學界擁有一席之地，是極為特殊的例子。這可能與
他個人的努力、天生詩人的敏感度；積極加入日人主辦團體，不斷與人相
互切磋學習進取的態度；以及不服輸的個性，欲在殖民環境中爭取文學創
作上人人平等的權利有關。郭曾在〈臺灣日人文學概觀〉中提到：「臺人
對於新文學，好像得到武器一樣，要拿來為文學而革命」，[28]是一種武器革
命的爭取。

在國語政策同化的殖民教育下，對臺灣知識人而言日語不僅是吸取知
識文明的必要手段，也是對統治者要求平等與自治權的重要根據。[29]郭也曾
在評論中發表：「唯有使用具政治、經濟、學術等有絕對影響力的執政者
語言，才是新文學未來發展的主流」。[30]所以對郭而言，日語無疑是掌握未

---

[28]郭水潭，〈臺灣日人文學概觀〉，原載《臺北文物》第 3 卷 3 期（1954 年 12 月）。現收錄在羊子喬
主編《郭水潭集》，頁 309。

[29]「蔡（培火）等臺灣知識人瞭解到，國語教育不僅是接近文明的手段，也是對統治者要求平等與
自治的根據」，出自陳培豐，〈〝文明の中へ〞囚われた一連の言語改革運動の限界〉，《「同化」
の同床異夢——日本統治下台湾の国語教育史再考》（東京：三元社，2001 年 2 月），頁 237。

[30]「所有語言的構成和發展，都離不開政治性、經濟性、學術性、歷史性」，原載於郭水潭，吳新
榮著〈聯合評論——二、日文派的勝利〉，《臺灣新民報》（1935 年）。現收錄在羊子喬主編《郭

來希望的重要因素。新文學運動對臺灣知識份子而言，與非洲人面對法國殖民國，所興起的「黑人文化認同運動（negritude movement）」[31]其實有類似的本質。

黑人文化傳統認同運動是後殖民批評領域最早的啟程之一。意旨在反抗殖民者所冠上落後、愚昧等概念，透過殖民者「文明」的語言，創造文學，來證明黑人世界在各種價值展現出澈底的文明化。這是一種自我領悟、自我克服的心境，期待以此達成與文明世界和諧接軌的任務。並直接且不含糊的反對，關於非洲任何野蠻、醜陋、愚昧的武斷概念，打破被虛構的神話，其意義在於把歐洲人對非洲的想像推向評論界關注的中心，對西方文明的專橫進行嚴厲質問。其精神在於知道自己身為黑人，維繫著一個黑人的命運、歷史及文化，是對自身肯定的事實，表達出黑皮膚獨立的自我，是無可懼怕，無可自慚的。雖然從運動中仍可看到與殖民國文化藕斷絲連的關聯，但仍可視為對殖民主義批判的一個重要進程。

若說這種文化認同運動使黑人世界得以進入非法國母語本土以外的法語文學的動脈中，[32]其日治時期以日文創作的臺灣新文學運動，似乎也可說是使臺灣人世界得以進入非日語母語本土以外的日語文學動脈中。藉之展現臺灣文明化程度，把日對臺虛構的想像推向同一平等臺上評論界關注的焦點。這可說是殖民框架中，被殖民的知識分子批判殖民主義的一種必經道路。

---

水潭集》，頁 163。

[31]「"négritude"」這概念不僅包含著對黑人文化傳統認同的一種反種族主義與反殖民文化心態，其深層還包括著對非洲黑人文化、黑人身分、黑人地位及黑人自然特徵傳統充滿自豪的心理特徵。有的學者翻譯為黑色性運動，我們建議翻譯為黑人文化傳統認同更宜於理解」，這辭最早出現在馬提尼克島詩人艾梅・賽薩爾的〈重歸故土〉（"Cahier d'un retour au pays natal"）該詩，發表於 1930 年代末。但此辭早在 1934 年即首次出現在留學生於巴黎所創刊的《黑人學生報》中。賽薩爾對其定義：黑人文化傳統認同精神就是知道自己為黑人，這種簡單的自認意味著接受這個現實，維繫於作為一個黑人的命運、自己的歷史及文化。巴特・穆爾─吉爾伯特等編撰；楊乃喬、毛榮運、劉須明譯；楊乃喬校對，《後殖民批評》（北京：北京大學出版社，2001 年 3 月），頁 54～63。

[32]根據羅伯特・法農（Robert Frazer）說：「『黑人文化傳統認同』得以進入『法國本土以外的法語文學的動脈』」，引自巴特・穆爾─吉爾伯特等編撰；楊乃喬、毛榮運、劉須明譯；楊乃喬校對《後殖民批評》，頁 56。

　　郭即是這種新文學運動潮流中的一員，為展現臺灣人文學的獨特性而創作，跟其他知識份子不同的是他以學習日本傳統的和歌為文學展現的開始。吸收日本傳統特有的美學概念，用近乎完美的日語，當臺灣主體文學革命的武器，表達自己與臺灣。其本身的荒謬性、與「自我」的疏離性、矛盾性，其實就是一個被殖民民族活生生的側面。

## 五、短歌以「我」為主體的本質

　　　　短歌定型在成立之初起秉著構造機能，上句及下句可以想成是一面面映
　　　　在鏡子的虛像。隨著兩面虛像鏡子的接合交織出無限虛像的排列中，深
　　　　刻的出現一個臉，而這臉須是私文學性短歌中的「我」不可[33]

　　短歌是歌人因心中瞬間的感動，以 31 字表現出來的一種抒情詩。但當中如何用 31 字讓這個悸動透過虛像在現實空間中表現出來，讓讀者也能同感身受，即是歌人的目的。創作短歌，不只是一種感動共鳴的追尋，更是歌者──「我」自我呈現及探尋的過程。與其說歌人吟詠著感動，倒不如說是透過一首首感動的詩篇，讓人看到背後「我」的存在，透過這些幫助自己更加了解自己，達到自我療治的過程。如：

　　1.わが友はああ捕まれて獄にありコンミニストの罪ぞ重かろ
　　（我的朋友啊！遭到逮捕入獄　共產黨的罪名也未免太重大了呀！）

　　2.反逆の烽火を大地に企つるコンミニストよ悲壯なるべし
　　（企圖掀起大地反抗烽火　共產黨員呀！太悲壯了）

　　3.マルクスは君が慈愛の父なれどその名を呼ぶさへ憚るこの世
　　（你所敬畏如父的馬克思　在這世間可是讓人連稱呼其名就畏懼的呀）

---

[33]出自永田和弘著，〈文体について〉，《短歌理論》，頁 101。

4 捕はれて獄舍のうちに日をおくる君が濡れ衣の乾くはいつぞ

（夜以繼日在禁錮的獄中　你淚濕的衣裳將幾時乾啊）[34]

5.消息を絕ちて八年わが友の獄にゐるを知りて淋しも

（得知音信絕辭八年的朋友禁錮獄中　真是令人悵然落寞啊）

　　以上乃郭八年未有老友蘇新[35]的消息，忽然收到他來自獄中的信函。才知道他竟然成為共產黨員，因政治思想牽累入獄，郭在衝擊之下所作的五首連續作品，其題名為「給我所敬畏的鄉友蘇新君」。

　　在 1 首、2 首、3 首中，看到歌人對整件「共黨」事件的嚴重性加以說明：1 首以犯「コンミニストの罪」（共黨罪），嚴重罪名的角度切入；2 首則從「反逆の烽火」本身的意義進入，是種悲壯的行為；3 首則以當時人皆懼怕談論代表共產主義的領導者「マルクス」（馬克思）的名字著手，強調蘇所為非一般人所能及。

　　從哀歎定罪的「重」人；感佩行事方法的「悲壯」；到讚其世人不敢為而篤信為之的勇敢，雖可看到歌人對投入社會改革運動的共產黨活動表示關心，並流露感佩之情。但所謂短歌並非只是以一般人的眼光對世界周遭進行批判或發表感言，而是要把周遭的世界引進「我」的世界中，並從中看到「我」所扮演的角色。現在既是朋友的角色，親密老友出事，其感動就不應止於對事件本身的說明或感歎，應深及與當事者間的情誼，才能引發抒情令人動容。

　　4 首及 5 首最大的不同在於歌人已從站在圈外對事的客觀評論，轉向身為朋友的關係上，發出對友人本身的關心，及不捨的思念。

---

[34]這「淚濕衣裳」表面的字意，內含「蒙受冤屈」之意。
[35]蘇新（1907～1981 年），臺南佳里人。1922 年臺南佳里興公學校畢業後，就讀臺南師範學校。1924 年受退學處分，留學日本東京大成中學，後就讀東京外語學校。1928 年加入日本共產黨，參與臺灣共產黨的設立工作。1929 年返臺，1931 年為臺灣共產黨中央宣傳部長，為當局逮捕，判刑 12 年。戰後參與編輯《政經報》、《人民導報》，1947 年赴香港，1948 年加入中國共產黨，1949 年赴北京。文革中遭下放勞改，1978 年得以平反，1981 年病歿。

4 首：「君が濡れ衣の乾くはいつぞ」，淡淡一句「いつぞ」，「何時了」的反問，道出了對朋友紙短情長的關心。其「濡れ衣」除沾濕的衣襟，具有獄中悲傷，淚流何時止的傷感外；亦有冤獄的義涵，帶著不實罪名的指控，何時洗刷冤情的不捨在其中。這句話把整件事帶進了「我」為朋友日後牢獄生活的漫漫歲月，情何以堪的無奈而跌入心痛的深淵中。

5 首：面對形同失蹤八年未見的老友，知道時人已在禁錮中，這樣無奈又心痛的事實陳述中，已和下句落寞的「我」輕微抱怨的影像合而為一。整個心中落寞的結，即是老友發生如此重大事件，「我」竟被度身事外，有種不被重視之感，無法幫得上忙，空留遺憾及寂寞的心。郭在這 4 首、5 首中，把面對老友出事，抓住瞬間的感懷，把現實世界透過精簡語言的鋪排，呈現質樸、純淨、誠摯對朋友的感情，是極為不錯的短歌。

其實從以上對蘇新入獄所作五首連作中，可看到內心不斷衝突流動「我」的基本姿態。從「給我所敬畏的鄉友蘇新君」的前提中，本預想可看到一個支持、並以朋友為榮的「我」出現。但面對如此重大反判的罪行，最先看到的是一個畏縮矛盾的「我」。「我」似乎選擇躲進人群中，以世人的觀點來看所謂令世人畏懼的罪，先為自己釐清立場，然後再回到純朋友立場的加以關懷。既「敬畏」又刻意劃分本人與此事無關的姿態，把身處被殖民窘境的矛盾個性，從短歌中「我」的表現顯露無疑。

同樣是屬個人抒情性的新詩，卻與短歌的寫法不盡相同。短歌是一時感情瞬間悸動的掌握，新詩對郭而言，是感情沉潛後的表達。所以在郭的短歌中可看到歌人「我」感情瞬間變化流動的一面，但新詩所看到的是詩人「我」客觀冷靜的訴說。

同樣是寫給蘇新，新詩發表，已事隔兩年後的沉澱，當時對老友的出事的瞬間悸動，已昇華成為來自〈故鄉的書簡──致獄中的 S 君〉。把整件事放進故鄉的共同空間中，透過共存的童年、家鄉的記憶，穿插現在及對人生的看法，時與空、現實與記憶交錯交織而成。這是一種咀嚼過後產物，雖然詩的背後仍是個「我」，但此時的「我」已蒙上一層保鮮膜，不

是活生生與世間空氣直接碰觸，有時新鮮、有時腐壞、有時會氣化等變化多端真實呈現的「我」。這是短歌與詩最大的不同。

## 六、藝術寫生的短歌

郭在〈臺灣日人文學概觀〉中認為：短歌是種永遠的文學，不會因時代變遷而停滯，形式雖舊，但卻會隨時代不斷革新，是一種個人對「自然風物」及「生活感情」藝術寫生的結晶。[36]而這「寫生」的概念源自正岡子規，即是「アララギ」派的基本主張。依主導者之一的斎藤茂吉對「寫生」[37]一辭定義：寫生即為寫「生」。具體來說，如：眼前的山川草木、鳥獸魚介、個人、集團、社會、國家、觀念的世界、喜怒哀樂的感覺，都是具體現實的「生」，所以把這個「生」表現實行出來即是寫生。郭似乎也落實這種寫生的概念，區分為「自然風物」及「生活感情」的寫生，而從他實際上的創作中也可看到這兩大主題。

### （一）臺灣自然風物
### （1）古寺

1.写生に來りて見ればおさびたる古寺眺めて歌心湧く
（寫生來到此處，四處巡景眺望，腐朽古寺現入眼簾，頓時湧上歌心）

這是在古寺四首連作的第 1 首，為以下三首短歌的展開敘述說明。至於為何來寫生？心情不佳或閒來無事？在此並無點出，只說明前來寫生看到破爛腐朽的古寺而頓時湧起詠歌之心。一看「さびたる」寂寥古寺，在

---

[36]「（俳句‧和歌）此種文學的目標均在致力於臺灣的自然風物和生活感情的藝術寫生」、「此文學形式雖舊，內容卻跟著時代而革新。所謂『舊瓶裝新酒』儘管時代變遷，但不受其影響」，原載於郭水潭著，〈臺灣日人文學概觀〉。現收錄在羊子喬主編，《郭水潭集》，頁 301、308。

[37]此歌論原出自斎藤茂吉《短歌寫生の說》，鐵塔書院刊，1929 年 4 月版，其書收錄斎藤 1919～1920 年發表有關歌論的文章。此篇歌論引用參自菅原峻著〈寫生〉，收錄在淺井清等編《研究資料現代日本文學‧第五卷‧短歌》（東京：明治書院，1981 年 3 月），頁 199。

日本傳統藝術美學上是一種靜瑟、穩定、閑寂、枯淡、幽玄的深化的意像呈現，令人不禁期待以下三首郭要如何鋪排來具體展現此種情趣。

首先，隨著歌人的視野環視破舊古寺全院外觀：

2.香を焚く僧一人なし境內は蜘蛛と屋守の天地なりけり

（焚香僧侶空無一人，古寺境內成了蜘蛛與守宮的天地）

上句以古寺內院既無香火又無僧人，充分表達破舊古寺了無人煙，失去昔日光彩的蕭條寂寥之感。但下句的蜘蛛與守宮滿境內的鮮明意像，卻顛覆了日本古寺特有的寂寥美學。蜘蛛與守宮都屬於夏天的昆蟲，其晦暗不討喜的外表下，又有喜在暗處伺機而動，隨時覓捕不知情的小蟲落網的陰森習性，只要一隻在四周爬行就足以令人不悅，在此歌人竟把原本令人不由得感懷古寺的靜態情緒，突然化成一隻隻蠕動爬行的守宮及結滿蜘蛛網爬蟲世界的動態視覺，頓時把原本類似日本古寺蕭瑟的色彩，拉回屬臺灣夏天悶熱，昆蟲繁生的特有景象。為死寂氣氛中加入強韌生命力，蜘蛛及守宮雖卑賤其貌不揚，但卻是臺灣維持昆蟲與人類自然生態的重要功臣。

接著歌人把目光放在古寺內部：

3.乞食らの日頃住むなるこの寺に破れ蓆のおかれてあるも

（成為乞食者平日居住的這古寺啊！也還鋪著破蓆呢！）

寺內一看竟然舖有破草蓆，無疑是乞丐們平時居處的痕跡。乞丐們因古寺得以避風雨，而古寺也因乞丐居住而有立存價值。這種寺廟與乞丐相互共生的情形是臺灣特殊的場景。歌尾的「も」表現出發現當時瞬間產生的驚異心情。

4.荒れ果つるここにまことの自然ありカンヴァス六号におさめて帰る
（在古寺）
（荒蕪僻壤的此處，有著真正的自然，將盡收於六號畫布中滿載而歸）

這荒蕪極至的古寺有著真正的自然，歌人的「我」要把它盡收畫中帶回去。

從 1 首到 4 首，一連四首中看到：令郭湧起歌心的是一種腐朽古寺所帶出寂寥感；而令郭感動收入自己編織境界的是一種「まことの自然」（真正的自然）。古寺、蜘蛛、守宮、乞丐破蓆的結合，是臺灣真正毫無保留的自然呈現。這些雖都屬於被邊緣化不受重視，無美麗外表，正如荒蕪腐朽的古寺無法跟金碧輝煌的廟宇比美一樣，但其強韌的生命力，在自然界互相制衡、共生的規律下，得以綿延不斷繁衍下去，這就是真正的自然，是一種生命底流的蘊含。郭透過歌人「我」在古寺寫生發現了屬於臺灣自己「生」的價值，但在發現的同時，也不得不承認自己所處醜陋的真實環境，正如蜘蛛、守宮、破蓆、朽寺一般，這種無以言喻的痛所伴隨著的生，或許就是郭所找尋臺灣真正的自然。

從以上可看到郭對自然風物吟詠的短歌中最大的特色就是在日式意象營造中，轉注入臺灣在地強韌的個性、風情及內在流於殖民血液中的淡淡悲情。

郭除吟詠古寺臺灣風情外，臺灣的季節——秋季、植物——檳榔樹、動物——白鷺鷥、民俗活動——中元節等都是他激發瞬間感動的寫生對象。

（2）秋季

在吟詠季節上，郭獨愛——秋：

1.屋根づたひに幽けき秋は來るらしひやりと晴れし日曜の朝
（屋簷傳來的似乎是幽幽的秋意，清冷又晴朗，好個星期天的早晨）

2.黄金なお稻の穗波もどこへやら切り株の上を渡る秋風

（金黄色的稻米穗波蕩漾，秋風啊!越過收割過後的殘株，要趕往何處呢?）

「秋」及「日曜」（星期天）對郭來說似乎情有獨鍾，在〈秋心〉[38]「我從那裡汲取詩情」的新詩中，可看到秋季對歌人來說是詩情思湧的季節;星期天則會令詩人感情跳動，[39]所以常可看到以此季節時分為主的詩篇或短歌。

1 首：風吹屋簷傳來幽微的聲響，似乎訴說著秋天來了。真是好個沁涼天晴的星期天早晨！

秋天晴朗的早晨在日式美學下所營造出的是：秋天溫和太陽升起，照得葉上露珠光耀美麗，配上涼涼秋意的晨風，及鳥兒嬉戲樹梢的清脆叫聲，展現整個秋高氣爽的宜人氣氛。在如此清爽的早晨意像中，郭把星期天的休閒帶入，一種閑適慵懶的喜悅從此展開。但就在這種溫柔閑靜喜悅的感受中，郭加入屋簷被風吹動傳來似有似無幽幽的聲響，把秋的氣氛神祕詭異化起來，使原本愉悅早晨，添加一種深化陰影。無怪乎此歌被樋詰正治評為「飄蕩著說不出特異的味道」。

2 首：豐碩的稻穗隨風擺蕩閃耀著金黃的光芒。秋風呀！你越過稻穗渡過殘株將往何處去呢？

待收割的金黃稻穗與收割過後的稻株相得益彰的景色，是秋天特有豐收的原野風光。在滿足豐盛充滿的氣氛中，郭又一轉引人進入秋風吹向何處的杞人憂天淡淡的秋愁中。

---

[38] 〈秋心〉，原載於 1930 年編的 1929 年《自選詩第一集郭水潭篇》，又見於《南溟樂園》第 4 號（1930 年 1 月），現有蕭翔文譯〈秋心〉，收錄在羊子喬主編，《郭水潭集》，頁 38。

[39] 「少年星期天的感情一直在跳動」，此句出自〈送別秋天〉，原載於 1930 年編的 1929 年《自選詩第一集郭水潭篇》，又見於《南溟樂園》第 3 卷第 1 號（1931 年 1 月），現有陳千武譯〈送別秋天〉，收錄在羊子喬主編，《郭水潭集》，頁 45～46。

## （3）檳榔樹

> 梹榔樹の高き梢のあたり光ゆたかにのぼる月読
> （檳榔樹梢的天際　高掛著光芒豐盈的月娘）

　　檳榔樹是南國熱帶風味的植物，其季節為秋。[40]「月読」為月的雅稱，比月亮多一份神祕黑夜主掌之神的意象。「月」在未標明「春月」或「夏月」時，基本上是屬於秋季。所以一幅秋天檳榔樹梢高掛月的場景即浮在目前。郭隨著「高」瘦樹梢的延伸，抬頭仰望神祕的星空，隨即與一股從天而降盛大「豐盈」光芒的月亮交匯於樹梢天際中。一是由下而上的樹景，一是由上而下的天景；一是細長高聳實體樹梢的意像，一是神祕深厚虛幻月光。上下虛實交錯剎那間爆出的是驚異及夢幻般的詩感，創造出浪漫耽美的臺灣風情。

## （4）白鷺鷥

> 田におりて餌をあさり居る白ざきのこの冬雨に寒しと思ふ
> （田野間來了覓食的白鷺　啊！今年的冬雨真是寒冷呀！）

　　田裡來了不速之客——白鷺在覓食著。啊！今年冬天所下的雨特別的冷。上句的白鷺在田中能夠不受驚嚇的覓食，點出周遭的靜謐。下句冬天的雨，使天空顯得特別晦暗，故倍覺寒冷。在一望無際浸水的田野中，只見白鷺安然覓食，寂靜中使綿綿不絕的雨聲顯得格外響亮，增添冬雨冷濕的氣氛，自然倍覺寒冷。此歌樋詰正治認為「*手法稚拙反而好*」。

---

[40]「檳榔樹」編屬秋季季語，是根據小林里平編，《臺灣歲時記》（東京：政教社，1910 年 6 月），頁 245。其中「檳榔樹花」編入夏季，頁 162。

（5）中元節

1.施餓鬼の日皆に拝めと殊更に村の習はしぞ可笑しかりけり
（佈施餓鬼的日子，到處皆拜拜　村中的習俗真是可笑啊！）

2.いにしえの死して見えざるルンペンに餐と與ふる月は供する
(供上祭品給古時死去看不見的流浪漢與月共享)

3.果物のよきをえらびて餓鬼共にいと鄭重にお供へをする
（精選著水果　鄭重地供奉著餓鬼們）

4.とりどりの油燈ともして軒毎に中元來れば風情も變る
（屋簷懸掛各式各樣的油燈　中元一來風情也隨之變化萬千）

5 戲れに嘘つく人にだまされて鬼火といふをこわごわわれ見つ
（嬉戲作弄騙說是鬼火　雖害怕卻又頻頻望之）

臺灣「施餓鬼」就是所謂的七月普渡，祭拜普渡所有的孤魂野鬼。祭典當時各村莊會舉辦各種地方戲，家家會準備豐盛料理宴饗賓客，並設立祭壇濟渡餓鬼。有些地方會掛上大型燈籠，有所謂燈籠會，是七月夏天的祭典，即中元節。郭把臺灣中元節的拜拜、掛油燈、嬉戲熱鬧的情景展現無疑。當然當中也可看到郭批評的此習可笑的話語。這正如他在〈故鄉的書簡〉[41]中「快樂的祭典／儘管它是屬於無啥意義的」但「古老傳統的祭神祇的／慶典是真正自由節目／不是本著人性尊嚴的閃爍嗎」把臺灣民俗的祭拜信仰介定在表現臺灣人自由、人性尊嚴上的論點上。

島田謹二在〈「あらたま歌集二種」〉中，提到在臺日人對於臺灣不同的氣候、風土、人情所產生異國感動、及懷鄉等情懷是其短歌主要方向。

---

[41]〈故鄉的書簡〉原載於《臺灣新聞報》文藝欄（1934 年 5 月）。現有月中泉譯，〈故鄉的書簡〉，收錄在羊子喬主編，《郭水潭集》，頁 74。

相較於日人異國懷鄉風情的短歌，郭所營造臺灣土地風情的短歌就與日本歌人大異其趣。或許這就是樋詰正治氏誇讚郭的歌具有「與眾不同」特殊魅力的地方。

## （二）生活感情

短歌寫生中，另一個重要的範疇是日常生活的感動。這種生活式短歌最早倡導於石川啄木[42]所倡導要把握生活中「心裡的微動」：

> 有關歌的內容，沒有所謂像不像，或是不是歌的問題，任何想吟詠的事均可自由歌詠。就因為只有人類才會想要珍惜在忙碌生活中，浮現於心頭上剎那的感動。故吟詠出來的歌必將永恆不滅。[43]

由於這種短歌偏向於個人色彩，剛開始並未被大眾接受。但隨著自然主義風潮、[44]普羅大眾思想襲擊短歌界，而使得這種生活式短歌流行整個大正、昭和年間，可說是席捲整個和歌界，甚至延至現代。所以歌詠平凡生活的短歌是近代短歌是最大的特色，其中與傳統和歌最大差別在於近代短歌會把人生的疾病、貧窮、不幸等負面隱私的一面直接帶入歌中[45]。這種直接凝視人生為何而活？人生的苦惱以及寂寞的真相為何的吟詠目的，使整個平凡的日常生活都成為歌詠的題材，個人內在感情都成為藝術寫生的重

---

[42]石川啄木（1885～1912），詩人、歌人，岩手縣人。自幼有神童之稱。盛岡中學在學中，受與謝野鐵幹浪漫詩歌的影響，學校中退參與《明星》詩歌的製作。20 歲出版《あこがれ》享有文名。他本著對文學的熱情，嘗試各種文類，但不被當時人所接受，在其貧窮、失意、潦倒、病痛、對社會動盪的失望中，在他和歌的創作中，吹起一股新風，即所謂生活派三行式短歌，1910 年發表《一握の砂》。1911 年總算在東京「朝日新聞社」得到穩定校正工作，即將脫離生活苦的困境時，因病情逐漸惡化，未等到最後一部遺作《悲しい玩具》出版，已與世長辭，享年 26 歲。他的短歌在明治當時雖未引起風潮，但卻深深影響著大正、昭和的短歌界，如短歌大眾化、不用典故、口語的思考方式、破格等改革式短歌等均是，至今仍是受人喜愛的歌人之一，有「國民詩人」「天才詩人」之稱。

[43]原刊在石川啄木，〈歌のいろいろ〉，《東京朝日新聞》，1910 年 12 月 20 日。現摘錄自條弘著〈近代歌論〉，《短歌理論》，頁 204。

[44]有關自然主義與短歌之間的關係會另擇篇發表。

[45]「在 1300 多年的短歌史中，近代短歌的特異性最顯著的是所謂把疾病、窮困、家庭的不幸等實際生活的不幸，直接帶入作品之中」，出自佐佐木幸綱，〈抒情と造型〉，《短歌の本——II 短歌の實踐》，（東京：筑摩書房，1979 年 11 月），頁 20。

點。故生活式短歌，比較可以看到歌者所呈現較個人內在隱含的一面。

　　但過於個人平凡生活的暴露，或許容易失去藝術的真意，對此從浪漫詩人出身的島田謹二語重心長的評論：

> 「あらたま」同人往此道深研是不錯，但結果是否如當時的宣言達到「鑽研提升詩歌，深化耽美」的目的，合乎所謂「あらたま」新玉的名稱。看到呈現在《臺灣》的作品，是否達到其理想，恐怕令人生疑，說其量不過比平淡無味稍好一點而已。短歌既屬藝術品，不可置否的唯不可缺乏應有馥郁的芳香吧！而藝術品的芬香絕不是一部分人所認為是浪漫奔放的幻想或空想、亦不是華麗高雅詩語表現的味道。這裡所指的不是這種局部的或是外在的東西，而是所有短歌傑作所必須具備作者透過個人深刻、銳利、鮮明觀照，所帶出特別的一番滋味。或許可以忍受素材切割及表現的平庸，但作者若失去內心的彈力，也就無法得到鮮明高澄的心境，而不過是個人主義的表現，平淡無味未必不好，但不可失去詩的真意才是重點。[46]

多少可推知當時臺灣歌壇這種生活式短歌的盛行情況。郭本身也是一個詩人，故其生活紀錄作品也大都不失詩意。

　（1）疾病歌：

> 畑に出でてわが鍬握る此の頃は病癒えつつ心安しも
> （當下田拿起鋤頭的這時候／感到病已逐漸痊癒，心中也跟著放下心來）

　　外出下田去，當拿起鋤頭的頃刻間，啊！我病真已日漸好轉了，頓時安心不少。

---

[46] 此評論參考自島田謹二著，〈「あらたま」歌集二種〉，《華麗島文学志——日本詩人の台湾体験》，頁431～432。

　　沒有一件事比罹病痊癒更令人安心。病癒的佐證，歌者以具體可以下田工作的健康形象來表達。但這還未足以表達「啊！我真的痊癒了」的安堵感，所以歌者在此以手握鋤頭剎那間，得知自己力道回復的瞬間實感來表現「心安」的抽象情緒。「心安」一詞，比起病癒心「喜」，更多了一份責任及自許感。故一個自我期許甚高、深思遠慮、負責、勤勞農村青年的形象，頓時躍然目前。

　　　病みついて天井にはふ蟻見ればわれ恥かしきけなげな姿
　　　（躺臥病床看著天花板　雄健螞蟻正逞著英姿呢！　真是慚愧啊！）

　　對照起仰躺臥病在床的自己，爬行在天花板上螞蟻的勇姿，讓人羞愧到無地自容。

　　以臥病的「恥」態，對照螞蟻勤奮工作的 「けなげ」（健氣）姿態。「健氣」有剛毅的、英勇的、有為的、可托付重任的含意在其中，這亦可看為「我」對自己的期許。「恥」字下的重，已超出感歎、無奈情緒發洩，而進入自我批判的境界，自我期許高姿態的「我」，再次呈現目前。

（2）經濟苦歌：

　　　1.失業の悲愁もなけれしあはせと俸給眺めてためいきつくわれは
　　　(失業的悲愁並未臨到，真是慶幸啊！　望著薪俸不由得輕輕地歎了息)

　　失業的悲愁沒臨到我，我滿心幸福地望著剛拿到的給俸，不由得放心的鬆了一口氣。

　　　2.俸給を手にして淋しこの頃は借金かさみてみじろぎよらぬを
　　　（手捧著薪俸備覺落寞　近來重重的借貸壓得動彈不得呀！）

　　手雖捧著薪俸但突然間一股寂寞臨到心頭，因為這些日子來，所借款項之多讓人不知所措呀！

　　3.生活に追はきてただ逃げ惑ふわれは疲れて物言ふを得ず
　　（被生活摧逼的只能一味地焦急逃脫　身心俱疲得無以言喻啊）

　　生活！生活！被如此的壓力所追逼，歌人只能逃避而不知所措，疲乏至極到無言以對。

　　這三首連作把「われ」（我）從拿到俸祿沒有失業之苦的喜悅輕鬆（1首），隨即想到這些錢還等著償還借貸，頓時間又跌落寂寥的苦境中（2首），而這種負面情緒一直擴大把整個生活變成無形的網羅，人在其中只有困惑及疲累得無以言對（3 首）。這裡清楚的塑造成一個被經濟重擔壓迫的青年形象。

（3）個人感情歌

　　郭有著豐富的感情，無論是對親人、友人或是不認識的同階級的人都有濃厚的情感。

　　郭很少描述有關其父親的事情，只在〈追憶我的母親〉[47]中略提到：其父原開創經營酒廠及糖廓，後日據臺受其政策壓迫遭廢業，不得不轉業務農。從「不得不」用語中看到作者心中對父親務農的不捨及無可奈何。

　　皺苦茶の父が稼ぐを見る度にわが不甲斐なさをしみじみ思ふ
　　（每每看著皺紋滿佈的父親工作　自己無用的感受更深刻啊！）

　　一句「皺苦茶」點出累累皺紋的老父親還為生活，辛勤工作的不捨。但自己又無法改變現狀，只得感歎自己的無用。從和歌中可看平日不善表

---

[47]郭水潭，〈追憶我的母親〉，收錄在羊子喬主編《郭水潭集》，頁230。

達的親情盡露其中。

　　日曜を父と畑にでにけりほのと明けゆく朝を嬉しむ
　　（星期天與父親下田去　共同歡喜迎接天色漸亮的清晨））

　　星期假日的清晨，朝日尚未升起之際，陪父親下田幫忙，成為對父親
最大的孝道，與老父一同經歷天際曙光自然轉變的奧妙，是多令人愉悅的
事，流露出父子深情。
　　另外，他對朋友或不認識的人也同樣熱情：

　　午後の五時工場帰りの友達の油じみたる手の親しさよ
　　（午後五點工場歸來的朋友　沾滿油漬的手是多麼親切啊！）

　　迎面而來的是剛五點從工廠下班的友人，握著他那沾滿油漬的雙手，
我們之間更接近更親密呀！

　　ルンペンの友が住むなる高雄まで翼をかせよ空の白鷺
　　（空中的白鷺啊：　請借給翅膀，帶我到失業老友所住的高雄吧！）

　　此是為老友陳奇雲所作的歌。老友失業在高雄，恨不得馬上飛去探
望。連天上飛的白鷺都想向牠借一雙羽翼，可見其擔心之程度。

　　トロ押しが汗タクタクの息づかひに車上のわれはすまなく思へり
　　（推車手汗流浹背氣喘吁吁地推著　安座車上的我們多麼愧疚啊！）

　　「トロ」是指輕便鐵軌上的工程用的手推車。眼看鐵道工人汗流浹背上
氣不接下氣的推著手推車的工作著，令車上的我坐立難安感到十分歉疚。

　　失業の彼を憐れむわが情け用なくて買ふ便箋紙かな
　　（憐憫失業的他　無奈盛情下買了信紙呢！）

　　都是同情失業的他所惹的禍，而無奈買下了這信紙！懊惱的心情易而
可見。

　　從上可看到一位感情豐富卻不善表達的年輕歌人的模樣。雖然自己生
活經濟、社會地位並不豐渥，但仍關心著別人。

（4）失敗自嘲歌

　　麻雀にひどく敗けたる歸りみちに犬吠ゆるこそ腹立たしけれ
　　（麻將慘敗回來的路上　被狗吠得火冒三丈呀！）

　　打麻將慘敗還不說，竟然在回家路上被狗吠，所有的怒氣一起而上。

　　儲けようとすればする程損をせしマーヂャンの夜を悔いてわれ居り
　　（越想賺錢損失越大　真是令人懊惱的麻將夜）

　　原本要翻本的，結果損失更慘重，越想越懊惱，只得一人獨自悔恨在
麻將的夜中。

　　ひねくれて物言ふ人となりにけりすべてにそむくわがこの頃
　　（變成拐彎抹角不乾脆的人　正是眾叛親離的最近寫照）

　　不知曾幾何時自己成了如此不乾脆的人，個性彆扭得罪不少人的樣
子。最近更成了所有人所唾棄的對象。

　　這是一個失敗軟弱青年懊惱的姿態，除此不欲為人道習慣外，有時還
會有憤世嫉俗的一面：

偽りのはげしき世なりなげかしく今日すべてをば敵と思へり

（虛偽嚴峻的世間！　可歎啊！今日全部是敵人）

真是虛偽充斥的世間啊！不得不感歎今天四處都是敵人啊！
或是喝酒排寂的一面：

何故かただに和まぬわが心酒汲む宵のしけりたり

（為何獨獨我的心無法平靜呢！　啊！就汲酒相伴到深夜了）

我的心呀！為何就是無法平靜呢？酒一杯續一杯夜更深了！

從郭的生活寫生歌中，可看的是一個樸實、平凡的臺灣農村青年的形象。此青年平時雖有份薄薪的工作，似乎仍未能改善家裡經濟生活，還需仰賴老父下田辛苦工作，星期假日會陪父下田幫忙。生性單純對朋友熱情，深富同情心。但也有軟弱的一面，面對平淡寂寞的生活，常以飲酒、打麻將賭博來打發。人際關係有時會因為自己對世間的無法信任，很難誠實面對表達自己，故有得罪別人甚至到眾叛親離的地步，而懊惱不已。

郭寫來平凡中帶真摯的感情，令人有時莞爾有時動容。郭的作品以往給人理智冷靜沉潛的印象，但他的生活式短歌宣露了他歌人熱情、豐富人性的另一面。也為當時活躍於臺灣文壇上的知識青年，其檯面下日常生活情形提供一個很有趣的思考空間。

## 七、結論

此篇只針對郭戰前的短歌進行初略的探討，至於戰後他加入「臺北歌壇」，所發表在《からたち》、《をたまき》的作品，也將會陸續整理發表。

由於郭戰後除了幫臺北文獻會整理臺灣民俗方面的資料或回憶還原當時一些情形的紀錄外，礙於語言使用，很少文學創作。但他所創作的短歌，卻遠非戰前所能比擬。正如同上面所探討的，短歌是非常個人的一種

文學，從短歌中通常可看到歌者一些隱而未見的一面。所以從戰前戰後兩者作品的差別中，或許可更清楚的整理出一個日治時期知識青年戰前戰後所轉變的具體典型。

此篇短歌初探進行的方向，首先是確定創作的時間，再從創作的時點，推出當時歌壇的走向，並從歌壇的走向，比較其實際作品所受的影響情形。

其實當筆者在探討臺人的日人作品時，最想處理的是其動機的問題，在本文中筆者企圖採用「黑人文化傳統認同」的理論，加上郭自己把文學當做革命武器的論述，強調日文創作為殖民知識青年反抗殖民統治的必然性。在當中看到郭對日文創作的積極及執著，這是一個非常有趣的現象。而期待從他實際的和歌創作中看到一些端倪，從中看到的是一個平常樸實、熱誠、有失敗、有寂寞、有豐富感情的普通青年的形像，不過面對臺灣土地的自然風物時不僅有特殊的感動甚至還會產生淡淡的哀愁，把原本單純熱情的青年蒙上陰影。這種積極熱情的個性加上殖民原罪的陰影，或許就是他積極以日文創作，不斷自我證明的原動力吧！

臺灣經二十餘年日本統治，1930 年代的臺灣知識分子幾乎可以毫無困難的用日文發表小說、新詩的作品。不過發表的作品，常被日人批評文法用字不自然，文章對話怪異。但正如翁鬧所說的這是一種「跛腳」[48]文學：

> 我們繼續不斷的寫跛腳詩，因為我們正是不折不扣的青年。不管怎麼地
> 拙劣、傷痕累累地跛著腳，我所要吸聞的就是那屬於青春自然獨特強烈
> 的體臭…弟兄們！讓我們努力不懈地寫這種跛腳詩吧！

仍能發出藝術的曙光，而奏出宇宙最高層次的交響樂。且郭水潭也公開宣稱這種批評文法錯誤的評論方式，不是真正有意義的文學評論。[49]從中得知

---

[48] 自譯自翁鬧著，〈跛の詩〉，《臺灣文藝》第 2 卷第 4 號（1935 年 3 月），頁 31。
[49] 此言論出自郭水潭的剪報〈三月の台灣文學放談會（一）〉，出處日期未明記，只知是某報的「學

郭本身有他一套文學評論的見解，評論的方向與當時文學風潮及時空背景有極密切的關係，是探討臺灣文學的一個重要分野。

──選自「2004 語文教育國際學術研討會論文彙編」

臺南：南臺科技大學人文社會學院，2004 年 11 月

──修改於 2014 年 8 月

---

藝欄」，座談會的時間是 1936 年 3 月 16 日，地點在文聯佳里支部。

# 尋找春天腳印的詩魂[1]
## 郭水潭的文學思想及鹽分地帶文學風格再思考

◎林佩蓉[*]

## 一、前言

　　關於臺灣文學史的發展及其書寫，以及其所涉及的作家、文本等觀察，無法避免的與政治社會環境有著不可切割的關係，經歷了不同政權的臺灣，至今常被追問的課題，還包括著「我是什麼人」。這是殖民地裡不斷被淘洗的問題，經歷時間的沖刷，只有越磨越亮，「他是本土作家」、「他是皇民作家」、「他是外省作家」，他們的作品成為追溯臺灣文學發展史的重要線索，其生平及文壇活動，成為蒐集整理的佐證條件。接下來，開始使用文本，嘗試藉由作家筆下的世界，梳理出另一個想像空間，一直是文本分析的目的或成果，作家的觀點，身分的認同，處世的方式，在什麼位置上發聲、隱藏，都與如何分析文本相關。而究竟，一個作家是以什麼樣的姿態、角度為其所要承擔的使命，發聲？一個處在幾次殖民時局中的作家，他的作品、活動與發言，代表或描繪怎樣的臺灣文學風貌？

　　一個作家的文學位置、思想脈絡，往往被其參與的團體所產生的「共同體」形塑定位，[2]然後被很快的轉接為該作家的特色，就連作家本身也難

---

[*]發表文章時為國立臺灣文學館助理研究員，現為國立臺灣文學館研究典藏組助理研究員、政治大學臺灣文學研究所博士生。

[1]葉笛的詩〈寫在土地上的十四行詩——致郭水潭〉啟發：「你底詩燃亮被宿命打倒的土地／你底詩是尋找春天的腳印」。

[2]本文所使用的「共同體」，是指社會中存在的，基於主觀與客觀上的共同特徵，包括種族、觀念、地位、遭遇、任務、身分等相似性所組成的各種層次的團體、組織，包括小規模、自發性的組織。使用齊格蒙特‧鮑曼，《共同體》所使用之意涵作為該字詞的界定。

免會落入這樣的自我認定中。不可否認的,文學觀察必須在重重疊疊的歷
史脈絡中,如同臺灣文學本身,在跨越政權的時代分界點上,臺灣文學始
終是一個在場的記錄者,儘管有論者認為,臺灣文學經過斷裂、重生,也
經歷過黑暗、禁聲時代,[3]對於一個環境、處境及時局而言,其所發生的變
化,往往經由已被預定的感知、感時框架,予以預設。只是臺灣文學在孕
育其生長的土地上,再怎樣不被灌溉,也能在乾裂的地土上,冒出綠芽,
向上伸展,尋求一個生存的可能。本文所要梳理的在殖民歷史中,臺灣知
識分子的思想及其文化活動,以多層、交疊的殖民地知識分子及其小說思
想上的局限性,鎖定以「鹽分地帶」為主之文學作為觀察與分析的材料,
可謂是島嶼之南的代表。所謂鹽分地帶的開創其興起聚集的文學知識分
子,在南方自 1910 年代,以古典文學起身,經歷了整個日治時期,不同階
段的文學運動,跨到 1945 年戰後到 1950 年代末期。這當中所環繞的文學
思想,往往被一種描述、一記印象作為代表或者被框限了。文學團體所代
承載的、呈現的風格與特色,自是從同人的活動所開啟及營造,然做為參
與其中者,如何在變動的時代、文學運動、以及外譯與內化的文學思潮
中,維持「一種」文學特色,站在「一種」位置,發言。

　　「鹽分地帶」因所聚集之地,風土以產鹽為共同特色,因此為名,後
再因當地文人的文學作品富有鄉村色彩,或作品中描寫著鹽村情景,[4]更加
附會為「鹽分地帶文學」、「鹽分地帶作家」,一個文學團體因此而擁有一個
共同的特色,即是鄉村、鄉土性的。然而接下來究其作家及其作品、文學
活動及思想時,即有「鹽分地帶文學的抗議及鄉土精神」,從「北門七子」
到其個人的研究,[5]多以此作為共同特色,充滿寫實主義的抗議精神,雖有

---

[3]以彭瑞金在《臺灣新文學運動 40 年》,第二章〈戰後初期的重建運動〉一文中以 1945～1949
「橋」副刊停刊作為一個分界點,認為這是延續日治時代以來的新文學運動的終結,臺灣文學將
走進一個全新的黑暗時代。
[4]羊子喬編,《郭水潭集》中多以此觀點,亦可見其〈橫看成嶺側成峰──試為郭水潭造像〉一文。
　(臺南:臺南縣立文化中心,1994 年 12 月)。
[5]北門七子即吳新榮、林芳年、郭水潭、徐清吉、王登山、莊培初、林清文。

古典與現代的文學思潮及作品在其中串流，最後仍被一以貫之的擺放在寫實與抗議精神傳統中。[6]本文將以郭水潭為例，梳理其戰前到戰後的作品、文學評論及社會文化活動，企圖呈現鹽分地帶作家倘若代表著一個臺灣文學的傳統，那應該不只是寫實抗議精神，意即除了承載「鄉土文學」之外的鹽分地帶，透過探究郭水潭文學及思想活動，呈現本土的終極關懷。即在嘗試透過此論述，呈現已被定義／定位的臺灣文學中之「臺灣性」，其所因「感時／迷戀」所形成的框架。另一方面，希冀透過拆解"obsession with Taiwan"，得以尋找、創發在文學社團與作家的文學風格中，更多元的「臺灣性」。

## 二、「鹽分地帶文學」的空間及文學風格——「臺灣性」的被界定與尋找

有關「鹽分地帶」、「鹽分地帶文學」，在現今代表著一個文學發展的重鎮及風格，[7]使用這兩組名詞，不再只是一個靠近沿海地區鄉里城鎮的地理位置，而是更多的載人空間的文學、文化、作家、文本，從地理位置發展到空間、文人集團、文學風格，其間的軌跡是本章在論及郭水潭文學及思想前，需予以討論的。

### （一）地理空間與文學集團

「鹽分地帶」在 1945 年戰後行政區域更迭、改制數次後，以北門、學甲、將軍、佳里、七股、西港六鄉鎮，在這些鄉鎮地因鹽分含量高，造成土壤較為貧瘠而多以養殖業為主，包括蚵、魚塭及曬鹽等。這樣的地理位置所涵攝的風土民情，成為表徵人性特質中的勤奮、刻苦耐勞，論者論其地理特質多以此描述，並有「這裡環境雖嚴峻，但當地的父老居民仍十分注重人文教養，……。」[8]不難看出地理特質及空間所影響、形成的社會風

---

[6]臺灣文學的抗議精神傳統，在葉石濤的《臺灣文學史綱》，彭瑞金的《臺灣新文學運動 40 年》，陳芳明的《左翼臺灣——殖民地文學運動史論》皆有所定義。
[7]羊子喬，〈橫看成嶺側成峰〉，《郭水潭集》，頁 598。
[8]陳瑜霞，《郭水潭生平及創作研究》（臺南：臺南縣政府，2010 年 10 月），頁 118。

土影響著人文的活動與文化氛圍。空間比重的分支被增加，縮小了地理範圍、研究區域特性對文學風格的影響，因為研究的範圍限定在特定區塊，論者對於該地風土環境景觀等多有所結連，著墨亦多，多數側重的是文化語言和歷史社會條件下的物質狀況與文本的關聯。[9]

　　然論及「鹽分地帶」這樣的名詞，應可以郭水潭在 1967 年〈從「鹽分地帶」追憶吳新榮〉一文中所言作為早期來源說明：

> 我們傾向普魯文學，故被世人稱為「鹽分地帶」派。其所謂「鹽分地帶」另有原由。惟佳里本來是個富庶的地方，但其接隣的鄉村，如七股、將軍、北門等鄉，臨近海邊，土壤多含鹽分，嘉南大圳未開鑿以前，在行政劃分上稱「鹽分地帶」，而佳里鎮上的文學同人，其文藝作品，多取材於「鹽分地帶」，且帶有濃厚的鹽分氣質，所以文藝批評家，冠以「鹽分地帶」文學，我們也樂以接受這一名稱，由來如此。[10]

由此可知所謂的「鹽分地帶文學」即是生活及文學活動聚集在臺南縣沿海地帶，因而形成的文學團體及文學空間，未有正式標記或是成立的時間，其開始活動的年代，有論者以古典及新文學作為分野，以古典文學而言，1912 年即有「嶼江吟會」，由王炳南、吳萱草等人組成，依文學作品呈現的年代觀之，該詩會可謂是臺南州北門郡之古典文學之始，[11]主以擊缽吟為主，到了 1933 年 10 月，吳新榮於當時的佳里住處小雅園成立了「佳里青風會」，結集當地熱愛文藝的青年如徐清吉、郭水潭等人，主在「交換社會

---

[9]范銘如，〈看見空間〉，《文學地理——臺灣小說的空間閱讀》（臺北：麥田出版公司，2008 年 9 月），頁 30。

[10]郭水潭，〈從「鹽分地帶」追憶吳新榮〉，發表於 1967 年 6 月《臺灣風物》第 17 卷第 3 期，轉引自羊子喬編，《郭水潭集》，頁 251。此外，關於「鹽分地帶」的用語，郭水潭在 1935 年 10 月的《臺灣新民報》文藝欄發表的〈自鹽分地帶——遙致陳挑琴〉一文中，即有「鹽分地帶血液」、「鹽分地帶同仁」等句，月中泉譯，羊子喬編，《郭水潭集》，頁 179～180。

[11]臺南州北門郡包括今：北門、將軍、七股、佳里、西港、學甲，其中吳萱草、吳新榮父即為將軍人，郭水潭則是佳里人。佳里成為此地帶文學活動匯集之地，文化活動亦是，如「臺灣文藝聯盟」的南部支部，即由佳里為始。

一般的智識，養成青年獨特的氣風，建設合理的文化生活，〔響〕嚮導郡下的智識階級」，[12]此為新文學運動風氣之表現，方於 1929 年於日本參加「臺灣青年會」的吳新榮，對於文學與政治皆有關心，1932 年返鄉並接手管理叔父吳丙丁的「佳里醫院」後，為向青年宣導關心時政，以「佳里青風會」為實踐的行動，其聚會主題以政治為中心，以文化活動為行動，[13]其成員日後皆陸續參與文化政治相關之團體，然因為實際運作期間產生的衝突與無力感，使得該會僅維持二個月即告結束。[14]到了 1935 年 6 月，「臺灣文藝聯盟佳里支部」成立，「鹽分地帶」這樣的名詞首度在吳新榮在《臺灣文藝》第 3 卷第 3 號中的「鹽分地帶の人々──文聯佳里支部作品集」專題中發表的〈思想〉一詩，「正名」不脛而走。[15]

　　歷史持續向前，而依附在地理空間中所形成的共同體，連結了每一個片斷的歷史時間，標榜鹽分地帶文學的文藝營，就其 1979 年的成立時間，相應於當時的時局氛圍，可謂是標舉臺灣本土文學的象徵，其來有自。「鹽分地帶文藝營」，是一個純然由民間自主性發起的文學營隊，主由臺南縣籍的作家黃勁連、羊子喬等人接續 1973 年起的「全國聯吟大會」；1976 年「南瀛新文藝研討會」；1978 年「文藝座談會」之後，以身為鹽分地帶者的羊子喬、黃勁連等人，開始了「鹽分地帶文藝營」的籌備。1979 年是鹽分地帶文藝營誕生的年分，這一年也是臺灣政治活動中，在高雄爆發了

---

[12] 吳新榮著；張良澤總編，《吳新榮日記全集 1（1933～1937）》（臺南：國立臺灣文學館，2007 年 11 月），頁 28

[13] 「青風會」工作大略如：發行會報、開講演會、開演劇會、開音樂會等。見《吳新榮日記全集 1（1933～1937）》，頁 29。

[14] 1933 年 12 月 23 日，青風會最後聚集後解散。經吳新榮的分析，主要原因在於：1.會員甚少〔撤〕徹底主旨；2.工作一寸都無進行；3.會員對會極無誠意；4.會員的腐害絕了言語（意謂事態惡化已至極點）；5.現在的會員的教養難期會的發展。此為吳新榮於 1933 年 12 月 22 日的日記所錄，可與論者謂之「受到日本特務的干擾及會員互毆事件」相較。多有論者認為該會解散是受「日本當局所忌諱，被勒令解散」，如葉笛的〈郭水潭的詩路歷程〉《臺灣早期現代詩人論》（臺南：國家臺灣文學館，2003 年 10 月）、林慧姃的《吳新榮研究──一個臺灣知識份子的精神歷程》（臺南：臺南縣文化局，2005 年 12 月）、蔡惠甄，〈鹽窩裡的靈魂──「北門七子」文學研究〉（佛光大學文學系碩士論文，2009 年 4 月）。

[15] 臺灣文藝聯盟編，《臺灣文藝》第 3 卷 3 號（昭和 11 年〔1936 年〕2 月），頁 34～35。引自婁子匡編，《新文學雜誌叢刊》第 29 種。

「美麗島事件」，成為啟發臺灣政治中邊緣／本土迎對中心／國民政府政權一次重要事件。[16]「鹽分地帶文藝營」的舉辦有其堅持，亦有其面對當時執政政權論述的用意，彼時臺灣文壇甫經歷了戰後 1970 年代的「鄉土文學論戰」，論戰者王拓以及開始以創作正視社會現實與接近民眾的楊青矗等作家擔任文藝營的演講者，文藝營所欲表達的寫實與關懷之文學精神甚為清楚，參與其中的臺南子弟，羊子喬、林佛兒、黃勁連等人，也被視為是鹽分地帶的二代傳人，他們所呈現的文學風格，在身分與承襲共同體中，以鄉土出發，以鹽地為空間。然而「鹽分地帶文學」所代表與標記的位置，脈絡為何，從戰前到戰後，一個地理空間的場域承載著鹽分地帶的世代文學，其發展路線，有其紛雜與迴繞之處，在鄉土寫實、寫實抗議等文學特色與思潮之外，文人作家各自所展演的，尚不只這些，脫離了那地理空間與時間的限制，可就文人各自表現的成果，細究該集團成員的作品特色及文學風格，所謂的共同，是否經由論者經過地理空間之故放大及想像而成。再者深入作家的精神與思想發展脈絡，寫作風格的變化，其實難以經由一個集團的特色、傳承的基礎予以界定，唯「邊緣發聲位置」的尋求與堅持，或許是較為明確的共同性，只是能否予以一致的連結寫實主義、抗議精神的傳統論述，則可再多方思考。

## （二）一個地域文學史的發展

為了接下來論述鹽分地帶文學家郭水潭的文學活動與思想，在此有必要爬梳、整理「鹽分地帶文學」的文學史發展：

### 1. 成立古典詩社

臺南縣的詩社以「庄」（鄉）為主，小至以村為單位，大至以二庄到郡為範圍。位於濱海一帶的北門郡，在環境上，由於鹽分過高，土地貧瘠，居民多以捕魚及曬鹽為主，普遍民生雖為清苦，然在地對於漢文學養，頗為重視，漢學之風頗盛，在日治初期臺灣總督府以古典詩文懷柔臺灣知識

---

[16]有關「鹽分地帶文藝營」的發展歷程，參見「鹽分地帶文藝營簡史」，吳三連史料基金會版權所有，http://www.twcenter.org.tw/g01/main_g01_01.htm。

分子時，此地帶的詩社也順勢成長，繼最初的「嶼江吟會」，約有十年的詩社發展，如「登雲詩社」、「竹橋吟社」、「學甲吟社」、「將軍吟社」等。1936 年的「白鷗吟社」則為全北門郡詩社，歷經 1937 年中日戰爭全面爆發的停社，到戰後 1948 年捲土重來更名為「琅環詩社」，1960 年改組為「佳里詩社」，1962 年再改為「鯤瀛詩社」，1980 年代開始定期辦理詩課、舉辦課題，聯合嘉南其他縣市舉辦「全國詩人聯吟大會」持續至今。

## 2. 參與新文學團體

　　1920 年代是臺灣文學發展史上新文學運動勃興時期，臺灣人以文化運動代替武力抗爭，加上留日知識分子，接受自日本大正時期的啟蒙思潮之轉接，小說、新詩等創作蓬勃發展。此時期對於殖民者的認定，逐漸聚焦於臺灣總督府的政治體制上，文學部分，漸漸開始產生臺日交流的情況。1929 年，郭水潭、王登山等人加入了日人多田南溟漱人所創立的「南溟樂園社」，認為創寫新詩的熱情可作為日臺的「魂」之合流為一的方式。1933 年吳新榮成立的「佳里青風會」更進一步的將文學與社會政治運動結合，更多北門郡的文人加入，1935 年吳新榮、郭水潭成立「臺灣文藝聯盟佳里支部」，更加明確且正式的結集北門郡為主的作家，鹽分地帶一詞逐漸明朗，並開始廣為人知及所用。1979 年「鹽分地帶文藝營」開始，至今三十多年過去，日前雖已停辦，然其延續新文學運動以文學作為關懷土地與人民文化的實踐，已成為一個臺灣文學本土論述與行動的指標。[17]

　　單就以上二發展脈流觀之，鹽分地帶無法以單一的風格論之，無論是「普羅」或是「抗議精神」。觀察「新舊知識分子」創立或參與文學的初衷，「延續漢文化傳統之命脈」如「嶼江吟會」、「從厭世的人生觀之夢醒

---

[17]「鹽分地帶文藝營」至今辦理 30 屆，議題及講師多有不同，然究其每一屆的內容，不難發現主辦單位在早期幾屆的作家族群上力圖平衡，例如首屆的講師名單：「現代詩座談」、「鄉土文學座談」、「光復前後的臺灣文學」、方心豫「滿地荊棘的大陸文藝生活」、尹雪曼「我們需要的文學」、瘂弦「詩的社會性」、陳千武「臺灣現代詩的社會性」、龔顯宗「徐志摩的詩」，林二、簡上仁、葉東安「民謠之夜」、杜皓暉「詩詞歌之夜」，另外魏子雲、高準、司徒衛、桓夫、鍾肇政、郭水潭、林清文、徐清吉等作家亦與會。一直到第十屆（1988 年 8 月 13～17 日）場次，與會講者的名單及講題，漸有集中於臺灣本土議題趨勢，唯這部分在本文中暫無能力處理。

來，走向建設的社會觀」如「佳里青風會」，皆具有後人論述具鮮明的「中國性（Chineseness）」與「臺灣性」，[18]凡在古典文學範疇中，即代表著純正的、具傳統的中國文化／漢文化，是故興起的詩社中，儘管發展成不再具有高度文學熱誠、詩文技巧的制式化「擊缽吟」，它仍代表著一個重要的、明顯標記的傳統。另一方面，當臺灣總督府兒玉源太郎決定以文化攏絡臺灣知識分子時，最先著手的也是古典文學，除了日本文化中和漢文的相似性之外，對於純粹的文學技藝，表面上不會威脅到「中國性」的族群邏輯，[19]各取所需，「中國性」成了「彼此合流為一」的媒介。到了 1920 年代，近代知識分子接受的啟蒙主義思潮，開始以「覺醒」、「喚起」沉睡心靈、受壓制之落後文化，進行文化運動，更積極的欲進行社會改造建設，從人心包括文明、文化行為開始，從政治位置上的「邊緣」發出一記腳球，不再純粹「中國」，逐漸脫離了「中國性」及其所挾帶的「創傷邏輯」（the logic of wound），新知識分子引用了啟蒙也交混了近代所包括的日本大正與西方理論中的現實主義、現代主義，這些知識分子思想發展出一種「臺灣性」，與殖民母國無法切割的文學思潮，拼裝出另一個「彼此合流為一」的媒介。有關臺灣文學中的「臺灣性」（Taiwaneseness），邱貴芬認為並沒有單一固定的內容，而是一個相對性的概念，在不同的脈絡裡會展現不同的面貌，端看它被策略性的放在什麼樣的位置來呈現。雖然「臺灣性」所呈現的面貌依論述脈絡不同而有所改變，但是其面貌仍受臺灣史、社會等具體實況限制，不同階段的殖民情境對臺灣文化形塑的影響，仍是

---

[18]本文欲探討的臺灣性與中國性的民族主義之論題，有關對「中國性」的引用，來自 Rey Chow 在 "On Chineseness as a Theoretical Problem"中分析的何謂「中國性」，以及「中國性」所承載的幾種邏輯思考；對於「臺灣性」之探討，邱貴芬在〈後殖民之外：尋找臺灣文學的「臺灣性」〉一文中多有探討。成功大學臺灣文學系主編，《臺灣文學史書寫國際學術研討會論文集 第一集》（高雄：春暉出版社，2008 年 6 月），頁 247～279。本文所論述的「臺灣性」，是一種分析論者評論臺灣文學的角度，例如，提到臺灣新文學，其脈絡皆需經由日本轉介／轉譯之「啟蒙主義」開始，臺灣儘管要發展「臺灣人的臺灣」仍充滿著日本及其轉接西方世界的文明觀。

[19]Rey Chow, *Modern Chinese literary and cultural studies in the age of theory: Reimagining a Field* (2000) ,pp. 2-7。

「臺灣性」重要的元素。[20]日治時期的「臺灣性」，在臺灣文學史評論中，以特質而言，就是充滿「反殖民」、「反封建」、「反霸權」，這些所被形塑的源頭可說是自近代知識分子所接收的啟蒙主義思想以來，持續到戰後臺灣本土論述的延伸，於是成為論述臺灣文學團體如鹽分地帶文學的一種標籤。在本文中企圖使用「臺灣性」來說明一個文學團體如何因「迷戀」，「感時」而被鎖定，從而被忽略其多重層的複雜性，甚至是多元性的存在。究竟，一個文學團體的形成，其本衷、成員的文學活動，能否自「臺灣性」解構脫身，展現另一個面貌，以下企圖以郭水潭這位被喻為鹽分地帶旗手或是第一人之代表人物，[21]梳理其自戰前到戰後的文學及思想脈絡，讓解構「臺灣性」成為一個可能性的可能。

## （三）鹽分地帶文學中的「臺灣性」

本文所欲觀察文學中的「臺灣性」，有二個層面。一是已被界定的，即是以「感時」的思路或心態所被討論出來的「臺灣性」；[22]一是進行中的，也就是正在尋求，或許即將產生另一種「界定」、「被定義」的「臺灣性」。

臺灣文學中的「臺灣性」，不可否認有很重要的部分是經由累積的文學論述所形成的。承上述所提及已存在「臺灣性」，其所指稱的對象及內在思想，成為文學集團及作家的風格、傳統、鹽分地帶從地理空間到文學空間，在 1980 年代以後逐漸明顯、積極開展的本土文學論述，例如以吳新榮一介文學集團領導者，其具有左翼思想之言論，郭水潭以普羅大眾生活為題材的作品，貼近社會底層向殖民體制發出的吶喊，成為論者言說的寫實傳統、抗議精神等風格，從而將文學的形式風格，加上當時如 1930 年代鄉

---

[20]邱貴芬，〈後殖民之外：尋找臺灣文學的「臺灣性」〉，《臺灣文學史書寫國際學術研討會論文集第一集》。

[21]陳宏安，〈「臺灣文學的旗手」郭水潭先生〉，《南縣鄉訊》（1976 年 12 月），以發表的年代來說，可謂是第一篇「定位」郭水潭之文論。

[22]此處所使用的「感時」是藉由夏志清論述中國文學寫作特色用的"obsession with Chinese"，後由劉紹銘將"obsession"譯介為「感時」，"obsession with China"即為「感時憂國」，此為新批評中很重要的切入視角。受教於范銘如所提及的"Obsession with Taiwan"，套換歷史之環境、文學理論批評之情境，臺灣亦有其被感時與迷戀之論述。

土文學論爭、文學的左翼論述、運動興起所產生的體裁、形式、語言等社會氛圍，而被予以更穩固的詮釋，「臺灣性」因此形成，而本文即是希望能藉由返回作家本身的文學思想及作品，以此做為基礎討論，清理出不一定屬於既定的「臺灣性」之際，該作家、文學集團正在尋求、產生一個值得期待的「臺灣性」，那時已自被以「感時」論述的框架中掙脫而逐漸以各樣的姿態，創發的「臺灣性」，而這應是「尋求『臺灣性』」的一個反省與出發的角度。

## 三、郭水潭的文學思想伏流及其風格的再思考

### （一）關於郭水潭

　　有關郭水潭的生平及作品研究，論者多在其作為詩人及日治時期文學活動分析、整理，特別就其身為「鹽分地帶文學作家」的身分，圍繞其團體及個人之文學活動為主。然對於郭水潭跨越兩個時代無斷層之書寫歷程、轉變，以及郭水潭如何在同一個年代中，左手與後來自言為「普羅文學」發聲的文學團體為伍，右手寫下動人及詩藝高明之純文學作品，並在戰爭及戰後國府統治之噤聲時代，不停的書寫記載，記錄文史，至今較少文論分析，為使分析材料完整，略述其生平。

　　郭水潭（1908～1995）臺南佳里人，當時的北門郡佳里興。1922 年佳里興公學校第一屆畢業後進入該校高等科就讀，在學期間已開始和歌的寫作，曾經贈詩北門郡守酒井正之，也得到答詩，開啟了兩人的結識之緣；1924 年高等科畢業後入「書香院」學習漢文；1925 年任北門郡役守庶務課「雇」，同時開始擔任通譯的工作，長達 15 年。1929 年加入日人多田利郎創立的「南溟樂園社」，發表新詩及評論於《南溟樂園》，後更名為《南溟藝園》。1930 年加入「荒玉短歌會（あらたま）」，研究音律及發表短歌。1933 年加入吳新榮所組成的「佳里青風會」；1934 年加入「臺灣文藝聯盟」並當選南部執行委員之一，同年短歌作品被日本歌人聯盟選入《皇紀二五九四年歌集》；1935 年與吳新榮等人共同成立「臺灣文藝聯盟佳里支

部」，作品陸續發表在臺日人所辦的報紙雜誌上，例如《臺灣文藝》、《臺灣新文學》、《臺灣文學》、《臺灣民報》、《文藝臺灣》、《大阪每日新聞》、《華麗島》。1937 年任北門郡部會產業組合研究書記，1941 年任該郡勸業課技手，被正式「封官」，當時已被選為佳里街協議會員。1944 年戰前最後一份職事，臺南州竹材竹製品組合聯合會主事；1945 年終戰，遷徙路線由南向北，經歷了佳里鎮第一屆鎮民代表會主席、「臺灣文化協進會」委員、臺北市政府祕書室事務股長、臺北市文獻委員會編纂、臺北市中央蔬菜批發市場專員、臺灣區蔬菜輸出業同業公會總幹事，此為具職薪的最後一份工作，長達 16 年。1972 年發表戰後第一首華文詩〈無聊的星期天〉於《笠》詩刊第 49 期；持續寫作到 1987 年，時年 80 歲，發表〈缺乏讀者的第一本書：《臺南縣志稿·文化誌》〉，為中風前的最後公開發表文論。

## （二）文學之路

在郭水潭的養成教育中，即 1920 至 1930 年代，相較其同時代的知識分子，如臺灣文化協會參與者盧丙丁（1901～？，臺南人）、林秋梧（1900～1934，臺南人）等人，或其同為鹽分地帶文學家吳新榮（1907～1967）至日本參與或接受 1920 年代大正時期的近代文明思想洗禮，與殖民母國教育有關的僅是透過函授課程，1930 年申請入日本早稻田大學的校外生，由講義錄專攻文學科。直到 1932 年結束，時任北門郡之職，參與「南溟樂園」社及「あらたま」短歌會，所寫的作品以新詩及短歌為主，多為唯美氣息濃厚之歌詠情感之作，即是論者所謂的抒情詩，其次為針對當時社會貧富階級所造成的不公。郭水潭的受教及創作歷程，呈現著當時臺灣島內未喝過東洋墨水，卻依然深受近代啟蒙思想影響的知識分子養成軌跡，[23]從1929 年完成 1930 年非賣品式油印版詩集《自選詩第一集郭水潭篇》所包括的十首詩，[24]其中〈年底〉、〈誰知道〉、〈乞丐〉、〈妓女〉、〈衝破陋習〉較

---

[23]當時啟蒙主義思想，代表的是臺灣人要憑藉文化進步，方能提升自己受壓迫的身分，專指臺日在殖民關係中的「平等」。

[24]十首詩分別為〈不認識的愛人〉、〈獻給心中的愛人〉、〈年底〉、〈誰知道〉、〈乞丐〉、〈秋天的郊外〉、〈小曲：給戀愛的屍體〉、〈秋心〉、〈妓女〉、〈送別秋天〉。轉引自羊子喬編，《郭水潭集》。

具有反應現實的風格，其中表現臺灣人處境的，如下幾首：「同樣人的夥伴給與的／但不公平的年終獎金／為什麼不能拒受呢／我感覺到心的焦躁呀」，[25]反映臺日薪資差別待遇的無奈；「誰知道／沒有人的森林裏頭的／那顆星的光輝／誰知道／住在山中的老翁的／那可怕的夜話／誰知道／悲傷的小丑／昨夜吹的心中的暴風」，[26]鬱鬱的表達著卑微身分內心的渴望與淒涼；「當夕陽下沉於西方之際／不知從何處來了一隊乞丐／投宿於村子的寺廟裏／他們雖在神佛的領域／卻不作祈禱／他們不忘記檢點所賺的一天的報酬／雖然執著於自己的生存／但不知何故／他們深深埋怨神佛」[27]刻畫乞食者的生活與不得不活著的矛盾與無能為力。在詩人的年代，臺灣人早已失去或放棄在民族論述上的反抗與爭論，如蔡培火取日人泉哲「臺灣是帝國的臺灣，也是臺灣人的臺灣」之句發展為「臺灣非是臺灣人的臺灣不可」，作為臺灣要以文明文化之進步、提升，來改變處境與生活品質。此句話後來也成為臺灣文化協會的重要口號，甚在後來的論者直接視為是蔡培火所創之語，而型塑文化協會運動的形象，倘若能究其源頭出處，再相應知識分子當時的處境，即可看見一個屬於臺灣人在殖民地上的「臺灣性」，那並非不自覺的或者單就「殖民進步主義」予以一言以蔽之即能定位。郭水潭在 1929 至 1930 年代發表的作品，呈現了後殖民論述中「臺灣性」之外的印證，即是在「反帝反封建」以外，作家的作品，充滿了複雜的歷史情境，產生了看似矛盾，或者說是接受殖民進步文明，又不得不凝視腳踏土地的困頓，在文學創作與批評之間，無意或有意的呈現徘徊在現實情境、虛構情懷的邊界上。

　　在此有必要說明郭水潭初入文壇的背景。過了 1920 年代中期後的臺灣而言，新臺灣運動，或者是文化啟蒙運動，已完成了「臺灣非是臺灣人的

---

此外，陳瑜霞，《郭水潭生平及創作研究》一書附錄另有修訂譯文，值得與原文、陳千武、蕭翔文等譯文比較。

[25]郭水潭；蕭翔文譯，〈年底〉，1929 年之作，轉引自羊子喬編，《郭水潭集》，頁 30～31。

[26]郭水潭；蕭翔文譯，〈誰知道〉，《郭水潭集》，頁 32～33。

[27]郭水潭；蕭翔文譯，〈乞丐〉，《郭水潭集》，頁 34。

臺灣不可」的路線，所進行的行動，是以「啟發民智」為主軸所進行的現代性改革，從事新文學或文化運動的知識分子對自身的環境和處境，彷彿只有持續向前的選項，積極表現，以殖民現代性所提供的資源，反向殖民者提出改革要求，辦報紙雜誌，組成演講隊、戲劇團，用文化隨時向殖民制度提出質疑。[28]時至 1927 年臺灣文化協會分裂，當時臺灣的政治社會團體已發展非常成熟，以社會主義、馬克思主義為基礎的勞工農民集團，如工友總聯盟、無產階級、無政府運動；連結日本的共產主義思想的臺灣農民組合、臺灣共產黨等；由文化協會分裂另組成的臺灣民眾黨，相對於風起雲湧的大張左翼思想的團體而言，由資本家參與，並持續進行臺灣議會設置請願運動的臺灣民眾黨，則顯得保守緩慢，護守著以民族主義為系統，啟迪民眾近代化思想的最後一道堅持。[29]1931 年，另一個關鍵年，臺灣民眾黨解散、臺灣共產黨遭到全面檢舉而潰散。當時臺灣知識分子思想中，社會主義及普羅文學思想可謂是普及或者主流化，1930 年代的臺灣話文及鄉土文學運動，談論的都是生長於斯的土地及人民，相應的期刊雜誌，儘管發行幾期就告夭折，如《洪水報》、《赤道報》、《伍人報》、《臺灣戰線》等。而另一部分各種文學主義思想也串流其中，現實主義與超現實主義等「為文學而文學」、「為人生而文學」的論點及發展路線皆有之。以文學做為身處殖民地或者迎對日帝，成為 1930 年代，繼 1931 年之後，另一個醒目的起點。郭水潭在這樣的年代，開始參與文學，後來成為鹽分地帶關鍵的作家。

　　在上述的社會背景中，郭水潭第一個加入的日人多田利郎「以文會友」為初衷主辦的「南溟樂園」，「為文學而文學」的意味濃厚。在該社同人誌《南溟藝園》上發表的作品逾十首，不難看到這樣的跡象，特別以前述提到的未正式刊行的第一本詩集，郭水潭所處的日人機關、擔任臺日翻

---

[28] 廖咸浩，〈斜眼觀天別有天：文學現代性在臺灣〉，黃金麟等編，《帝國邊緣——臺灣現代性的考察》（臺北：群學出版社，2010 年 12 月），頁 395～444。

[29] 臺灣民眾黨於 1931 年解散，而整個議會請願運動則要到 1934 年，結束第 15 次請願之後，才由林獻堂等人宣布中止。

譯，身在鄉土田野與普羅大眾為伍，這些種種互有衝突的角色，讓郭水潭在詩作與雜文的表現上，形式詩人與文學活動參與者的多重交疊風格。而在其 1930 年發表的〈衝破陋習〉一詩，可見其為文學為人生的交疊思維：

> 眼看著焦燥／燒盡了環境的一切／赤手空拳的我　自由地／要突飛猛進時／你們兄弟／還敢袖手旁觀嗎／／強調我們的現在和生活／吠起來／也只不過給一片肉的慘劇／而貪婪廉價的生命／那些傢伙／竟認識目的為前提玩弄手段／知道了／就不願安閒地被飼養／／在似懂非懂的／迷惑裡／煩悶、咒詛、怨嗟的揭幕／是無希望的延續[30]

在「南溟樂園」時期，[31]郭水潭展現多變的詩風，時而唯美憂愁歌頌、敘說愛情；時而關心邊緣人物生活樣態，也有如〈衝破陋習〉對於自身處境的不安、無力感卻又想要奮起向前的自我交戰，也可以說是當時知識分子對於複雜情境所產生的矛盾思維有之展現。對於文學對於人生皆有所回應，是郭水潭早期創作中很明顯的表現手法，即是企圖在尋找一條「中間路線」，本文將在後面的篇章中論述。而在本詩中，已顯露出一些跡象：

> 如果你能瞭解的活兄弟啊／把「破壞神」教給我們的／點了火丟過去／紅紅的火焰燒盡了那些之後／我們就不再依戀了／確定那麼做／就快點執行吧／用汗和油和努力必是我們的勝利／手推著手用力踏地／挑在一直線的跑道／前進，前進……／衝鋒上去[32]

---

[30]郭水潭；陳千武譯，〈衝破陋習〉。原載於《南溟藝園》（1930 年），轉引自羊子喬編，《郭水潭集》，頁 39～42。

[31]以作品刊載之處推斷，郭水潭應是於 1929～1933 年參加「南溟樂園」。由日人多田南溟漱人所成立的「南溟樂園社」，1930 年更名為「南溟藝園社」，機關誌名稱隨之更名，1933 年 1 月號多田南溟漱人回日後結束，郭水潭參與該社的時間及發表，與該社的發展過程密切相關。有關該社資料，轉引自藤岡玲子，〈日治時期在臺日本人詩人研究——以伊良子清白、多田南溟漱人、西川滿、黑木謳子為範圍〉（成功大學中國文學系碩士論文，1999 年），頁 33～34。

[32]郭水潭；陳千武譯，〈衝破陋習〉，《郭水潭集》，頁 39～42。

以郭水潭新詩的長度，此首詩可謂是長詩，從一開始帶有虛無與想像的隱喻手法，「緊咬岸邊的浪濤／那種認真地飛躍而上／過去累積的罪惡／像摩天樓般聳立著」，到最末「挑在一直線的跑道／前進，前進……／衝鋒上去」，詩人的風格轉變明顯，然皆導向一個呈現生活具有各種向度的目標，以文學風格而言，郭水潭有其寫實手法，亦隱微的出現「耽美」的美學現代性風格，[33]結合其愛情詩，如〈不認識的愛人〉、〈獻給心中的愛人〉等併同觀之，並且非只是鄉土的描寫，[34]還有其在不斷轉換詩之技巧，表達「不為歷史的車輪輾碎心坎」生活仍有出路。已在日臺發展成熟的階級運動，延伸到文學領域時，無法如社會運動般的「純粹」，或許就是文學的一種特質，而郭水潭受人稱道的詩藝及詩才，也是在迎對「為文學而文學」、「為人生而文學」對應處境中，為自己定位出一個多元的角色，而對於鹽分地帶文學的研究，也應將這些角度併入觀之，試著做為論述「臺灣性」的參照系。

## 四、文學特質、精神與時代宿命的拉鋸

多重歷史累積、熱愛文學及生活現實的種種重疊，是文學之心宿命式的糾結。鹽分地帶文學團體起於 1930 年代中期到終戰前夕，藉由參與「土曜會」、「佳里青風會」、「臺灣文藝聯盟佳里支部」、「臺灣藝術家協會」，發表作品於《臺灣文藝》、《臺灣文學》、《臺灣新文學》、《臺灣民報》系列、《臺灣新聞》、《民俗臺灣》等，在時代的巨輪下被碾壓過渺小的生活中，持續書寫，尋找春天的腳印。在一個地理空間的共同體下，郭水潭在社會參與及政治行動下，有其個人主義式的樂觀處世之道，也因此，面對公學校同窗蘇新的共產思想與社會運動；對於自己身處日人官制之外在與內心

---

[33]關於美學現代性語彙之引用，參見廖咸浩在〈斜眼觀天別有天：文學現代性在臺灣〉一文，黃金麟等編，《帝國邊緣——臺灣現代性的考察》，頁 415。

[34]羊子喬提及「這些作品傾向於鄉土的描寫，以及現象的呈現」，〈橫看成嶺側成峯——試為郭水潭造像〉，《郭水潭集》頁 599。

的挑戰與苦悶，郭水潭有其扭轉困境的機制：

> 哦　朋友啊／你拼命的掙扎／如今已完全落空了／你的前程早就被一道
> 牢固／深厚的牆壁重重包圍著／任你叫得聲嘶力竭／也是徒呼負負／
> 不　只是浪費生命／憑你那薄弱的力量／可是朋友啊／從無垠的水平線
> 進撲而來的／暴風雨已經過了／如今為了迎接黎明的休閒／非積蓄新的
> 精力　創造力不可[35]

這首具有社會主義關懷的新詩，詩人藉由與獄中的 S 君在「永遠隔絕著光明和色彩的監獄」裡外對話，從談述幼年共處時光、家鄉景色開始，延伸至現實處境，那「深厚的牆壁」表徵著殖民統治下抵抗的處境，然與日人官員朝夕相處的郭水潭，因為更直接的感知臺灣總督府的政策手段，那是一種讓人感到「一籌莫展」的無奈，但真要以激進的方式對抗日帝，又有「徒呼負負，浪費生命」之結果，郭水潭感知，所以為 S 君的身陷牢獄感到惋惜。究竟可以怎麼辦，詩人想像 S 君在獄中的生活，同時對應獄外的故鄉天空「仍舊在世紀的黃昏燃燒」，個人的生死對於故鄉甚至對於世界來說，不會有太大的影響，也許這就是郭水潭的扭轉困境的方式，對應 1930 年代左翼文學運動如刊物的發行，臺灣共產黨的形成與興起，整個文學活動與社會氛圍相扣，郭水潭顯然不是拿著筆桿衝鋒陷陣的文學運動者，而是以一種潛伏之姿，是技巧性的保有較不危險性的態度，隱諱的批判殖民體制禁不起自由的質問與衝撞。

　　到了 1941 年，彼待臺灣已進入日帝大舉擴張的皇民化時期，郭水潭被拔擢為北門郡勸業課技手，也是正式被「封官」，對於官服加身這件事，引起了文友及四周人異樣的眼光，依照郭水潭自述其工作內容是數十年一成不變，然外在被官位貼上了官服標籤，產生的衝突，總算將郭水潭十多年

---

[35] 郭水潭；月中泉譯，〈故鄉的書簡──致獄中的 S 君〉，《臺灣新民報》（1934 年 5 月），轉引自羊子喬編，《郭水潭集》，頁 69～76。

在北門郡工作以及擔任翻譯所遭遇之矛盾與衝突顯明，郭水潭再度開啟具個人特質的處世之道：

> 本來這件官袍可有可無，也不是我主動去爭取的。同時也不是可以垂手可得的。自不能棄如敝屣，而不該格外珍惜得來不易嗎？
>
> 儘管如此，使我宦海浮沈，又不值得把我視為奇才存在。唯一願望是讓我擁有一段冷靜日子，好自省一番。
>
> 無論周遭眼光，一再對我如何陰陽怪氣，我將決心忠於欽賜官袍，盡其職守，服務桑梓，絕不退縮。[36]

有關郭水潭擔任日本官職一事，相較於同樣參與地方組織事務的吳新榮、徐清吉等人有著被不同眼光的對待，這與任職於臺灣總督府官僚體系，以及其外在顯示的服裝、職位以及經歷過 1930 年代階級運動的文化風潮有關，以當時發表在《臺灣文學》創刊號的一篇大道兆行〈町と仲間〉，[37]提到「天才詩人」J 君，[38]「他已沒有往昔領導伙伴的英氣，他已不和詩神做朋友，而甘為財神的奴隸，羅曼變為算盤，蕃薯籤代為蓬萊米，也許這是正當的路程，但是以前伙伴們正餓於友情的時候，他是不是已經沒有恆心，……」[39]對應「天才詩人」用語，以及佳里鎮上的伙伴等，可猜測吳新榮意指如郭水潭這樣經歷的作家，兩篇文章分別由張文環所編的《臺灣文學》第 1 及 2 號刊出，[40]對應吳新榮 1941 年 4 月的日記，僅短短的記述

---

[36]郭水潭；陳千武譯，〈穿文官服的那一天〉，轉引自羊子喬編，《郭水潭集》，頁210～215。

[37]吳新榮，〈町と仲間〉，《臺灣文學》創刊號（1941 年 5 月），原文提到「最後に文學好きの J は昔この仲間を……」。轉引自婁子匡編，《新文學雜誌叢刊》第 8 輯，第 29 種。

[38]吳新榮自譯為〈鎮上的伙伴〉，收錄在《震瀛隨想錄》，轉引自呂興昌編，《吳新榮選集一》，頁414～416。

[39]吳新榮，〈鎮上的伙伴〉，自行將原文中的 J 君更名為 K 君，頁 415。後來論者在羊子喬首先在〈橫看成嶺側成峰──試為郭水潭造像〉一文將吳新榮所指連結郭水潭，陳瑜霞的《郭水潭生平及其創作研究》一文中，相同引述，或者受吳新榮自譯文的影響。唯郭水潭在 1967 年發表的〈從「鹽分地帶」追憶吳新榮〉一文中，提到〈鎮上的伙伴〉一文僅將文中所提到文友，用吳之人名代稱，對應文友本名並作現況的介紹，未提及關於自己的「天才詩人」J 君或 K 君。

[40]呂興昌編訂《吳新榮選集》原作出於《臺灣文學》創刊號（1941 年 5 月）。然在該創刊號上未見

為郭水潭舉辦「任官祝賀會」，[41]併同於仲田氏的榮調會，郭水潭所言遭受的眼光，在當時的社會氛圍下自然有之，對於他而言，狹縫中的生存是生活的要領，對應於〈故鄉的書簡〉不難看出郭水潭對於殖民帝國處境下的鄉土，持守著「盡力以赴求問心無愧」的原則渡過任職當官的低潮階段。

　　1943 年郭水潭因擔任文官卻不改姓名之由，繫獄八個月，開始將創作轉入文史調查撰寫，在《民俗臺灣》中發表，主為臺南州北門郡一帶寫誌。1947 年加入臺灣知識分子跨越語言及轉換政權後的第一個文史團體「臺灣文化協進會」，同年成為「文學委員會」，開始整理自日治時期以來的文化史料，範圍涉及藝術及文學，對於作家、知識分子的工作及發展方向，郭水潭以迅速轉換書寫語言的文筆，發表一篇〈談本省智識界之動向〉，對於戰後初期跨越語言一代的知識分子，因語言及書寫的轉換對文壇產生疏離之感，郭水潭認為更有著社會混沌、是非莫辨之故，「取巧者搖身一變，居然成為社會之領導層人物，為所欲為。遂至道德墜落，秩序紊亂，到處一片不滿之聲，此時此境，一般智識分子似乎都茫無頭緒，不得不緘默下來。無論在什麼場合，都不願意去露面，也很少去發表意見」，[42]郭水潭在文中僅以「寫作的困難未全部克服」表達作家面臨書寫系統轉變的境遇，而更多的篇幅則在傳達社會的亂象，秩序法治皆無所依循，在國府初期能直指發抒意見，有其做為作家的真誠與無畏的勇氣。整個 1950 年代，郭水潭幾乎完成了大半部的臺灣文化史，兼及臺北文化與臺南文化考察，根據其發表作品及未發表之手稿，郭水潭可以說是戰後初期即投入臺灣文學史的書寫及考察，當時在文史書寫結構尚未有充分研討時，郭水潭已開始以創作文類逐項整理，陸續完成「小說」史、「詩詞」史、「舊詩」史等，在「文學」的主題下，兼論〈臺灣日人文學概觀〉，並完成文學年表的編寫，這幾近完整的將清領至日治時期的文學團體、活動歷程、文學作

---

此篇。

[41] 吳新榮，《吳新榮日記全集 5（1941）》，頁 193～194。

[42] 郭水潭，〈談本省智識界之動向〉，1951 年 6 月刊於《旁觀雜誌》第 9、10 期合刊，此篇亦因應該雜誌的發刊，發表知識分子與文學雜誌應如何振興社會氣氛的文章。

品，在政權轉換之際，銜接歷史，給予未來世代者預防歷史斷裂的文獻佐證。郭水潭認為智識分子從消極轉為積極的行動方式，同時也向當時的政府、文壇證明本省的智識分子所經歷的日據，並未削減其作為知識分子、作家應有的精神態度，並且擁有傳統即是「不僅不易受其奴化，且漸加強其反抗精神」。

　　郭水潭保持一貫對政治社會關心的態度，一種經由歷史經驗累積成的安全距離，而其身處環境及境遇，始終圍繞在「邊緣」或「邊界」的位置，戰前身處北門郡中的邊緣官職，戰後則埋藏在文史工作的機關裡，雖有一官半職的名分，都需迎對環境的挑戰，展現獨特之作家文學風格，知識分子的精神與堅持。郭水潭身為鹽分地帶重要的文學家，從其參與的活動、作品，多少呈現鹽分地帶的文學風貌，那不只是「反抗」與「鄉土」、「貧瘠之地」的精神、風格，其他成員吳新榮、王登山、徐清吉等人或左翼、或寫實，皆有不同，而「代表」鹽分地帶文學風格究竟能否一言以蔽之，特別跨越不同的時代之後，新興的鹽分地帶作家，透過文藝所標舉的本土文學風潮，時至今日，實有重新整理之必要。

## 五、小結──從小結開始的另一個「前言」

　　泛觀臺灣文學的研究中，鹽分地帶文學的風格，至今現存的論述中，多半被放置在一個「南方」、「地方性」的文學團體。這樣的認定，以耳傳耳，文章轉引再轉引，就在臺灣文學興起的十餘年間，從論述圍繞在鄉土、區域間中被定位；在文獻之間，張貼著「這是鹽分地帶的，鄉土口味」的標籤。然而若能夠開始解析後人論述的架構，嘗試拆解經由「感時」或某種「迷戀」有意無意形成的「臺灣性」框架，應可以看見臺灣文學的萬種風貌，或許可以再將被定位的完成的文學團體、作家，解除設定，然後品味文本，清理空間與作家的心靈對話。筆者常在不自量力的思想，關於臺灣文學的傳統與非傳統，傳統的定義能否被解構，定義傳統的論述能否被翻動；關於為他人、團體的評論能不能盡量避免定位，有無可

能從作家作品以及文論、不同時代「允許」不同的轉變,而依然能看見文學心靈底層的臺灣,一個可以自我創造、時刻反省既定的形成、突破論述框架,尋找活潑、多元的「臺灣性」。在此風格中的臺灣具有豐富多樣的文學,創作與文學活動擁有更多開展創新的空間,持續在所即土地上,書寫不斷。

## 參考文獻:

### (一) 文獻

· 《臺灣總督府沿革誌·文化運動篇》,臺北:南天書局,1995 年。
· 郭水潭手稿數位影像,臺南:國立臺灣文學館,2009 年。
· 婁子匡編,《新文學雜誌叢刊》第 8 輯,第 29 種。
· 張良澤編,《吳新榮日記全集》,臺南:國立臺灣文學館,2007 年 11 月。

### (二) 專書

· 羊子喬編,《郭水潭集》,臺南:臺南縣立文化中心,1994 年 12 月。
· 成功大學臺灣文學系主編,《臺灣文學史書寫國際學術研討會論文集 第一集》,高雄:春暉出版社,2008 年 10 月。
· 陳芳明,《左翼臺灣──殖民地文學運動史論》,臺北:麥田出版公司,1998 年 10 月。
· 葉笛,《臺灣早期現代詩人論》,臺南:國家臺灣文學館,2003 年 10 月。
· 葉石濤,《臺灣文學史綱》,高雄:春暉出版社,1991 年 9 月。
· 黃金麟等編,《帝國邊緣──臺灣現代性的考察》,臺北:群學出版社,2010 年 12 月。
· 陳瑜霞,《郭水潭生平及其創作研究》,臺南:臺南縣政府,2010 年 10 月。
· 范銘如,〈看見空間〉,《文學地理──臺灣小說的空間閱讀》,臺北:麥田出版公司,2008 年 9 月。
· Rey Chow(周蕾),《寫在家國以外》,香港:香港牛津大學出版社,1995 年。

・齊格蒙特・鮑曼著；歐陽景根譯，《共同體》，南京：江蘇人民出版社，2003 年 10 月。

### （三）報紙期刊

・陳宏安，〈「臺灣文學的旗手」郭水潭先生〉，《南縣鄉訊》，旅北臺南縣同鄉會，1976 年 12 月 28 日。

・陳瑜霞，〈日治時期郭水潭詩歌──「融和」觀的形成及實現軌跡〉，《南臺應用日語學報》第 3 號，2003 年 6 月，頁 163～189。

・黃武忠，〈鹽分地帶詩人──郭水潭〉，《自立晚報》，1980 年 5 月 17～18 日。

・羊子喬，〈鹽的召喚〉，《臺灣時報》，1983 年 8 月 18 日。

・林佩芬，〈潭深千尺詩情水：訪郭水潭〉，《文訊》第 10 期，1984 年 4 月 15 日。

### （四）論文

・陳明福，〈郭水潭及其作品研究〉南華大學文學研究所碩士論文，2005 年。

・蔡惠甄，〈鹽窩裡的靈魂──北門七子文學研究〉，佛光大學文學研究所碩士論文，2009 年。

・藤岡玲子，〈日治時期在臺日本人詩人研究──以伊良子清白、多田南溟漱人、西川滿、黑木謳子為範圍〉，成功大學中國文學系碩士論文，1999 年

・Rey Chow, 'On Chinese as a Theoretial Problem', *Modern Chinese literary and cultural studies in the age of theory*（2000），pp. 2-7。

──選自《2011 鹽分地帶文學學術研討會論文集》
臺南：國立臺灣文學館，2011 年 9 月

# 殖民地詩人的臺灣意象
## 以鹽分地帶文學集團為中心

◎陳芳明*

## 引言

　　鹽分地帶詩人集團正式在文壇登場，是在 1935 年。這個集團是以臺灣文藝聯盟佳里支部的名義在《臺灣文藝》發表宣言，正式與當時的全島新銳作家結盟。從宣言內容可以理解，鹽分地帶集團的文學主張乃是以「民眾訴求」為主要考量。[1]日本高度現代化與資本主義化的工程全速在臺灣展開之際，這個詩人集團之加入臺灣文藝聯盟，誠然具有深刻的時代意義。他們受到正在崛起的作家吳天賞、呂赫若的關切與歡迎，象徵著一個詩的新紀元已然到來。[2]

　　來自臺南濱海地帶的這群詩人，究竟為臺灣社會釀造何種值得議論的作品，誠然是文學史上的重要議題。1935 年，是日本殖民政府以資本主義改造臺灣的關鍵性一年。就在這一年，臺灣總督府主辦的臺灣博覽會，旨在展示殖民政策在島上所獲得的經濟成就。殖民者誇耀其現代化的功勞時，臺灣作家以小說與新詩的形式予以批評。鹽分地帶詩人便是其中批判力量的主要來源之一。

　　在殖民地社會，資本主義的萌芽與成長並非是自發性的，而是透過權力的強制執行之下脅迫移植的。伴隨資本主義而來的現代化，也非殖民地

*發表文章時為暨南大學中國語文學系教授，現為政治大學講座教授。

[1]郭水潭，〈臺灣文藝聯盟佳里支部宣言〉，《臺灣文藝》第 2 卷第 8、9 合併號（1935 年 8 月），頁56。
[2]吳天賞，〈鹽分地帶の春に寄せて〉，《臺灣文藝》第 3 卷第 2 號（1936 年 1 月），頁32～33。

人民樂於接受的。然而，在強勢的政經權力支配下，臺灣社會終於被迫接受了現代化與資本主義化。這種粗暴的歷史潮流，使得島上住民必須接受不平衡的政治與經濟地位。臺灣社會受到的侵蝕當不止於政經方面而已，最為嚴重的乃是整個文化主體的動搖。大規模的工業化與城市化，不僅破壞了既有的生態環境，而且也扭曲了人民精神面貌。土地的兼併、工廠的擴建、人倫的毀壞、農村的崩解，使得殖民地百姓必須迎接一個大流亡時代的到來。

活躍於鹽分地帶的詩人們，顯然見證了一個時代變遷已無可抗拒，他們維護自主精神的武器，唯詩而已。1935 年成立的佳里支部，成員包括吳新榮、郭水潭、徐清吉、鄭國津、黃清澤、葉向榮、王登山、林精鏐、陳挑琴、黃平堅、曾對、郭維鐘 12 人。[3]這個詩人集團的成立，具備幾個重要特色：第一、他們都是以日文書寫來經營詩作，這種對殖民地語言的挪用，是臺灣詩人的一種困境。第二、縱然依賴日文思考，他們並未失去批判精神。社會主義的信仰，使他們特別關心現實中的不公平現象。第三、他們的地方色彩非常濃厚，作品中流露強烈的鄉土情感，這種情感是平民式的，特別重視親情、友情、愛情與鄉情。如果這三種特色可以成立的話，則他們的作品可以用來檢驗日本殖民統治的本質。從他們的詩當可窺見臺灣是受到何等的掠奪，也可發現資本主義高漲時期詩人是如何呈現臺灣的面貌。

## 佳里詩風的建立

熟悉鹽分地帶文學的人，都知道這個集團的原始推動者是吳新榮。沒有吳新榮，就沒有佳里詩風的建立。所謂佳里詩風，無非是詩人接受臺南濱海地區風土人情的薰陶，表達社會底層最邊緣化的聲音。因為，鹽分地帶橫跨的地區包括七股、將軍、北門等鄉鎮，「臨近海邊，土壤多含鹽

---

[3]呂赫若，〈詩的感想同誌〉，《臺灣文藝》第 3 卷第 2 號（1936 年 1 月），頁 34～35。兩位詩人對鹽分地帶小說家有很高的期望。

分」。[4]在如此貧瘠的土地上，人民的生活非常艱困。成長在這個區域的詩人，頗能感受生活的壓力與歲月的坎坷。吳新榮（1907～1967）在留日時期便已接受社會主義思想，對於弱者的處境抱持高度同情。[5]1933 年學成返鄉後，他所領導的詩人集團，也不免受影響而帶有鮮明的左翼立場。他們與下階層民眾的感情基礎，無疑是牢固生根的土地。依賴佳里、北門等鹽分鄉鎮而生存的詩人，在發抒廣博的同情之際，對於「故鄉」的意思把握得相當吃緊。

　　幾乎每一位詩人，在作品中不乏讚美故鄉的頌歌。對他們而言，故鄉代表的是自我生命、歷史記憶與民族情感的總和。離開了故鄉，就等於切斷了生命的根源。在這群詩人中，首先表現故鄉意象的，當推吳新榮。在他作品中，以故鄉為主題的詩，包括一首臺語詩〈故鄉的輓歌〉，二首日文詩〈故鄉〉與〈故里與春之祭〉，[6]前一首發表於留日時期的 1931 年，後二首則完成於 1935 年。遠在異域，他的故鄉想像呈現一片黯淡的色調，彷彿在黑暗深處傳來痛苦的呻吟：

　　　各地各庄都有米機器
　　　每日每夜鳴著聲哀悲
　　　啊啊你看有幾人餓將死
　　　你看有幾人白吞蕃籤枝

　　　　　　　　　　　　──〈故鄉的輓歌〉

　　這首押韻的臺語詩，形塑了留日學生的臺灣意象。身在殖民地母國，

---

[4]郭水潭，〈談「鹽分地帶」追憶吳新榮〉，「故吳新榮先生紀念文續集」，《臺灣風物》第 17 卷第 3 期（1967 年 6 月 28 日），，頁 52。

[5]吳新榮與社會主義思想接受的過程，可參閱施懿琳，《吳新榮傳》（南投：臺灣省文獻委員會，1999 年 6 月）。特別是第二章〈留學日本時期〉，頁 22～27。

[6]吳新榮的三首詩收入葉笛、張良澤漢譯；呂興昌編訂，《吳新榮選集一》（臺南：臺南縣立文化中心，1997 年）。〈故鄉的輓歌〉，頁 51～52；〈故鄉〉，頁 65～66；〈故里與春之祭〉，頁 75～80。

受到資本主義文化氛圍的籠罩，並沒有使他遺忘故鄉遭逢的損害。不過，
這首詩並未抽離實景的描述，沒有任何想像在其中飛翔，欠缺詩的辯證與
張力。就像他在後來所寫的日文詩〈故鄉〉，也還是過分淪為言詮。詩的最
後三行是：

啊，殖民地的我故鄉喲
高度的資本主義在這裡
貪婪地進行著那最後的作用

詩的抽象思維在這裡是不存在的，吳新榮在這段時期仍然訴諸具象的
描摹，急切要把內心的焦慮表達出來。不過，恰恰就是他焦慮之情溢於言
表，讀者似乎可以體會故鄉意象在思考裡所具有的分量。吳新榮心目中的
故鄉，是在資本主義壓迫下產生的。值得注意的是，詩中的故鄉雖然是指
涉他的故鄉佳里，細讀的話，卻也可以體會是泛指臺灣。為了強調臺灣是
受到壓迫的，他的書寫方式始終沒有偏離固定反應的手法。因此，詩的素
質自然就被稀釋了。必須等到他發表〈故里與春之祭〉時，故鄉的形象思
維才有較為飛躍的發展。這首詩的副題是「將這首詩獻給鹽分地帶的同
志」，詩行之間充塞著難以言喻的幸福與自豪。詩中的河流，與他的血脈緊
密聯繫在一起：

但談過初戀之人底村莊
還浮在對岸
憩息在蘆竹蔭裡的水鳥
也一如往昔歌唱著春天
而晚霞消融在水波裡
河流不是紅紅地波動著嗎？
啊，這條河是我的動脈

　　一切的戀愛、思想、懷古

　　將會運往現實的汪洋吧

　　與前一首〈故鄉〉比較的話，吳新榮捨棄了僵硬的意識形態，讓沉澱在體內的情感釋放出來。這首詩，等於回應了前首詩的那種焦慮。他回歸到家鄉的原貌，一個流淌著愛意與慕情的小小村莊。這樣的村莊卻不是與世隔絕，藉著河流而銜接了「現實的汪洋」。這首詩的原鄉，有了更高層次的象徵，這裡是情感的根據地，是生命的原動力，依恃著它，他才有投入現實的勇氣。整首詩是由〈河川〉、〈村莊〉、〈春祭〉三首組詩構成，全詩染有濃厚歷史意識與節慶歡樂。這是臺灣社會的原型，也就是在資本主義與殖民體制到來之前，島上維持著一片善良、和諧、夢幻的境界。此詩對前一首〈故鄉〉並置合觀，兩者之間的辯證關係立即就浮現出來。當詩人專注於回憶寧靜村莊的歷史與節慶時，已間接對日本支配性的資本主義體制提出強烈的抗議。

　　因此，佳里詩風的重要特色，便是通過地方色彩的渲染來凸顯本土的精神。吳新榮無疑是本土詩風的締造者之一。[7]相對於吳新榮，鹽分地帶的另一位詩人郭水潭（1908～1995），也是建構佳里詩風的一個奠基者。在詩藝的追求上，郭水潭並不那麼執著意識形態的緊張表達方式。他的詩觀是如此相信著：「沒有落實的時代背景，就是遠離這個活生生的現實。究竟，詩就是應該這樣的嗎？」[8]這樣的見地，乃是因為閱讀當時超現實詩派「風車詩社」的作品後所做的回應。郭水潭無法忍受華麗辭藻的堆砌，而認為詩應該與現實是互通的。縱然如此，他的創作實踐也並不必然視詩為現實的一面鏡子，只在發揮反映的作用。避開控訴與吶喊，詩終究是情緒的過濾，終究是客觀事物的昇華。從這個角度來觀察他在 1934 年所寫的〈故鄉

---

[7]討論吳新榮文學的本土精神，參閱陳芳明，〈吳新榮：左翼詩學的旗手〉，《左翼臺灣——殖民地文學運動史論》（臺北：麥田出版公司，1998 年 10 月），頁 17～98。

[8]郭水潭，〈寫在牆上〉，收入羊子喬主編，《郭水潭集》（臺南：臺南縣立文化中心，1994 年 12 月），頁 160。

的書簡——致獄中的 S 君〉，長達 108 行的詩作就負載著濃郁的鄉情與友
情。[9]這首詩全然沒有讓所謂的現實奪走藝術的紀律。

　　S 君是指佳里的同鄉蘇新，1920 年代臺灣共產黨員，在 1931 年被捕判
刑。郭水潭發表此詩時，蘇新已在獄中三年。對於這位幼年時的友伴，郭
水潭寄以溫馨的慰藉與深切的懷念。詩中的溫馨，表現在鄉景的素描，既
平凡又庸俗；但也正是藉助了這樣的氣質，看似淡漠實則熱情的友誼在詩
中次第暈開。全詩的開端，始自報紙上的獄中名單中，赫然發現故人的名
字，從而聯想到昔日的容顏。無盡的愁思便如此拉開，但他以家鄉的風景
予以沖淡：


　　朋友啊
　　故鄉的天空正值仲春時分
　　糖廠烟囪的煙消失了
　　竹叢的新葉
　　冒出古怪翠綠
　　村裡那些乳臭未乾的娃兒
　　一如過去被硬拉著手
　　去學校註冊完畢的時候
　　朋友啊
　　會想起來的


　　郭水潭從最熟悉的記憶，牽起早已陌生的友誼。藉由分享著共同的鄉
情，使獄中朋友於受難之際，獲得無言的溫暖。近乎散文式的鋪陳，無非
是為了達到延遲的效果，使詩的節奏舒緩下來。他不訴諸懷舊或思念的直
接字眼，反而迂迴訴說著年復一年重複發生的家鄉故事，不知不覺中把哀

---

[9]郭水潭，〈故鄉的書簡——致獄中的 S 君〉，《郭水潭集》，頁 69～76。

傷的情緒篩濾淨盡，而代之以會心一笑。郭水潭彷彿在引領著離鄉已久的舊友在村莊裡又走過一遍。詩中出現的鳳凰樹、廟前、池塘、祭典，猶如照相機的鏡頭在緩慢移動，一一折射到獄中的寂寞心靈。

　　他沒有指控殖民者的絕情殘忍，也沒有讚頌舊友的果敢行動，而只是讓已隱逸的記憶又重新穿梭過兩人的思考之中。以平淡如水來形容這首詩，並不為過。然而，此詩最成功的地方，正是在於平淡。佳里詩風的特性，從郭水潭的作品再次得到印證。

　　故鄉的夢幻，有其動人之處。郭水潭往往能夠利用簡單卻精確的素描，便掌握到故鄉意象的精髓。1935 年發表於《臺灣文藝》的短詩〈農村文化〉，就可窺見當時的都市風氣逐漸吹向鄉村。[10]純樸的鄉下青年匯集到甫開張的撞球場，既好奇又狡點的姿態躍然於詩中：

> 不久他們學會了
> 在田野握鋤頭柄的粗糙的手
> 不知在什麼時候
> 優雅地操作球杆
> 每天晚上，向可憐的少女戲弄

　　都市裡的現代娛樂滲透到偏遠的農村，對於社會風氣的改變以及青年行為模式的影響非常巨大。郭水潭刻意捕捉俏皮的一面，刻畫鄉村寧靜夜晚的騷動。這首詩顯然是在預告臺灣社會是如何受到資本主義的衝擊，即使是最保守的鄉鎮，也無法避開浮華的氣習。握鋤柄的手，跳躍為優雅操作球桿的手，是相當巧妙的一種轉換。郭水潭寫下這些詩行時，恰如其分地點出農村對都市文化的無可抗拒。隱約中，似乎透露著固有的善良傳統即將告終。

---

[10]郭水潭，〈農村文化〉，《郭水潭集》，頁 80～81。

## 資本主義帶來的傷害

　　鹽分地帶詩人的左翼立場，使他們對社會結構的轉變特別敏感。吳新榮的階級觀察，無疑也影響了這個詩人集團的發展方向。他們知道詩是不能脫離土地而存在，但是也意識到，他們的土地難以抗拒資本主義的侵蝕。因此，他們的詩學所展開的書寫策略，便是一方面呈現臺灣社會純真純樸的原貌，一方面則毅然挑戰並揭露現代化的假面；亦即批判資本主義的本質，從而見證臺灣社會的受害真相。吳新榮便是第一位高舉挑戰旗幟的詩人，1935 年完成的〈煙囪〉是其代表作。煙囪是製糖廠的象徵，卻也是掠奪農村的劊子手。[11]

　　在吳新榮的詩中，慣於使用辯證的技巧，正反對立，在矛盾衝突的價值之間展示他的立場。〈煙囪〉全詩是以靜謐的農村景象為開端。製糖廠的白色屋頂坐落在綠色甘蔗田的盡頭，背景是廣闊的藍天，正好襯托了黑色的高聳煙囪。在春夏之際，如此的風景是和平的。但是秋收之後，這個壯麗的景色便暴露真正的面目。詩的第二節，立即轉換成另一種風貌：

　　　　從這黑色煙囪上
　　　　勞動的嘆息就響了出來
　　　　啊，壓榨出來的是甘蔗汁
　　　　流出來的是腥味的人血！
　　　　而煤煙與沙塵
　　　　把平原把陰沉的灰色染盡
　　　　使天空變得鬱鬱悶悶的
　　　　最後腐蝕著人們的心胸

---

[11]吳新榮，〈煙囪〉，《吳新榮選集一》，頁 81～83。

　　對比著第一節的乾淨亮麗，第二節描繪著極為殘酷的人間相。這種鮮明的相互照映，是左翼詩人的慣用手法，在吳新榮作品裡可謂屢見不鮮。上面的詩行，有兩組平行的景象存在著；一是資本家對勞動者的剝削，一是現代化工廠對農村的侵害。甘蔗汁與人血的彼此呼應，以及平原與人們心胸的相互鑑照；前者顯現壓榨的意義，後者則標誌著汙染的事實。尤其是後者，既指涉環境汙染，也意味著心靈汙染。無論是正反對比，或是平行對應，都說明辯證思維在吳新榮的詩學中具有相當的分量。他的詩，是以證明當時臺灣社會的景象，絕對不是如日本殖民者宣傳的那樣，是資本主義改造成功的地方，而是受盡凌辱損害的傷心地。

　　吳新榮目睹資本主義的擴張與再擴張，當不止於臺灣。在帝國的版圖上，臺灣只不過是一個中途站而已。1935 年他寫作的〈道路〉一詩，置於其他作品之中，應可視為相當成功的。詩中的道路，是為了便於資本主義的發展而建造的，它貫穿了臺灣的南北各地。[12]第二節是全詩的關鍵，因為這條道路也浩浩蕩蕩穿過了鹽分地帶：

　　　經歷幾年長滿雜草

　　　耐鹽分的木麻黃並排繁茂著

　　　而不可思議地連一條車轍

　　　也還沒在這裡發見

　　　沒有產業的地方不會有運輸

　　　可是不久就會明白那偉大的使命吧

　　　延長的這一條直線越過汪洋

　　　延續到遙遠的新加坡根據地

　　　接著將會到達真珠灣要塞吧

　　　而到達大陸環繞著

---

[12]吳新榮，〈道路〉，《吳新榮選集一》，頁 87～89。

接上南京政府機關正門
更會到達莫斯科的司令部吧

　　這首詩充滿了高度的諷刺。吳新榮彷彿可以眺望到道路另一端的盡頭。凡是有產業的地方，就有道路的運輸。道路，是資本主義路線的隱喻。臺灣島上有著阡陌縱橫的道路，猶如被來勢洶洶的資本主義輾壓而過。但是，資本主義在島上掠奪之後，並不只是停留在臺灣。吳新榮已經預見了資本主義力量的再延續。令人訝異的是，他在 1935 年就預言似地提到「真珠港」，因珍珠港事變發生在 1941 年。資本主義的全球化在 20 世紀末期終於宣告完成，臺灣詩人早在 1930 年代就有了遠見。這是因為吳新榮的社會主義信仰，使他可以從佳里的命運看到臺灣的前景，並且從臺灣的遭遇看到世界的未來。站在左派的立場。既已見證資本主義在臺灣造成的傷害，他也能夠推知地球其他地方也將捲入漩渦。他的詩沒有教條式的說理，卻只集中在道路意象上的經營，便得到反諷的效果。

　　同樣以煙囪為主題的詩，出現在另一位詩人林芳年（1914～1998）的作品裡。與吳新榮的思維可以說是相互共鳴。林芳年在 1936 年發表〈在原野上看到煙囪〉，也是針對資本主義陰影延伸到鄉村而回應的。[13]工業化的力量是全面性的，出現在鹽分地帶的工廠再也不只是製糖會社。在那失業浪潮特別洶湧的年代，工廠的設立無疑是為失業的村民創造就業的機會。然而，已熟悉資本主義邏輯的鹽分地帶詩人，卻洞悉了工業化的實相與虛相。在資本家的剝削下，勞動者越努力工作，反而越陷於窮困。林芳年不能不有如此地喟歎：

但是每次出現了一個工廠
我就發抖

---

[13]林芳年，〈在原野上看到煙〉，《林芳年選集》（臺北：中華日報社，1983 年 12 月），頁 422～424。

　　因為那是酷似我們的魔窟

　　絕不維護我們……

　　我再仰望鐵筋混凝土的摩天樓

　　再看看漆黑的煙囪

　　我俯見自己的生活

　　切身感到身邊的狹窄而嘆息


　　這又是一次辯證的演出。就業與失業之間，並非是幸福與不幸的分野。高聳的工廠煙囪，正好對照了工人生活的渺小與狹窄。從詩的技巧，可以發現林芳年的思維方式，仍然沒有脫離左翼詩人的正反對比模式。樸素的田野，被林立的工廠覆蓋之後，農民都淪為資本家的奴隸。面對著資本主義不斷高漲，鹽分地帶詩人的抵抗行動，便是在文學作品保留著存在於農村的平民情感。

## 平民情感的營造與發抒

　　殖民力量的侵蝕與滲透，到了 1930 年代已臻成熟。日本軍國主義與大和民族主義的氣焰，盛極一時。在強勢宣導下，臺灣總督府積極塑造繁榮浮華的經濟成就景象。在都市裡，功利思想事實上已逐漸取代傳統情感，許多知識分子的國族認同也發生動搖。在這段期間，小說家蔡秋桐的〈興兄〉（1935 年），朱點人的〈脫穎〉（1936 年），龍瑛宗的〈植有木瓜樹的小鎮〉（1937 年），都程度不等地表現了臺灣社會中已產生國族認同鬆動的現象。鹽分地帶詩人的重要精神，就在於現代社會的功利主義漸漸抬頭之際，反而朝向傳統的倫理情感回歸。他們的詩，刻畫著大部分臺灣人的醇厚情感並未完全被資本主義所洗刷。

　　他們書寫朋友間的情誼，夫妻間的愛情，父子間的親情。詩的主體可能有所不同，但置諸於 1930 年代的歷史脈絡來觀察，簡直可以體會到他們那種去殖民的強烈意志。平凡的情感最不容易處理，尤其透過詩的形式更

為困難。令人訝異的是，鹽分地帶的詩人竟然有不少作品都在經營這樣的情感。他們的詩傳達著重要訊息，也就是在殖民權力的宰制下，臺灣並沒有因此而支離破碎了。在掠奪的瘋狂暴風雨裡，臺灣人仍然堅信情感的力量；憑藉著這份力量，島上的住民還是維護了一份自信與自傲。

吳新榮的散文〈亡妻記〉，已是公認文學史上的傑作。這篇散文在悼念妻子逝世之餘，也為臺灣人的尋常家庭生活重新詮釋。文中的青春與生命，充滿了希望、活力。[14]他的詩作中，有三首詩都是為鹽分地帶的朋友而作。包括前面討論過的〈故里與春之祭〉，以及〈我們是暴風雨的信奉者——給出走村莊的漢子〉和〈歌唱鹽分地帶的春天〉。其中〈暴風雨〉一詩，是寫給投靠日本當權者的朋友之忠告詩，那種公開的責備在詩史上還難得一見。[15]詩中向著背叛的朋友說，屬於鹽分地帶的人，都是暴風雨的信奉者。詩的最後九行，有著諷刺與鄙夷：

> 可是堅定地站在大地上的人
>
> 是永遠安如泰山的
>
> 洪水後荒野反而會肥沃，五穀會繁茂
>
> 村人再也不歡迎
>
> 撒上尿也不淋到的你啦
>
> 但村人為要不忘記你的存在
>
> 也許會為你立墓碑
>
> 不久也許會從那墓地
>
> 聽見哀悼沒落的異端者的鐘聲吧

與其說這首詩是在譴責朋友，倒不如說是在區隔嚴明的民族立場。臺灣人的國族認同在 1930 年代並未成熟，但至少與日本統治者的界線劃得非

---

[14]吳新榮，〈亡妻記〉，《吳新榮選集一》，頁 233～297。
[15]吳新榮，〈我們是暴風雨的信奉者——給走出村子的漢子〉，《吳新榮選集一》，頁 90～93。

常清楚。詩中形容村莊的背叛者是「出走」的男人，是「搭船遠行海洋」的人；留守在村莊的，則是「堅定站在大地上的人」。在這裡，村莊等於是整個臺灣的縮影，未能堅守臺灣立場的人，「村人再也不歡迎」。此詩結束得相當恰好到好處。以墓地傳來的鐘聲來宣告背叛者的死亡，頗能反映詩人內心的批判。從這首詩延伸出來的思考，便是友情的基礎必須建立在鄉土之情上；偏離了自己的土地，等於是偏離了人倫情感。陸地與海洋，村莊與帆船，隱喻著生根與失根、回歸與飄泊，構成另一種正反的對照。這又是典型的辯證思考，再一次顯現了吳新榮的詩風。

　　在表現親情方面，詩藝上超越吳新榮的，當屬郭水潭。誠如前述，平淡的素描是郭水潭擅長的技巧。他一向不同意使用奪目的字眼，在詩中往往不易找到綺麗的意象，總是隨意的幾筆，鮮明的景象浮雕般呈現出來。〈斑鳩與廟祝〉是他詩作裡的佳作，這是描寫廟裡住持在晨間開門時，望見三隻斑鳩停駐廟頂：[16]

　　這是祥兆嘛
　　他喃喃反覆說著
　　然後悠然踩著足音消失於廟裡

　　瞄準斑鳩而發的小石頭
　　在壯觀又富麗堂皇的屋頂激起回響
　　那些小鬼們吶喊著一溜烟似地飛跑
　　廟祝滾出來似地再度露面
　　那溫和的老人眼睛
　　抱怨地目送斑鳩飛走的天邊好久好久

　　詩裡沒有內心的告白，沒有情緒的波動，完全是透過一雙靜態眼睛的凝

---

[16]郭水潭，〈斑鳩與廟祝〉，《郭水潭集》，頁95～96。

視，默默觀察小小事件的發生。彷彿是靜止的一架攝影機，無意間把客觀的事物變化攝入鏡頭。全詩不著一字安詳與和諧，幾近自然主義式的描寫，讓讀者不知不覺溶入畫面。斑鳩與屋頂，頑童與廟祝，一動一靜的參差出現，在畫面裡都各自安排在恰當的位置。一個寧靜的鄉村早晨，於焉展開。這是郭水潭與吳新榮在詩藝經營上最大不同的地方。吳新榮喜歡說理，不善掩飾自己的政治信仰，卻又酷嗜情緒的煽動。因此，詩的語言不免過於乾澀，意象也過於枯瘦。對照之下，郭水潭頗知以藝術強度來取代感情強度，掙脫情緒的漩渦，而求諸於外在景物的布置與渲染。他致力於憤懣的稀釋，縱然詩中具有抗議與批判，總是透過疏離淡化的手法，借景物來抒情。如果說平民情感是鹽分地帶的重要詩風，郭水潭應該是代表性的詩人。

在中國文學的傳統裡，親情的題材是相當荒蕪的。尤其是兄妹之間的感情，在文學作品裡非常罕見。郭水潭展現他的想像，再次以樸素的語言表達他對出嫁妹妹的關切。1937 年發表的〈蓮霧之花〉與〈廣闊的海〉，是寫給已婚妹妹的連作。淺顯的文字暗藏著深情，幾乎每一行都不是虛擲。無論就意象或節奏而言，〈蓮霧之花〉的境界已臻飽滿：[17]

> 院子裡的蓮霧不像那麼大的體格
>
> 插上很多小茉莉那樣的花
>
> 性急的蜜蜂嗅到了就飛來
>
> 開始糟蹋了蓮霧之花
>
> 我馬上寫信給海邊的妹妹
>
> 今夏　蓮霧的花開滿了
>
> 不久　果實會結得滿枝
>
> 妳就決定六月回娘家好了
>
> 那個時候像新鮮的初夏的果實

---

[17]郭水潭，〈蓮霧之花〉，《郭水潭集》，頁 97。

　　妹妹啊　　能再一次恢復天真的少女了

　　整首詩以蓮霧的意象為中心，文字並不是很細膩，但敘述則近乎細節的鋪陳。從茉莉一般的蓮霧花，到蜜蜂的糟蹋，似乎與兄妹之情無關。然而，這些詩句卻是具有關鍵作用，因為這是詩人與妹妹的共同記憶。家裡的果園便是貯存昔往歲月的所在，是分享年少時光的記憶花園。郭水潭再一次避開使用懷念或懷舊的字句，而純粹借用描景的方式，微妙的讓隱約的手足之情洩漏出來。值得注意的是最後兩行，蓮霧的果實忽然幻化成妹妹，而妹妹則是未出嫁之前的少女。這是一種剪輯現實的蒙太奇技巧，時間透過壓縮文字的處理而變成空間化。逝去的時光，遠離的妹妹，都在短短的詩行凝聚成蓮霧的意象，成為可以觸撫的具象。初夏的果實與天真的少女，是兩個毫不相干的現實鏡頭。詩人讓這兩個鏡頭重疊，合二為一。蒙太奇的手法是非常不合理、不講理，但在詩人筆下卻能順理成章。當下的時刻遽然消失，復活過來的反而是生動的記憶。這種溶化（dissolve）的方式，出現在 1930 年代殖民地詩人的筆下，頗為不凡。全詩只有十行，想像之豐富則溢乎十行之外。同樣的技巧也運用在〈廣闊的海〉，但是節奏就沒有〈蓮霧之花〉那樣緊密。可以肯定的是，郭水潭的親情詩無疑是對資本主義的一種反動。臺灣處於歷史大改造的階段之際，他不忘以親情的召喚，保留被殖民者最為純粹而善良的人性。

　　他的另一首動人的親情詩，則是 1939 年完成的〈向棺木慟哭——給建南的墓〉。[18]建南，是他早夭兒子的名。深沉的悲哀在詩中流動著，卻又有一種節制的力量貫穿。詩的最後 12 行，分成三節結束：

　　可愛的吾兒，建兒喲
　　爸爸給你一個約定吧

---

[18]郭水潭，〈向棺木慟哭——給建南的墓〉，《郭水潭集》，頁 102～106。

約定在公墓的池邊
獨立寂寞的你的墳丘旁
種植一棵相思樹
當悲哀的時候就來看看你

啊！在你永遠歇息的地方
供獻的花被風玩弄著

萎謝了也好，可憐的花啊
往何處去？幼稚的靈魂
無心的兩隻蝴蝶
飛來，翩翩舞著，又飛走了

　　從約定種植的相思樹，到風中的花，到翩翩的蝴蝶，可以發現詩人不斷稀釋悲哀的情緒。意象的轉折，分為三個層次。第一層是尚未種植的相思樹，第二層是凋萎的花，第三層是飛走的蝴蝶。相思樹是他對兒子承諾的信約，供奉墓前的花與飛走的蝴蝶則是靈魂的隱喻。肉體終究是會消逝，唯信約可以長存下來。悲傷的情緒，可以隨靈魂的遠逝而淡化，唯相思樹是永久的紀念。形象思維的不斷轉換，恰恰足以讓悲情過濾並昇華。

　　對於親情的營造，在林芳年的作品也常常出現。〈爸爸垂老〉、〈父親〉、〈掃墓〉、〈乳兒〉，便是他對上下兩代的情感之延伸。不過，他的藝術成就不及郭水潭，主要原因在於語言的掌握並非那麼穩定。較為成功之作，當屬〈早晨院子裏的樹〉一詩。[19]短短八行，容納著無限的聯想：

那年夏天　我常出去院子裏
靜聽蟬鳴

---

[19]林芳年，〈早晨院子裏的樹〉，《林芳年選集》，頁418。

停在樹幹乒乓唱著的蟬鳴
溫柔地附和著妹妹的聲音

卻似有搖搖晃晃的心思
我凝視石榴果實的裂開

像掙扎著不灑落的露珠那麼
一口氣吞下了新鮮。


　　這是一首成長詩。青春肉體在膨脹時混雜著苦悶與憧憬，卻又夾帶另
一種不確定感。嘈雜的蟬鳴、妹妹的聲音、搖晃的心思、裂開的石榴，構
成一幅狀似混亂的畫面。但是，這些都是在同一個空間裡同時發生，無形
中就產生了關聯。靜聽蟬鳴，其實並不是那種恬靜；內心思考的晃動，配
合著石榴的迸開，正好顯示青春肉體的騷亂。令人好奇的是詩中穿插妹妹
的聲音，相當巧妙地勾勒出歲月的遠逝。成長期的生命，猶似露珠，迎接
新鮮的空氣。閱讀此詩時，不必那麼精確地追問，他的心思什麼？迸裂的
石榴又是什麼？青春的煩躁與無聊，已都交給那年夏天的冗長蟬鳴。
　　殖民地詩人的臺灣圖象，首先是保留鄉土本色，然後，繼之以平民情
感的釋放。這種創作的書寫方式，有其抵抗的策略。以臺灣傳統情感的原
型，來批判資本主義的侵蝕。以鄉土受到傷害的實相，揭穿殖民者現代化
改造的虛構。對於目睹周遭的生活，他們並不以激情的控訴口號進行吶
喊，而往往是藉辯證的技巧反覆對照，或是利用景物的描寫淡化過多的情
緒。無論是從詩藝的發展史來看，或是從殖民的抵抗史來看，鹽分地帶詩
人留下來的豐富遺產都值得再三重估。忽略他們的存在，臺灣圖象恐怕是
傾斜的。


──選自陳芳明《殖民地摩登──現代性與臺灣史觀》
　　臺北：麥田出版公司，2004 年 6 月

# 郭水潭的親情詩

◎鄭烱明[*]

　　日據時期，聚集在「鹽分地帶」（指現在的佳里、學甲、北門、將軍、七股、西港等地）的作家，包括吳新榮、郭水潭、王登山、莊培初、林精鏐（芳年）、徐清吉等，在當時的文壇上，扮演著重要的角色。民國 23年，郭水潭、吳新榮受邀加入由張深切、賴明弘、賴和等發起的「臺灣文藝聯盟」，並於次年 6 月 1 日，在佳里成立支部，加深了「鹽分地帶」的作家與島上文藝人士的連繫。他們並發表宣言，主張一、世界資本主義侵襲下的臺灣，受到莫大的波及，為了維護臺灣文化的存亡，必須有文藝團體的組織。二、為了要響應臺灣新文學運動，因此組織文藝聯盟支部。三、聯絡有志文學的友人，互相鼓舞砥礪，以振興臺灣文藝。

　　鹽分地帶的作家，以詩見長於當時的文壇，其成就也較大，是臺灣光復前的新文學運動中，唯一的詩集團。他們持著描繪現實的客觀的真實態度，從殖民統治的束縛中解脫，為人性的理想而創作。而被譽為「臺灣文學的旗手」的郭水潭，更是其中的翹楚。作品雖是以日文完成，但譯成中文於四十多年後的今天讀它，仍可感受詩人在那個惡劣時代沸騰的感情，而令人感動不已。

　　筆者有幸與郭水潭先生同鄉，且郭先生亦識已逝世多年的先祖父鄭定公，在介紹他的有關親情詩篇時，不禁讓人想像當年鹽分地帶的詩人們，在故鄉佳里與各地文友相聚的盛會情形。

　　郭水潭，號千尺，佳里鎮人，日據時代高等科畢業，原攻日本傳統文

[*]發表文章時為《文學界》發行人，現為財團法人文學臺灣基金會董事長、《文學臺灣》發行人。

學「短歌」，後轉新詩創作。短歌是以 31 個字來敘述一個情景，故必須語言簡要精鍊才行，此和他日後改寫新詩，語言風格新獨特不無關係。林芳年先生亦認為郭水潭的詩「有甜美的韻律，且描寫細膩絢爛」（見〈鹽分地帶作家論〉）。郭水潭於民國 18 年開始在《南溟樂園》發表新詩，民國 24年加入「臺灣新文學社」，為新詩編輯，同年以小說〈某個男人的手記〉，獲日本《大阪每日新聞》佳作獎。民國 29 年加入「臺灣文藝家協會」為隨筆部員。

郭水潭的詩，或描寫鄉土，或抒發親情，或對現實社會、時代提出批判，皆能顯露他獨有的風格，誠摯而不造作，是一位真正的詩人。

像〈向棺木慟哭〉一首，是哀悼愛兒去世的作品，曾被龍瑛宗推舉為 1939 年最令人感動的傑作。

可愛的吾兒，建兒喲
爸爸不眠地在喊你

喊你戴白銀盔，拿金色槍
騎白雪似的駿馬
從遙遠的孩兒國萬里迢迢
容貌活潑地回來──

不、不，你不是
不是追求虛榮的孩子

如果，真的是你
你會雙手捧著秋棗的果實
像平日那樣遙遙擺擺
微笑著回來

可愛的吾兒，建兒喲

爸爸整夜打開門，等著你

等著你穿緋色毛線上衣，戴白帽子
抱著法蘭西的洋娃娃
從嬰兒車的嘎吱聲，緩慢地
以凜凜的丰姿下來──

不、不，你不會
不會裝著那樣優雅

如果，真的是你
你會赤裸雙腳撩起屁股衣襟
像平日那樣嘟嘟地
拍著手，跳回來

可愛的吾兒，建兒喲
幼小的你還沒有朋友
因而今天的送葬
多麼寂寞的行列咧
爸爸牽著你哥哥的手
叔父孀母提著線香和銀紙

只有，這些人
這些疼愛你的自己的人
耐不住悲哀
而哭泣著
可憐兮兮地
送葬你小小的棺木

可愛的吾兒，建兒喲

爸爸給你一個約定吧

約定在公墓的池邊

獨自寂寞的你的墳丘旁

種植一棵相思樹

當悲哀的時候就來看看你

啊！在你永遠歇息的地方

供獻的花被風玩弄著

萎謝了也好，可憐的花啊

往何處去？幼稚的靈魂

無心的兩隻蝴蝶

飛來，翩翩舞著，又飛走了

（一九三九年《臺灣新民報》「文藝欄」，陳千武譯）

──〈向棺木慟哭──給建南的墓〉

〈向棺木慟哭〉流露出可貴的父子之愛而不濫情，讀來令人鼻酸。

另一首〈廣闊的海〉，則是給出嫁的妹妹。原來詩人人的妹婿即是鹽分地帶的詩人之一王登山。王登山，北門鄉人，其作品多取材鹽村的風物，有「鹽村詩人」之稱。故詩的一開頭即寫著：

妹妹　妳要嫁去的地方是

白色鹽田　接著藍海

在那廣闊的中央突出

羅列的　赤裸小港街

那邊露出來的

家家的　屋頂上

鴿子和麻雀都看不見
那邊　有鹽分的
乾巴巴的　土地上
沒有森林　也沒有竹叢
……

　　到過北門一帶的人都知道，該地由於臨近海邊，土壤長久受到海水浸漬，使得土地貧瘠，不適耕作，除了引海水製鹽，故當地居民生活困苦，紛出外謀生，另求發展，導致現今臺灣工商界有多位聞人均出身北門郡一帶。

　　詩人安慰妹妹海濱有「美麗的貝殼像花散亂著」，囑咐不要受「吼叫的季節風」傷害到身體，並猜測妹妹也許會想到故鄉的許多事情，像「在夏夜納涼吃龍眼，聽父親常自誇門第高貴的話」，或「在榕樹下搖籃裡背唱母親的催眠曲」，或「常在月夜玉蘭花翳下捉迷藏」等等。

……
然而很懂事的
善良的海邊的丈夫
會特別愛護妳
會給妳聽聽新土地的傳說吧
天晴　無風的日子
會溫柔地　牽著妳的手
讓妳撿起海邊美麗的貝殼

佇立在那潔淨的海灘
妳就會知道比陸地
多麼廣闊的海──

（一九三七年《大阪每日新聞》「南島文藝」，陳千武譯）

〈廣闊的海〉所表現的兄妹的親情，是如此的純樸、善良，並不因時間的侵蝕而減其感動，相反的，卻感覺非常清新、真摯。

郭水潭的另外一首〈蓮霧之花〉，也是寫給妹妹的親情詩。

院子裡的蓮霧不像那麼大的體格

插上很多小茉莉那樣的花

性急的蜜蜂嗅到了就飛來

開始糟蹋了蓮霧的花

我馬上寫信給海邊的妹妹

今夏　蓮霧的花開滿了

不久　果實會結得滿枝

妳就決定六月回娘家好了

那個時候像新鮮的初夏的果實

妹妹啊　能再一次恢復天真的少女了

——〈蓮霧之花〉

這首〈蓮霧之花〉寫於 1937 年（民國 26 年）5 月 4 日，和〈廣闊的海〉屬於同一時期，不過時間上應稍微殿後才對。因寫〈蓮霧之花〉時，妹妹已嫁到海邊了，所以詩中才有要她六月回娘家的句子

郭水潭是一個感情充沛的詩人，不止寫親情，寫友情的詩也讓人感到詩中那份真誠的情感。像他寫給獄中的 S 君的〈故鄉的書簡〉，以及當吳新榮夫人毛雪芬去世時所寫的輓詩均是。

除了描寫親情、友情，在時代的刻畫及現實的批評方面，郭水潭亦留下傑出的詩作，像〈世紀之歌〉，便是一首代表性的作品。詩中充滿反戰的思想，並嚴厲批判日本的好戰與侵略的野心。

　　可惜這樣一位優秀的詩人，在臺灣光復後，由於時代環境的改變，即停筆不再從事創作。四十年來，只在《笠》詩刊發表了一首〈無聊的星期天〉」（民國 61 年 6 月），及在《聯合報》副刊的光復前臺灣作家作品集——「寶刀集」（民國 69 年），寫了〈病妻記〉與〈文學伙伴〉兩首，令人浩歎！

　　更令人扼腕的是，至日據時期的臺灣文學史上，占有重要地位的一位詩人，居然沒有結集出版一本詩集！

——選自《笠》第 126 期，1985 年 4 月

# 臺灣新詩之美（節錄）

郭水潭的〈廣闊的海〉，表現兄妹之情，家園之美

◎莫渝*

妹妹　妳要嫁去的地方是

白色鹽田　接著藍海

在那廣闊的中央突出

羅列的赤裸小港街

那邊　露出來的

家家的　屋頂上

鴿子和麻雀都看不見

那邊　有鹽分的

乾巴巴的　土地上

沒有森林　也沒有竹叢

然而那邊的海濱都有

美麗的貝殼像花散亂著

那邊　有歷史的港口

豎立著紅色戎克的帆柱林

那邊　所有的巷道

都刻有粗暴的腳印

*本名林良雅。發表文章時為《笠》詩刊主編，現為《笠》詩刊社務委員。

驚奇那些粗笨的風景

耐著　廣闊有變化的生活

還有露出的屋頂　紅戎克帆柱

日日同樣吼叫的季節風

妹妹　妳小小的胸脯

想必會受傷吧


那時　妳必會

想到故鄉的許多事

在夏夜納涼著吃龍眼

聽父親常自誇門第高貴的話

曾經　純樸溫柔地羨慕著


在榕樹下搖籃裡背唱母親的催眠曲

同年的女孩子們　在院子裡玩跳

常在月夜玉蘭花翳下捉迷藏

妹妹　想把那些遺忘而嫁出去

妳的夢　太美了

然而很懂事的

善良的海邊的丈夫

會特別愛護妳

會給妳聽聽新土地的傳說吧

天晴　無風的日子

會溫柔地　牽著妳的手

讓妳撿起海邊美麗的貝殼


佇立在那潔淨的海灘

妳就會知道比陸地

多麼廣闊的海——

　　——〈廣闊的海——給出嫁的妹妹〉

　　郭水潭，號千尺，1908 年 2 月 7 日（農曆 1 月 6 日）出生，戶籍登記為 5 月 13 日，臺南縣佳里鎮人。早年研究日本古典文學、俳句、短歌等，後轉白話新詩寫作；1929 年加入「南溟樂園」（南溟藝園的前身）；1934 年，加入「臺灣文藝聯盟」；1935 年，小說〈某男人的手記〉獲《大阪每日新聞》新人獎；1939 年 9 月加入「臺灣詩人協會」，在其機關雜誌《華麗島》詩刊發表作品；1940 年 1 月，加入「臺灣文藝家協會」隨筆部員。戰後，1950 年起任職臺北市政府祕書室事務股長（1950～1953）、臺北市文獻委員會編纂（1954～1956）、臺北市中央蔬菜批發市場專員（1956～1964）、臺灣區蔬菜輸出業同業公會總幹事（1964～1980），直到 1980 年 6 月退休，1981 年 4 月返鄉定居。1983 年 8 月，獲第五屆鹽分地帶文藝營「臺灣新文學特別獎」；1993 年 10 月，獲臺南縣「南瀛文學特別貢獻獎」。1995 年 3 月 9 日病逝。

　　郭水潭作品以新詩為主，兼及小品隨筆、評論、小說，為日治時期鹽分地帶文壇健將之一，重要文學創作均完成於 1930 年代，歸屬社會寫實詩人。生前，僅在 1930 年初，鋼版油印 1929 年南溟樂園社同人《自選詩第一集郭水潭篇》（十首詩）；1934 年，短歌 14 首選入日本《皇紀二五九四年歌集》。1994 年 12 月，由臺南縣立文化中心出版近乎全集的《郭水潭集》（羊子喬主編）。

　　郭水潭的詩業起始於 1929 年，先在《南溟樂園》（稍後的《南溟藝園》）發表，隨後成為同人，並在翌年油印《自選詩第一集郭水潭篇》（1929 年的 10 首詩），是初次嶄露頭角的文藝青年。由詩，兼及隨筆和小說，1930 年代是郭水潭的詩文學寫作風光年。年輕的郭水潭擔任北門郡守課雇、通譯，曾自言：「我是村中有力者」。集近《郭水潭集》的創作，包括詩：41 首、小說：3 篇、隨筆：19 篇、論述：12 篇。

　　日治時期，臺南州的北門郡，包括現在的佳里、學甲、北門、將軍、七股、西港等鄉鎮，因地理環境近海濱海，北門、七股以產鹽聞名；1930年代，這裡出現一批文學青年，形成「鹽分地帶派」的文學小集團，這股文風，一直傳承著。作家林芳年（1914～1989）被譽作「鹽甕裡的靈魂」或「曝鹽人的執著」，郭水潭則有「日治時期鹽分地帶文學的旗手」之稱。

　　這首詩選自《光復前臺灣文學全集·10·廣闊的海》頁 19～22，原刊《南島文藝》（日本《大阪每日新聞》，1937 年）；日文書寫，陳千武譯。

　　這首詩描述妹妹出嫁，兄長的心情，有難捨也有祝福。詩人先敘出嫁地濱海鹽田「小港街」與成長地家鄉的不同（一至三段）；四、五段，言新地區的特點：有貝殼，有戎克船（短程載貨的運輸平底船），有季節風六、七段，言妹妹出嫁到新地初期必然的不適、想家、追憶兄妹相處時的往事，到此，詩人筆觸一轉，誇言其夫婿將會疼惜愛護。末段，僅三行，卻帶無比的祝福：「佇立在那潔淨的海灘／妳就會知道比陸地／多麼廣闊的海——」。

　　作者另有一首〈蓮霧之花〉，詩十行。描述五月間蓮霧開花了，想及出嫁的妹妹，「我馬上寫信給海邊的妹妹」，希望她「決定六月回娘家」，屆時「妹妹啊　能再一次恢復天真的少女了」。時序的輪轉，想回到過往是不可能的，但詩文學的寫作，如同攝影一樣，具有「停格」效果，引人追記「逝水年華」。

　　這首詩，在兄長的娓娓敘述中，交織著鹽鄉海景和兄妹手足情深。推廣而言，海島國家的臺灣，佇立在那潔淨的海灘，我們都可以感受到比陸地，多麼廣闊的海。如此，將更珍惜我們的海岸，我們的海洋，我們的陸地。

——選自莫渝《臺灣詩人群像》

臺北：秀威資訊科技公司，2007 年 5 月

輯五◎
研究評論資料目錄

# 作家生平、作品評論專書與學位論文

## 專書

**1.** 陳瑜霞　　郭水潭生平及其創作研究　臺南　臺南縣政府　2010 年 10 月　432 頁

　　本書為碩士論文修訂出版，自郭水潭人生觀及文學創作成長基本養分的基礎因素，旁及郭水潭本人參與文學團體，實際創作的情形，並與臺灣與日本當時社會、文壇狀況呈交叉比對方式的進行論述。全書共 5 章：1.生平歷程；2.寫作歷程；3.作品析論；4.文學精神特色；5.結論。正文後附錄〈郭水潭日治時期生平著作年譜〉。

## 學位論文

**2.** 王秀珠　　日治時期鹽分地帶詩作析論——以吳新榮、郭水潭、王登山為主　高雄師範大學國文教學碩士班　碩士論文　龔顯宗教授指導　2005 年　195 頁

　　本論文以日治時期「鹽分地帶集團」作為研究對象，分析集團中三位要角吳新榮、郭水潭、王登山的詩作，發掘其寫實精神及個人文學特質；最後檢視文學精神的影響與繼承，以凸顯「鹽分地帶詩作」於臺灣文學上的成就。全文共 7 章：1.緒論；2.日治時期 30 年代文學發展背景；3.鹽分地帶文學的建構；4.鹽分地帶詩作的思想者——吳新榮；5.鹽分地帶詩作的抒情能手——郭水潭；6.鹽分地帶詩作的鹽味書寫者——王登山；7.鹽分地帶文學的成就與影響。

**3.** 陳瑜霞　　郭水潭生平及其創作研究　成功大學中國文學系　博士論文　呂興昌教授指導　2006 年 7 月　331 頁

　　本論文自郭水潭人生觀及文學創作成長基本養分的基礎因素，旁及郭水潭本人參與文學團體，實際創作的情形，並與臺灣與日本當時社會、文壇狀況呈交叉比對方式的進行論述。全文共 6 章：1.緒論；2.生平故鄉；3.寫作歷程；4.作品析論；5.文學精神的特色。正文後附錄〈郭水潭日治時期生平著作年譜〉。全文共 6 章：1.緒論；2.生平故鄉；3.寫作歷程；4.作品析論；5.文學精神的特色；6.結論。正文後附錄〈郭水潭日治時期生平著作年譜〉。

**4.** 陳明福　　郭水潭及其作品研究　南華大學文學研究所　碩士論文　陳章錫教授指導　2006 年 7 月　149 頁

本論文從郭水潭的小說、隨筆、論述及新詩中，找尋臺灣新文學出萌芽時的時代精神，同時審視郭水潭在鹽分地帶文學陣營中所代表的角色，以及他所堅持的寫實主義精神寫作。全文共 6 章：1.緒論；2.郭水潭的身世背景與時代環境；3.郭水潭的文學理念與新詩作品風格；4.郭水潭日治時期新詩題材與藝術分析；5.郭水潭的短篇小說、隨筆與其他文體的中文創作分析；6.結論。

5. **蔡惠甄　　鹽窩裡的靈魂——北門七子文學研究　佛光大學文學系　碩士論文　朱嘉雯教授指導　2009 年　153 頁**

本論文以鹽分地帶文學為研究範圍，呈現完整的文學發展脈絡，並透過鹽分地帶最具指標精神的作家「北門七子」——吳新榮、徐清吉、郭水潭、王登山、林芳年、莊培初、林清文的文學歷程與文學作品特色，探析鹽分文學的特色。全文共 5 章：1.緒論；2.鹽分地帶文學的發展軌跡；3.「北門七子」之作家及其作品特色；4.「北門七子」的鄉土文學論析；5.結論。

## 作家生平資料篇目

### 自述

6. 郭水潭　　暮年情花　聯合文學　第 12 期　1985 年 10 月　頁 122—124

7. 郭水潭　　暮年情花　美人心事　臺北　號角出版社　1987 年 8 月　頁 37—41

8. 郭水潭　　暮年情花　郭水潭集　臺南　臺南縣立文化中心　1994 年 12 月　頁 238—241

9. 郭水潭　　缺乏讀者的第一本書——《臺南縣志稿文化志》　文訊雜誌　第 30 期　1987 年 6 月　頁 49—51

10. 郭水潭　　缺乏讀者的第一本書——《臺南縣志稿文化志》　郭水潭集　臺南　臺南縣立文化中心　1994 年 12 月　頁 242—246

11. 郭水潭著；月中泉譯　　身邊雜記　文學臺灣　第 10 期　1994 年 4 月　頁 54—55

12. 郭水潭　　日記（一九三三——一九三九）[1]　郭水潭集　臺南　臺南縣立文化中心　1994 年 12 月　頁 200—208

13. 郭水潭著；陳瑜霞譯　　未收入《郭水潭集》中發表的文論——大東亞戰爭與

---

[1]本文為郭水潭參與藝文活動之紀錄。

文藝家使命——精神的高揚[2]　郭水潭生平及其創作研究　臺南　臺南縣政府　2010 年 10 月　頁 385—392

14. 郭水潭著；吳豪人譯　大東亞戰爭與文藝家之使命——提升我們的精神層次　黃得時全集 2　臺南　國立臺灣文學館　2012 年 12 月　頁 318—320

**他述**

15. 羊子喬　郭水潭簡介　鹽分地帶文學選　臺北　林白出版公司　1979 年 8 月　頁 125—126

16. 羊子喬　歸鄉　自立晚報　1981 年 4 月 30 日　10 版

17. 羊子喬　歸鄉——送文壇前輩郭水潭返鄉定居　蓬萊文章臺灣詩　臺北　遠景出版公司　1984 年 9 月　頁 179—182

18. 黃武忠　浪漫飄逸的郭水潭　臺灣日報　1981 年 5 月 12 日　8 版

19. 黃武忠　浪漫飄逸的郭水潭　臺灣作家印象記　臺北　眾文圖書公司　1984 年 5 月　頁 27—32

20. 〔編輯部〕　郭水潭　寶刀集——光復前臺灣作家作品集　臺北　聯經出版公司　1981 年 10 月　頁 25

21. 蕭　蕭　郭水潭　現代詩入門　臺北　故鄉出版社　1982 年 2 月　頁 63—64

22. 王玉佩　閒雲鶴髮映童顏——郭水潭印象記　臺灣時報　1983 年 3 月 27 日　12 版

23. 羊子喬　新文學早春的播種者——郭水潭　自立晚報　1983 年 8 月 20 日　10 版

24. 羊子喬　卑微的辯白　臺灣日報　1983 年 8 月 25 日　8 版

25. 〔民生報〕　文工會派員慰問郭水潭、蘇雪林　民生報　1987 年 1 月 25 日　4 版

26. 王志健　郭水潭　文學四論（上）　臺北　文史哲出版社　1988 年 7 月　頁

---

[2]本文後由吳豪人譯為〈大東亞戰爭與文藝家之使命——提升我們的精神層次〉。

230—231

27. 王志健　　瀛臺詩人與播種者——郭水潭　中國新詩淵藪（中）　臺北　正中書局　1993 年 7 月　頁 1352—1353

28. 鄭羽書　　我至愛的文壇尊長〔郭水潭部分〕　臺灣時報　1988 年 10 月 19 日　15 版

29. 鄭羽書　　我至愛的文壇尊長〔郭水潭部分〕　風範——文壇前輩素描　臺北　正中書局　1996 年 10 月　頁 164—167

30. 李宗慈　　他們是一本本好書〔郭水潭部分〕　臺灣新聞報　1988 年 10 月 19 日　19 版

31. 李宗慈　　他們是一本本好書〔郭水潭部分〕　風範——文壇前輩素描　臺北　正中書局　1996 年 10 月　頁 182—187

32. 王晉民主編　　郭水潭　臺灣文學家辭典　南寧　廣西教育出版社　1991 年 7 月　頁 530—531

33. 葉石濤　　臺灣新文學運動的開展——臺灣新文學的三個階段——成熟期〔郭水潭部分〕　臺灣文學史綱　高雄　文學界雜誌社　1991 年 9 月　頁 53

34. 葉石濤　　臺灣文學史綱——臺灣新文學運動的展開〔郭水潭部分〕　葉石濤全集‧評論卷五　臺南，高雄　國立臺灣文學館，高雄市文化局　2008 年 3 月　頁 57—58

35. 陳益裕　　鹽分地帶——文學的先驅人物（上、下）[3]　臺灣時報　1992 年 8 月 21—22 日　22 版

36. 陳益裕　　鹽分地帶新文學前驅的郭水潭先生　南瀛人物誌　臺南　臺南縣立文化中心　1994 年 4 月　頁 36—49

37. 胡　珊　　鹽分地帶文學的核心人物——郭水潭先生　南瀛文獻　第 37 期　1993 年 4 月　頁 55—63

38. 黃勁連　　略述「鹽分地帶」的文學傳統〔郭水潭部分〕　鄉土與文學——臺

---

[3]本文後改篇名為〈鹽分地帶新文學前驅的郭水潭先生〉。

灣地區區域文學會議實錄　臺北　聯經出版公司　1994 年 3 月　頁 223

39. 呂興昌　郭水潭特輯——緣起　文學臺灣　第 10 期　1994 年 4 月　頁 30—31

40. 郭昇平　雜憶父親二三事——寫在《郭水潭集》出版之前[4]　文學臺灣　第 10 期　1994 年 4 月　頁 33—36

41. 郭昇平　籬下的菊花——對父親郭水潭作品集出版的感想　郭水潭集　臺南　臺南縣立文化中心　1994 年 12 月　頁 12—14

42. 羊子喬　橫看成嶺側成峰——試為郭水潭造像　文學臺灣　第 10 期　1994 年 4 月　頁 73—78

43. 羊子喬　橫看成嶺側成峰——試為郭水潭造像　復活的群像　臺北　前衛出版社　1994 年 6 月　頁 217—222

44. 羊子喬　橫看成嶺側成峰——試為郭水潭造像　郭水潭集　臺南　臺南縣立文化中心　1994 年 12 月　頁 598—603

45. 羊子喬　橫看成嶺側成峰——郭水潭　神秘的觸鬚——羊子喬文學評論集　臺南　臺南縣立文化中心　1995 年 6 月　頁 167—173

46. 羊子喬　橫看成嶺側成峰——郭水潭　神秘的觸鬚　臺北　台笠出版社　1996 年 6 月　頁 167—173

47. 羊子喬　橫看成嶺側成峰——郭水潭　神秘的觸鬚——羊子喬文學評論集　臺南　臺南縣立文化中心　1998 年 12 月　頁 167—173

48. 孤蓬万里〔吳建堂〕　〈風雪に耐へ〉　台湾万葉集続編　東京　集英社　1995 年 1 月　頁 42—48

49. 羊子喬　悼鹽分地帶前輩作家郭水潭　聯合報　1995 年 3 月 17 日　37 版

50. 羊子喬　文學的典範——悼鹽分地帶文學前輩郭水潭——郭水潭先生紀念專輯　自立晚報　1995 年 3 月 18 日　23 版

51. 杜文靖　至性至情的臺灣詩人——悼念郭水潭先生——郭水潭先生紀念專輯

---

[4] 本文後改篇名為〈籬下的菊花——對父親郭水潭作品集出版的感想〉。

自立晚報　1995 年 3 月 18 日　23 版

52. 李魁賢　　燃燒的青春——郭水潭先生紀念專輯　自立晚報　1995 年 3 月 18 日　23 版

53. 李魁賢　　燃燒的青春　李魁賢文集〔全 7 冊〕　臺北　行政院文建會　2002 年 10 月　頁 33—35

54. 王昶雄　　千尺深潭愈離愈遠——懷念郭水潭兄　聯合報　1995 年 4 月 1 日　37 版

55. 王昶雄　　千尺深潭愈離愈遠——悼念郭水潭兄　阮若打開心內的門窗　臺北　草根出版公司　1996 年 3 月　頁 196—201

56. 王昶雄　　千尺深潭愈離愈遠——悼念郭水潭兄　阮若打開心內的門窗　臺北　前衛出版社　1998 年 4 月　頁 196—201

57. 王昶雄　　千尺深潭愈離愈遠——悼念郭水潭兄　王昶雄全集·散文卷二　臺北　臺北縣文化局　2002 年 10 月　頁 335—338

58. 〔文學臺灣〕　　悼前輩詩人郭水潭　文學臺灣　第 14 期　1995 年 4 月　頁 30

59. 謝玲玉　　郭水潭——推動鹽分地帶文學的手[5]　聯合報　1995 年 6 月 3 日　34 版

60. 謝玲玉　　郭水潭（1908—1995）——島的詩人，臺灣文學先驅　南瀛鹽分地帶藝文人物誌　臺南　臺南縣政府　2006 年 4 月　頁 141—146

61. 王昶雄　　郭兄生前的笑容　文學臺灣　第 15 期　1995 年 7 月　〔1〕頁

62. 王昶雄　　郭兄生前的笑容　王昶雄全集·散文卷二　臺北　臺北縣文化局　2002 年 10 月　頁 237

63. 王昶雄　　還我當初美少年——樂天豁達的「益壯」一群人〔郭水潭部分〕　阮若打開心內的門窗　臺北　草根出版公司　1996 年 3 月　頁 237—267

64. 王昶雄　　還我當初美少年——樂天豁達的「益壯」一群人〔郭水潭部分〕

---

[5] 本文後改篇名為〈郭水潭（1908—1995）——島的詩人，臺灣文學先驅〉。

阮若打開心內的門窗　臺北　前衛出版社　1998 年 4 月　頁 237—267

65. 王昶雄　還我當初美少年——樂天豁達的「益壯」一群人〔郭水潭部分〕
王昶雄全集・散文卷二　臺北　臺北縣文化局　2002 年 10 月　頁 253—274

66. 彭瑞金　郭水潭——南瀛文學家第一人　臺灣文學步道　高雄　高雄縣立文化中心　1998 年 7 月　頁 98—101

67. 彭瑞金　郭水潭——南瀛文學家第一人　臺灣新聞報　1998 年 9 月 7 日　13 版

68. 彭瑞金　郭水潭——南瀛文學的第一家　臺灣文學 50 家　臺北　玉山社出版公司　2005 年 7 月　頁 173—181

69. 羊子喬　鹽分地帶的文學旗手——郭水潭　聯合文學　第 188 期　2000 年 6 月　頁 39—40

70. 呂興昌　私密的花園：詩人郭水潭日記　聯合報　2001 年 8 月 4 日　37 版

71. 阮美慧　回溯臺灣新詩的兩個球根：五〇年代詩壇實況——潛流的本土文學詩脈〔郭水潭部分〕　臺灣精神的回歸——六、七〇年代臺灣現代詩風的轉折　成功大學中國文學系　博士論文　呂興昌教授指導　2002 年 6 月　頁 58

72. 林政華　臺灣鹽分地帶首席詩人——郭水潭　臺灣新聞報　2002 年 10 月 4 日　9 版

73. 林政華　臺灣鹽分地帶首席詩人——郭水潭　臺灣古今文學名家　桃園　開南管理學院通識教育中心　2003 年 3 月　頁 34

74. 陳益裕　郭水潭・日據時代的本土詩人　文化的豐采・人物的風華　臺南　臺南縣政府　2003 年 11 月　頁 63—70

75. 陳益裕　日據時代的本土詩人——郭水潭　臺灣月刊　第 255 期　2004 年 3 月　頁 52—54

76. 雷驤　臺灣文士印誌四則（下）〔郭水潭部分〕　臺灣日報　2005 年 2 月

14 日　19 版

77. 莫　渝　　水邊的郭水潭　臺灣日報　2005 年 2 月 14 日　17 版

78. 莫　渝　　水邊的郭水潭　漫漫隨筆集　苗栗　苗栗縣文化局　2005 年 4 月
　　　　　　頁 267

79. 黃勁連　　放膽文章拚命酒——略述日據時代鹽分地帶文學〔郭水潭部分〕
　　　　　　鹽分地帶文學　第 1 期　2005 年 11 月　頁 68—69

80. 落　蒂　　把詩寫在土地上　臺灣時報　2006 年 12 月 18 日　15 版

81.〔封德屏主編〕　郭水潭　2007 臺灣作家作品目錄　臺南　國立臺灣文學館
　　　　　　2008 年 7 月　頁 828

82. 莊曉明　　鹽分地帶詩人的文學形塑——鹽分地帶同人的生平——抒情飄逸的
　　　　　　北門郡通譯——郭水潭　日治時期鹽分地帶詩人群和風車詩社詩風
　　　　　　之比較研究　臺北教育大學臺灣文化研究所　碩士論文　林淇瀁教
　　　　　　授指導　2008 年 12 月　頁 62—64

83. 錦　連　　錦連回憶錄 3——我的年代和文學記憶——（一九五〇年——一九六
　　　　　　〇年）憶文壇前輩和文友們——郭水潭　文學臺灣　第 75 期
　　　　　　2010 年 7 月　頁 73—74

84. 康詠琪　　「鹽分地帶文藝營」的創立——「鹽分地帶文藝營」的創立經過
　　　　　　〔郭水潭部分〕　「鹽分地帶文藝營」研究　臺南　臺南市政府文
　　　　　　化局　2013 年 3 月　頁 86

**訪談、對談**

85. 郭水潭等[6]　北部新文學・新劇運動座談會　臺北文物　第 3 卷第 2 期　1954
　　　　　　年 8 月　頁 2—12

86. 郭水潭等　　北部新文學・新劇運動座談會　日據下臺灣新文學・文獻資料選
　　　　　　集　臺北　明潭出版社　1979 年 3 月　頁 251—268

---

[6]與會者：吳新榮、林快青、廖漢臣、吳瀛濤、施學習、王白淵、林克夫、郭水潭、陳鏡波、張維
賢、楊雲萍、陳君玉、溫連卿、廖秋桂、龍瑛宗、吳濁流、呂訴上、黃啟瑞、黃得時、蘇得志、
王詩琅。

87. 郭水潭等[7]　　傳下這把香火——「光復前的臺灣文學」座談會（上、中、下）

　　　聯合報　1978 年 10 月 22—24 日　12 版

88. 郭水潭等　　傳下這把香火——「光復前的臺灣文學」座談會　楊逵全集・資

　　　料卷　臺南　國立文化資產保存研究中心籌備處　2001 年 12 月

　　　頁 187—199

89. 郭水潭等[8]；月中泉譯　　臺灣新文學檢討座談會　自立晚報　1979 年 5 月 7

　　　日　10 版

90. 郭水潭等；月中泉譯　　臺灣新文學檢討座談會　鹽分地帶文學選　臺北　林

　　　白出版社　1979 年 8 月　頁 575—585

91. 郭水潭等　　臺灣新文學檢討座談會　楊逵全集・資料卷　臺南　國立文化資

　　　產保存研究中心籌備處　2001 年 12 月　頁 116—126

92. 郭水潭等[9]　　永不熄滅的燼火——光復前臺灣文學中的民族意識與抗日精神

　　　（上、下）　聯合報　1980 年 7 月 7—8 日　8 版

93. 郭水潭等　　永不熄滅的燼火——光復前臺灣文學中的民族意識與抗日精神

　　　楊逵全集・資料卷　臺南　國立文化資產保存研究中心籌備處

　　　2001 年 12 月　頁 205—216

94. 郭水潭等　　永不熄滅的燼火——光復前臺灣文學中的民族意識與抗日精神

　　　王昶雄全集・散文卷 5　臺北　臺北縣文化局　2002 年 10 月　頁

　　　287—288

95. 郭水潭等[10]　　日據時期詩人談詩　臺灣日報　1981 年 3 月 17 日　8 版

96. 郭水潭等　　日治時期詩人談詩　陳千武詩走廊散步　臺中　臺中市文化局

---

[7]與會者：王詩琅、王昶雄、巫永福、杜聰明、郭秋生、郭水潭、黃得時、陳火泉、陳逢源、葉石
濤、楊雲萍、楊逵、廖漢臣、劉捷、劉榮宗；紀錄：黃武忠。
[8]與會者：楊逵、黃清澤、曾曉青、黃炭、黃平堅、吳新榮、徐清吉、王登山、葉向榮、林精謬、
李自尺；紀錄：郭水潭。
[9]與會者：王詩琅、王昶雄、郭水潭、黃得時、楊逵、廖漢臣、劉榮宗、黃武忠、聯副同仁；紀
錄：李泳泉、吳繼文。
[10]與會者：林亨泰、楊雲萍、邱淳洸、楊啟東、林精鏐、楊逵、周伯陽、江燦琳、巫永福、郭啟
賢、龍瑛宗、王昶雄、郭水潭、李魁賢、陳金連、趙天儀、杜國清、康原、廖莫白、李敏勇、黃
勁連；策劃、紀錄：陳千武。

2003 年 8 月　頁 71—87

97. 王　玲　　鹽分地帶文學的鼻祖——郭水潭老先生　文運與文心——訪文藝先
　　　　　　進作家　臺北　中央月刊社　1982 年 2 月 27 日　頁 22—24

98. 王　玲　　鹽分地帶文學的鼻祖——郭水潭老先生　中央月刊　第 14 卷第 7
　　　　　　期　1982 年 5 月　頁 71—73

99. 林佩芬　　潭深千尺詩情水——訪郭水潭先生　文訊雜誌　第 10 期　1984 年
　　　　　　4 月　頁 75—88

100. 林佩芬　　潭深千尺詩情水——鹽分地帶詩人郭水潭先生　筆墨長青——十
　　　　　　六位文壇耆宿　臺北　文訊雜誌社　1989 年 4 月　頁 64—81

101. 郭水潭等[11]　　美人心事——「文人與藝旦」座談會　聯合文學　第 3 期
　　　　　　1985 年 1 月　頁 64—73

102. 郭水潭等　　美人心事——「文人與藝旦」座談會　美人心事　臺北　號角
　　　　　　出版社　1987 年 8 月　頁 91—104

103. 郭水潭等[12]　　臺灣新文學回顧座談記錄　臺灣文藝　第 103 期　1986 年 11
　　　　　　月　頁 6—28

104. 羅　彤　　在仁愛之家的孤獨身影——筆墨長青詩人郭水潭　中央日報
　　　　　　1990 年 1 月 27 日　3 版

## 年表

105. 呂興昌　　郭水潭生平著作年表初稿　文學臺灣　第 10 期　1994 年 4 月　頁
　　　　　　79—101

106. 呂興昌　　郭水潭生平著作年表初稿　郭水潭集　臺南　臺南縣立文化中心
　　　　　　1994 年 12 月　頁 570—596

107. 呂興昌　　郭水潭生平著作年表初稿　臺灣詩人研究論文集　臺南　臺南市
　　　　　　立文化中心　1995 年 4 月　頁 101—129

[11]與會者：王昶雄、巫永福、吳松谷、林芳年、周添旺、郭水潭、黃得時、楊逵、劉捷、龍瑛宗；
紀錄：黃武忠。
[12]與會者：楊啟東、郭水潭、邱淼鏘、劉捷、龍瑛宗、黃平堅、巫永福、林芳年、王昶雄、陳千
武、李敏勇、林梵、何麗玲、張芳慈。

108. 陳瑜霞　　郭水潭日治時期生平著作年譜　郭水潭生平及其創作研究　成功
　　　　　　　大學中國文學系　博士論文　呂興昌教授指導　2006 年 7 月　頁
　　　　　　　311—331

109. 陳瑜霞　　郭水潭日治時期生平著作年譜　郭水潭生平及其創作研究　臺南
　　　　　　　臺南縣政府　2010 年 10 月　頁 414—432

110. 許俊雅　　《臺灣文藝》重要作家作品篇目表〔郭水潭部分〕　足音集——
　　　　　　　文學記憶‧紀行‧電影　臺北　萬卷樓圖書公司　2011 年 12 月
　　　　　　　頁 196

## 其他

111. 佚名著；大井紀子譯　　給郭水潭的信　美人心事　臺北　號角出版社
　　　　　　　1987 年 8 月　頁 57—62

112. 蔡榮聰　　首屆南瀛文學獎：楊青矗掄元‧新人獎：陳益裕、張溪南‧特別
　　　　　　　貢獻獎：郭水潭　中國時報‧雲嘉南　1993 年 10 月 16 日　14 版

113. 盧萍珊　　鹽分文學先驅郭水潭詩展　中華日報‧雲嘉南　2010 年 7 月 28 日
　　　　　　　B6 版

114. 陳丁林　　郭水潭詩展　文訊雜誌　第 299 期　2010 年 9 月　頁 152

## 作品評論篇目

### 綜論

115. 羊子喬　　談郭水潭及其作品　自立晚報　1979 年 5 月 5 日　10 版

116. 林芳年　　鹽分地帶作家論（上、下）〔郭水潭部分〕　自立晚報　1979 年
　　　　　　　5 月 8—9 日　10 版

117. 林芳年　　鹽分地帶作家論〔郭水潭部分〕　鹽分地帶文學選　臺北　林白
　　　　　　　出版社　1979 年 8 月　頁 45—50

118. 林芳年　　鹽分地帶作家論〔郭水潭部分〕　林芳年選集　臺北　中華日報
　　　　　　　社　1983 年 12 月　頁 391—394

119. 林芳年　　鹽分地帶作家論〔郭水潭部分〕　南瀛文學選‧評論卷一　臺南

　　　　　　　　臺南縣立文化中心　1992 年 6 月　頁 40—45

120. 羊子喬　　光復前鹽分地帶的文學〔郭水潭部分〕　鹽分地帶文學選　臺北
　　　　　　　　林白出版社　1979 年 8 月　頁 13—35

121. 羊子喬　　光復前鹽分地帶的文學〔郭水潭部分〕　南瀛文學選——評論卷
　　　　　　　　（二）　臺南　臺南縣立文化中心　1992 年 6 月　頁 489—491

122. 龔顯宗　　淺論北門七子詩〔郭水潭部分〕　鹽分地帶文學選　臺北　林白
　　　　　　　　出版社　1979 年 8 月　頁 609—614

123. 舒　蘭　　中國新詩史話——郭水潭　新文藝　第 288 期　1980 年 3 月　頁
　　　　　　　　136—140

124. 舒　蘭　　日據時期的臺灣詩壇——郭水潭　中國新詩史話（三）　臺北
　　　　　　　　渤海堂文化公司　1998 年 10 月　頁 31—37

125. 黃武忠　　鹽分地帶詩人——郭水潭　日據時代臺灣新文學作家小傳　臺北
　　　　　　　　時報文化出版公司　1980 年 8 月　頁 83—85

126. 黃勁連　　鹽分的旅途——略述「鹽分地帶」的文學傳統〔郭水潭部分〕
　　　　　　　　臺灣日報　1981 年 7 月 31 日　8 版

127. 黃勁連　　鹽分的旅途——「鹽分地帶」的詩及詩人——郭水潭　臺灣時報
　　　　　　　　1992 年 8 月 20 日　22 版

128. 黃勁連　　鹽分的旅途——「鹽分地帶」的詩及詩人〔郭水潭部分〕　蕃薯
　　　　　　　　詩刊・抱著咱的夢　第 3 期　1992 年 10 月　頁 49—50

129. 〔羊子喬，林梵，張恆豪編〕　　郭水潭　送報伕　臺北　遠景出版公司
　　　　　　　　1981 年 9 月　頁 115—116

130. 林芳年　　抗戰時期的鹽分地帶文學人物——兼談我前半輩子的文學活動[13]
　　　　　　　　〔郭水潭部份〕　文訊雜誌　第 7、8 期合刊　1984 年 2 月　頁
　　　　　　　　67—75

131. 林芳年　　鹽分地帶的文學運動〔郭水潭部分〕　抗戰時期文學回憶錄　臺
　　　　　　　　北　文訊雜誌社　1987 年 7 月　頁 227

---

[13]本文後改篇名為〈鹽分地帶的文學運動〉。

132. 鄭烱明　郭水潭的親情詩　臺灣時報　1985 年 2 月 16 日　8 版

133. 鄭烱明　郭水潭的親情詩　笠　第 126 期　1985 年 4 月　頁 60—67

134. 鄭烱明　郭水潭的親情詩　南瀛文學選——評論卷（二）　臺南　臺南縣
文化局　1992 年 6 月　頁 315—325

135. 陳千武　光復前後臺灣新詩的演變——詩人的作品與風格〔郭水潭部分〕
笠　第 130 期　1985 年 12 月　頁 12

136. 宋冬陽〔陳芳明〕　鹽分地帶詩人的貢獻〔郭水潭部分〕　放膽文章拚命
酒　臺北　林白出版社　1988 年 1 月　頁 83—84

137. 林芳年　曝鹽人的執著——談光復前鹽分地帶文學〔郭水潭部分〕　鹽分
地帶・文學選集 1　臺北　自立晚報社　1988 年 8 月　頁 4—6

138. 朱雙一　郭水潭、吳新榮與鹽份地帶詩人群　臺灣文學史（上）　福州
海峽文藝出版社　1991 年 6 月　頁 526—531

139. 朱雙一　日據時期的臺灣新詩〔郭水潭部分〕　臺灣新文學概觀（下）
廈門　鷺江出版社　1991 年 6 月　頁 92

140. 朱雙一　日據時期的臺灣新詩——鹽分地帶詩人群〔郭水潭部分〕　臺灣
新文學概觀　臺北　稻禾出版社　1992 年 3 月　頁 389—391

141. 黃勁連　詩人的故鄉——略述「鹽分地帶」的詩與詩人〔郭水潭部分〕
臺灣時報　1991 年 8 月 18 日　27 版

142. 黃勁連　詩人的故鄉〔郭水潭部分〕　南瀛文學選——評論卷（二）　臺
南　臺南縣立文化中心　1992 年 6 月　頁 285—286

143. 許建生　臺灣鄉土詩歌與閩南風情〔郭水潭部分〕　臺灣研究集刊　1991
年第 3 期　1991 年 8 月　頁 99—105

144. 林芳年　鹽窩裡的靈魂〔郭水潭部分〕　南瀛文學選・評論卷（一）　臺
南　臺南縣文化中心　1992 年 6 月　頁 25

145. 張超主編　郭水潭　臺港澳及海外華人作家辭典　江蘇　南京大學出版社
1994 年 12 月　頁 126—128

146. 吳豐山　文學何價？——序《郭水潭集》　郭水潭集　臺南　臺南縣立文

化中心　1994 年 12 月　頁 2—4

147. 許俊雅　日據時期臺灣小說之作者及其背景分析——小說作者之相關資料
　　　　　　及生平略傳——郭水潭　日據時期臺灣小說研究　臺北　文史哲
　　　　　　出版社　1995 年 2 月　頁 245—248

148. 李敏勇　在壓抑的歷史面對廣闊的海——追悼詩人郭水潭氏——郭水潭先
　　　　　　生紀念專輯　自立晚報　1995 年 3 月 18 日　23 版

149. 呂興昌　巧妙的社會縮圖——郭水潭戰前新詩析述[14]　臺灣詩人研究論文集
　　　　　　臺南　臺南市立文化中心　1995 年 4 月　頁 131—160

150. 古繼堂　鹽分地帶詩人群〔郭水潭部分〕　臺灣新詩發展史　臺北　文史
　　　　　　哲出版社　1998 年 7 月　頁 46—47

151. 陳芳明　殖民地詩人的臺灣意象——以鹽分地帶文學集團為中心〔郭水潭
　　　　　　部分〕　臺杏第二屆臺灣文學學術研討會——詩／歌中的臺灣意
　　　　　　象　臺南　臺杏文教基金會主辦　2000 年 3 月 11—12 日

152. 陳芳明　殖民地詩人的臺灣意象——以鹽分地帶文學集團為中心〔郭水潭
　　　　　　部分〕　殖民地摩登——現代性與臺灣史觀　臺北　麥田出版公
　　　　　　司　2004 年 6 月　頁 137—160

153. 陳芳明　寫實文學與批判精神的抬頭——三○年代的新詩傳統〔郭水潭部
　　　　　　分〕　聯合文學　第 185 期　2000 年 3 月　頁 145—148

154. 陳芳明　臺灣寫實文學與批判精神的抬頭——一九三○年代的新詩傳統
　　　　　　〔郭水潭部分〕　臺灣新文學史　臺北　聯經出版公司　2011 年
　　　　　　10 月　頁 147—150

155. 林義泓　談郭水潭詩中的「海濱情緒」　第二十八屆鳳凰樹文學獎　臺南
　　　　　　成功大學中文系　〔未著錄出版年月〕　頁 569—598

156. 張明雄　日治時期發展期的臺灣小說——被忽略的散篇作者〔郭水潭部
　　　　　　分〕　臺灣現代小說的誕生　臺北　前衛出版社　2000 年 9 月

---

[14]本文論述郭水潭的文學觀及其詩作之特色。全文共 5 小節：1.前言；2.冷靜的抒情；3.獨特的鄉土
記事；4.左翼的詩思；5.結語。

文學史稿　福州　海峽文藝出版社　2007 年 12 月　頁 287—292

168. 謝靜國　漂泊、邊界、青春夢——二十世紀三〇年代臺灣作家私人話語的
建構〔郭水潭部分〕　文學臺灣　第 67 期　2008 年 7 月　頁 133
—135

169. 莊曉明　鹽分地帶詩人的文學形塑——鹽分地帶同人的詩作特色——抒情
與批判——郭水潭詩作特色　日治時期鹽分地帶詩人群和風車詩
社詩風之比較研究　臺北教育大學臺灣文化研究所　碩士論文
林淇瀁教授指導　2008 年 12 月　頁 91—110

170. 藍建春主編　苦鹹的土地——吳新榮、郭水潭與鹽分地帶文學　親近臺灣
文學——歷史、作家、故事　臺中　耕書園出版公司　2009 年 2
月　頁 154—163

171. 林皇德　深潭千尺映桃花——郭水潭　國語日報　2009 年 7 月 4 日　5 版

172. 林皇德　郭水潭——深潭千尺映桃花　用愛釀成篇章——臺灣文學家的故
事　臺南　國立臺灣文學館　2011 年 7 月　頁 35—39

173. 林佩蓉　尋找春天腳印的詩魂——郭水潭的文學思想及其鹽分地帶文學風
格再思考[15]　2011 鹽分地帶文學學術研討會　臺南　臺南市社區
大學研究發展學會承辦　2011 年 6 月 11—12 日

174. 林佩蓉　尋找春天腳印的詩魂——郭水潭的文學思想及其鹽分地帶文學風
格再思考　2011 鹽分地帶文學學術研討會論文集　臺南　國立臺
灣文學館　2011 年 9 月　頁 519—546

175. 陳瑜霞　郭水潭的空間書寫　2011 鹽分地帶文學學術研討會　臺南　臺南
市社區大學研究發展學會承辦　2011 年 6 月 11—12 日

176. 陳瑜霞　郭水潭與同期詩人的空間書寫　2011 鹽分地帶文學學術研討會論
文集　臺南　國立臺灣文學館　2011 年 9 月　頁 547—579

---

[15]本文探討郭水潭在殖民歷史中之思想、文化活動。全文共 5 小節：1.前言；2.「鹽分地帶文學」
的空間及文學風格——「臺灣性」的被界定與尋找；3.郭水潭的文學思想伏流及其風格的再思
考；4.文學特質、精神與時代宿命的拉鋸；5.小結：從小結開始的另一個「前言」。

## 分論

### 單篇作品

177. 蕭　蕭　〈向棺木慟哭──給建南的墓〉解析　現代詩入門　臺北　故鄉
出版社　1982 年 2 月　頁 272─276

178. 李漢偉　關懷窮困苦疾〔〈向棺木慟哭──給建南的墓〉部分〕　臺灣新
詩的三種關懷　臺北　駱駝出版社　1997 年 10 月　頁 182

179. 林淇瀁　三種語言交響的詩篇──現代臺灣新詩──日治時期臺灣新詩發
展〔〈向棺木慟哭──給建南的墓〉部分〕　文學　臺灣──11
位新銳臺灣文學研究者帶你認識臺灣文學　臺南　國立臺灣文學
館　2008 年 9 月　頁 115─116

180. 陳明台　根源的回歸與尋覓──臺灣現代詩人的鄉愁〔〈故鄉之歌〉〕
笠　第 111 期　1982 年 10 月　頁 21─25

181. 陳明台　鄉愁論──臺灣現代詩人的故鄉憧憬與歷史意識〔〈故鄉之歌〉
部分〕　臺灣精神的崛起──《笠》詩論選集　高雄　文學界雜
誌　1989 年 12 月　頁 23─24

182. 金尚浩　戰後現代詩人的臺灣想像與現實〔〈故鄉之歌〉部分〕　第四屆
臺灣文化國際學術研討會論文集──臺灣思想與臺灣主體性　臺
北　臺灣師範大學臺灣文化及語言文學研究所　2005 年 10 月　頁
269

183. 金尚浩　殖民地的傷痕：日據時代臺灣詩人的祖國意識〔〈故鄉之歌〉部
分〕　龔顯宗教授榮退紀念論文集　高雄　龔顯宗教授榮退紀念
論文集編輯委員會　2009 年 1 月　頁 114─115

184. 宋冬陽　日據時期臺灣新詩遺產的重估──鹽分地帶詩人的貢獻〔〈蓮霧
之花〉部分〕　臺灣文藝　第 83 期　1983 年 7 月　頁 22─23

185. 宋冬陽　日據時期臺灣新詩遺產的重估──鹽分地帶詩人的貢獻〔〈蓮霧
之花〉部分〕　臺灣文學的過去與未來　臺北　臺灣文藝雜誌社
1985 年 3 月　頁 127

186. 宋冬陽　家國風霜五十年——日據時期臺灣新詩遺產的重估——鹽分地帶詩人的貢獻〔〈蓮霧之花〉部分〕　放膽文章拚命酒　臺北　林白出版社　1988 年 1 月　頁 83—84

187. 陳芳明　日據時期臺灣新詩遺產的重估——鹽分地帶詩人的貢獻〔〈蓮霧之花〉部分〕　左翼臺灣——殖民地文學運動史論　臺北　麥田出版公司　1998 年 10 月　頁 161—162

188. 陳芳明　日據時期臺灣新詩遺產的重估——鹽分地帶詩人的貢獻〔〈蓮霧之花〉部分〕　左翼臺灣——殖民地文學運動史論　臺北　麥田出版公司　2007 年 6 月　頁 161—162

189. 許俊雅　日據時期臺灣小說蘊含的思想內容——批評舊社會的陰暗面——養女習俗〔〈某個男人的手記〉部分〕　日據時期臺灣小說研究臺北　文史哲出版社　1995 年 2 月　頁 350—351

190. 許俊雅　日據時期臺灣小說創作形式之探討——小說敘事觀點之應用〔〈某個男人的手記〉部分〕　日據時期臺灣小說研究　臺北文史哲出版社　1995 年 2 月　頁 581

191. 許俊雅　臺灣小說中的戲劇題材及寫作技巧——日治時期小說中戲劇題材的應用——郭水潭〈某個男人的手記〉　見樹又見林——文學看臺灣　臺北　渤海堂文化公司　2005 年 2 月　頁 155—156

192. 莫　渝　〈斑鳩與廟祝〉欣賞與導讀　臺灣時報　1995 年 5 月 15 日　22版

193. 莫　渝　〈斑鳩與廟祝〉欣賞與導讀　臺灣新詩筆記　臺北　桂冠圖書公司　2000 年 11 月　頁 306—308

194. 利玉芳　〈廣闊的海〉〔郭水潭〕與〈叮嚀〉兩首詩之賞析　向日葵　臺南　臺南縣立文化中心　1996 年 6 月　頁 249—258

195. 莫　渝　臺灣新詩之美——郭水潭的〈廣闊的海〉，表現兄妹之情，家園之美　臺灣詩人群像　臺北　秀威資訊科技公司　2007 年 5 月頁 317—321

196. 孟　樊　　〈廣闊的海——給出嫁的妹妹〉作品賞析　閱讀文學地景·新詩
　　　　　　　卷　臺北　行政院文建會　2008 年 4 月　頁 282

**多篇作品**

197. 陳明台　　日據時代臺灣民眾詩之研究〔〈故鄉之歌〉、〈生活的信條〉、
　　　　　　　〈乞丐〉、〈廟祝與斑鳩〉、〈廣闊的海〉、〈蓮霧之花〉部
　　　　　　　分〕　文學臺灣　第 14 期　1995 年 4 月　頁 165—167，171—
　　　　　　　173，175—176，178—179

198. 陳明台　　日據時代臺灣民眾詩之研究〔〈故鄉之歌〉、〈生活的信條〉、
　　　　　　　〈乞丐〉、〈廟祝與斑鳩〉、〈廣闊的海〉、〈蓮霧之花〉部
　　　　　　　分〕　臺灣現代詩史論——臺灣現代詩史研討會實錄　臺北　文
　　　　　　　訊雜誌社　1996 年 3 月　頁 9—11，13—18

199. 陳明台　　日治時代臺灣民眾詩之研究〔〈故鄉之歌〉、〈生活的信條〉、
　　　　　　　〈乞丐〉、〈廟祝與斑鳩〉、〈廣闊的海〉、〈蓮霧之花〉部
　　　　　　　分〕　強韌的精神　高雄　春暉出版社　2005 年 5 月　頁 57—80

200. 林瑞明　　郭水潭〈乞丐〉、〈斑鳩與廟祝〉、〈蓮霧之花〉賞析　國民文
　　　　　　　選·現代詩選 1　臺北　玉山社出版公司　2005 年 2 月　頁 93

201. 陳瑜霞　　主要詩篇解析〔〈小曲——戀愛的屍體〉、〈農村文化〉、〈斑
　　　　　　　鳩與廟祝〉、〈蓮霧之花〉、〈向棺木慟哭——給建南的墓〉、
　　　　　　　〈世紀之歌〉〕　郭水潭生平及其創作研究　臺南　臺南縣政府
　　　　　　　2010 年 10 月　頁 393—412

**作品評論目錄、索引**

202. 〔封德屏主編〕　　郭水潭　臺灣現當代作家評論資料目錄（四）　臺南
　　　　　　　國立臺灣文學館　2010 年 11 月　頁 2827—2836

國家圖書館出版品預行編目資料

臺灣現當代作家研究資料彙編. 56, 郭水潭 / 林淇瀁編
選. -- 初版. -- 臺南市：臺灣文學館, 2014.12
　面；　公分
ISBN 978-986-04-3261-9(平裝)

1.郭水潭 2.傳記 3.文學評論

863.4　　　　　　　　　　　　103024270

【臺灣現當代作家研究資料彙編】56
# 郭水潭

發 行 人　翁誌聰
指導單位　行政院文化部
出版單位　國立臺灣文學館
　　　　　地　　　址／70041 臺南市中西區中正路 1 號
　　　　　電　　　話／06-2217201　　　　傳　　　真／06-2218952
　　　　　網　　　址／www.nmtl.gov.tw　　　電子信箱／pba@nmtl.gov.tw

總 策 畫　封德屏
顧　　問　林淇瀁　張恆豪　許俊雅　陳信元　陳義芝　須文蔚　應鳳凰
工作小組　汪黛姈　陳欣怡　陳鈺翔　張傳欣　莊雅晴　黃寁婷　詹宇霈　蘇琬鈞
編　選　林淇瀁
責任編輯　莊雅晴
校　　對　杜秀卿　汪黛姈　陳鈺翔　張傳欣　莊雅晴　黃寁婷　詹宇霈　蘇琬鈞
計畫團隊　財團法人台灣文學發展基金會
美術設計　翁國鈞‧不倒翁視覺創意
印　　刷　松霖彩色印刷事業有限公司

著作財產權人　國立臺灣文學館
　　　　　本書保留所有權利。欲利用本書全部或部分內容者，須徵求著作財產權人
　　　　　同意或書面授權。請洽國立臺灣文學館研究典藏組（電話：06-2217201）

經銷展售　國家書店松江門市（02-25180207）
　　　　　國立臺灣文學館－雪芙瑞文學咖啡坊（06-2214632）
　　　　　三民書局（02-23617511）　　　　五南文化廣場（04-22260330）
　　　　　台灣的店（02-23625799）　　　　府城舊冊店（06-2763093）
　　　　　南天書局（02-23620190）　　　　唐山出版社（02-23633072）
　　　　　草祭二手書店（06-2216872）

初版一刷　2014 年 12 月
定　　價　新臺幣 330 元整
　　　　　第一階段 15 冊新臺幣 5500 元整　第二階段 12 冊新臺幣 4500 元整
　　　　　第三階段 23 冊新臺幣 8500 元整　全套 50 冊新臺幣 18500 元整
　　　　　全套 50 冊合購特惠新臺幣 16500 元整
　　　　　第四階段 14 冊新臺幣 5000 元整

GPN　1010303059（單本）　ISBN　978-986-04-3261-9（單本）
　　　1010000407（套）　　　　　　978-986-02-7266-6（套）